拯救世界的小狗

The Dog Who Saved the World

生活充满奇遇
有时候你必须勇敢！

[英] 罗斯 · 韦尔福德 著
马爱农 译

中信出版集团 | 北京

图书在版编目（CIP）数据

拯救世界的小狗 / (英) 罗斯·韦尔福德著；马爱农译. -- 北京：中信出版社，2022.7
书名原文：The Dog Who Saved the World
ISBN 978-7-5217-4270-1

Ⅰ. ①拯… Ⅱ. ①罗… ②马… Ⅲ. ①儿童小说－长篇小说－英国－现代 Ⅳ. ① I561.84

中国版本图书馆 CIP 数据核字（2022）第 065959 号

拯救世界的小狗

著　　者：[英] 罗斯·韦尔福德
译　　者：马爱农
出版发行：中信出版集团股份有限公司
（北京市朝阳区惠新东街甲4号富盛大厦2座　邮编　100029）
承 印 者：北京中科印刷有限公司

开　　本：880mm×1230mm　1/32　　印　　张：10.25　　字　　数：204千字
版　　次：2022年7月第1版　　印　　次：2022年7月第1次印刷
京权图字：01-2022-2299
书　　号：ISBN 978-7-5217-4270-1
定　　价：39.80元

惠特利湾，若干年之后

我卧室墙上挂着的这张镶了镜框的海报，是爸爸送给我的生日礼物。我每天早晚都能看见它，已经烂熟于心。

狗的智慧

不要相信不喜欢狗的人。

如果你想要的东西被埋起来了，

就不停地挖呀挖，直到把它找到。

如果咆哮管用，就不要咬人。

喜欢人类，尽管他们有缺点。

从摇尾巴开始新的一天。

不管体形大小，都要勇敢。

不管年龄大小，都要学习新技能。

如果有人遇到不开心的事，请默默地陪在他身边，

用鼻子轻轻地蹭蹭他。

这些都是真理，每个字都是。我是去年夏天发现的，当时世界差点儿就毁灭了。

引子

女士们、先生们，兄弟姐妹们，请允许我介绍（一串击鼓声……）：

马什先生：拯救世界的小狗！

我爱它胜过一切。我知道这话对爸爸和克莱姆来说很扎心，但我想他们会理解的，尤其是在夏天发生的那件事情之后。

我们不知道它到底多大了，是怎么变成一只流浪狗的，甚至不知道它是什么品种的狗。它身上的毛乱蓬蓬的——灰色、棕色和白色，耳朵尖儿往下耷拉着。它有一张雪纳瑞那样的可爱而好奇的脸、一双温和的大眼睛，还有一条拉布拉多那样有劲的特别爱摇晃的尾巴。

换句话说，它是一条杂种狗。当我们把它从圣沃夫狗狗收容所里接出来时，牧师说我可以给它起个名字，我就说“mishmash”（大杂烩），听起来像“Miss Mash”（马什小姐），但它是一条公狗，所以就成了“Mister Mash”（马什先生）。

马什先生：我最好又最笨的朋友。它的舌头太大了，嘴里搁不下，所以经常耷拉在外面，这让它看起来更傻了。它完全不知道什么能吃、什么不能吃。不管什么东西，统统都会被它吃进肚子里。结果呢，它就碰到了牧师所说的“胀气问题”。

的确如此。“无声，但威力十足。”爸爸说。

“恶心。”杰西卡说，她一直不怎么喜欢它。

没有马什先生，世界可能已经毁灭了。

真的。

第一部分

第一章

这是一个温暖的夏日的傍晚六点，拉姆齐·莱曼和我盯着西班牙城娱乐中心的后门，不敢敲门。马什先生刚才狼吞虎咽地吃了某人掉在人行道上的一个肉串，此刻正贪婪地舔着上颌，还想再吃一个。他甚至把那根木棍也吃了。

白墙上有一扇两层楼高的大铁门——门大极了，以至于在当中又开出了一扇正常大小的门。在那扇正常大小的门中间有一个敲门器，看起来和整个门格格不入，就像你在闹鬼的房子的门上看到的那种。敲门器是绿色的，呈龇牙咧嘴的狼头状。

马什先生抬头看了看那个狼头，龇了下牙，但并没有真的咆哮起来。

拐过街角，在大海边，男人们穿着短裤，推着婴儿车；汽车呼呼地驶过海岸公路，车窗里漆黑一片；自行车道上有人骑着免费自行车。拉姆齐指着萨思佳·汉尼西的姐姐推了推我，她只穿着比基尼和人字拖，满身鸡皮疙瘩，正和几个朋友摇摇晃晃地走向海滩。我低下头，不想被认出来。

在我们头顶上，天空是临近傍晚的深蓝色。天气太热了，就连海鸥也躲到了树荫下。拉姆齐又在跳他兴奋时跳的那种鬼步舞了，我觉得我应该让他冷静下来。

“拉姆齐，”我耐心地说，“我们只是来看望一位老太太。

她可能有点儿孤单，想跟我们喝点儿茶，吃几块烤饼什么的，再翻翻她孙子孙女的照片。我们表现得礼貌一点儿，然后就能脱身了。这不算什么大冒险，除非你不正常。”

拉姆齐看了我一眼，好像是说：但我就是不正常！

最后，我抬起那个狼头——狼头的上下颌交会处由合页相连，可以使之开合——然后把它往下一压，它发出一声尖锐刺耳的撞击声，回音很大，远远超出了我的预期。拉姆齐惊得跳了起来。

他眼里闪着兴奋的光芒，低声对我说：“茶、烤饼、狼，还有冒险！”

比勒托乌斯博士一定是在等我们，因为我刚把门敲响，就听到门里面有几个门闩被拉开了，随着令人非常满意的嘎吱声，门开了。（我看到拉姆齐咧嘴笑了：如果门没有发出嘎吱声，他一定会很失望的。）

此时此刻，为了满足他的喜悦，应该响起一声炸雷，然后出现一道闪电，照出披着黑色长斗篷的比勒托乌斯博士，她嘴里还要说着“你们好，平凡的人们”之类的话。

然而，天气仍然是阳光灿烂，连一丝风暴的影子也没有，而比勒托乌斯博士——她又高又瘦，就像一条猫尾巴——仍然穿着我们今天早上见到她时穿的那件羊毛沙滩袍。

她只是用沙哑的美国口音说了声“嗨”。“嗨。”没别的。

然后她转过身往回走，那儿像是一个黑黢黢的大仓库。她黑黑瘦瘦的身体上顶着一头浓密的白发，让我想起了一根魔杖。

她走了几步又停下来，转身看着我和拉姆齐。

“怎么？还在等什么呢？去克拉克城的最后一班火车？快进来吧。如果有必要，就把那条杂种狗也带进来吧。”

在杂乱无章的仓库的另一边，是一段狭窄的金属楼梯，通往一个带扶手的平台。她并没有看我们是不是跟上去了，于是我就东张西望地打量着这个高高的、灰扑扑的地方。这里堆满了箱子、砖头、水泥袋、梯子、木板，还有一个小型水泥搅拌机、一个装满碎石的建筑工料斗、一张皮沙发——沙发的一头用东西垫着。还有一些其他东西：马鞍、汽车坐垫、酒吧凳子、健身自行车和一台制作浓缩咖啡的大机器，它的旁边有一个老式车轮那么大的东西——一半被灰蒙蒙的蓝色油布盖着。

拉姆齐在背后捅了捅我，指着那玩意儿说：“哎，看那架无人直升机！”

我听说过无人直升机，当然，也见过有人在网上展示它们，但从来没见过真家伙。我想，如果我比克莱姆先看到一架无人直升机，他肯定会嫉妒死我的。接着我又想起，我不能把来这里的事告诉任何人。

只听比勒托乌斯博士说道：“……我的绿色狼头敲门器，你们喜欢吗？那种绿是铜绿的颜色，铜绿是铜在空气中生成的绿锈，主要成分是碱式碳酸铜。自由女神像也是这样的。那个你们是知道的吧？”

我们什么也没说，跟着她走上楼梯。我们俩都好奇地回头张望那片仓库，打量那个有可能是——更有可能不是——无人直升机的东西。

到了楼梯顶上，她停下来转过身。“你们是知道的吧？”

“哦，知道，当然知道。”拉姆齐使劲地点着头说。

“说谎！”她咆哮道，褐色的长下巴对着拉姆齐。我注意到，她说话时，那一头爆炸式的白发会随着抖动；她住口时，头发也不动了。“碳酸铜的化学式是什么？”

拉姆齐那张可怜的脸啊！他嘴角耷拉了下来。拉姆齐很聪明，但还没聪明到那个份上。“这个……嗯……”

比勒托乌斯博士转过身，沿着金属平台大步往前走去，沙滩袍在她身后飘动着。“是 $CuCO_3$。”她扭头喊道，“你们那所学校都教些什么，嗯？还是自尊心和气候变化那一套吗？哈！快点，跟上！”

我们小跑着跟在她后面，马什先生的爪子在金属过道上咔嗒咔嗒地响着。

一堵长长的弧形墙中间有一个对开门，她在门前停下脚步，转身面对着我们。她深吸了一口气，然后开始咳嗽，咳了很长很长时间。有一会儿她咳得几乎直不起腰来。这有点破坏这戏剧性的时刻，但是接着，突然开始的咳嗽又突然停止了。她不再咳嗽，站直了身子，脸上的表情柔和了一些。“啊！别那么害怕，伙计。我只是老了，没别的。你叫什么名字？”

“拉——拉姆齐，拉姆齐·莱曼，夫人。”

她扬起一边嘴角，轻声笑了起来。“夫人？哈！你比我有礼貌多了，伙计。我没有正式介绍就邀请你们来我家了。那么，你们是拉姆齐·莱曼和……？”

“乔治娜·桑托斯，简称乔吉。”我才不张口闭口“夫人”呢。我不能跟拉姆齐一个样儿。

“好吧，‘简称乔吉’和‘拉姆齐夫人’。这是我的一个小测验，明白吗？但是从现在开始，不许再撒谎了！从现在开始，我要信任你们。你们把来这里的事告诉别人没有？”

我和拉姆齐赶紧摇头，都说：“没有。”

“没——有？”她拖长声音说，然后摘下厚厚的眼镜，弯下身子，用她那双奇怪的、浅色的眼睛盯着我们，“那就一言为定了？”

我们都点头，其实我根本不知道一言为定的是什么。

“一言为定。”我们一起说。

她似乎满意了，转过身去，推开那两扇门，大吼一声道：“怎么样，是不是很精彩？我们就这么说定了！欢迎我的小山雀们，欢迎来到未来！哈哈哈哈哈！”她的笑声就像琶音，一声比一声高，最后以一声响亮的尖叫结束。

拉姆齐与我对视，傻笑了一下。如果比勒托乌斯博士是在装疯卖傻，那她就做过头了。只是……我认为她不是装的。

马什先生发出一声呜咽。它不想走进这道门，我非常清楚它的感受。

第二章

我拼命想弄清整件事是从哪里开始的。所谓“整件事”，指的是比勒托乌斯博士的那个“未来圆顶屋”、露营车爆炸、狗瘟疫、百万英镑的头奖等这一切。我想，大概是从马什先生开始的吧。

不要相信不喜欢狗的人。

这是我那张叫“狗的智慧”的海报上的第一条。我知道这听起来有点绝对，就提出了一些例外：

1. 生活在某些国家的人（比如拉姆齐的纳什姑妈），因为在他们的文化中，狗不是宠物。所以这其实不能怪他们。

2. 被狗袭击过的邮递员和快递员，不过这说到底是狗主人的错，主人没有把狗训练好。

3. 过敏的人。我这么说是因为杰西卡。后面还有更多关于她的内容。

不过，除了这些例外，我认为这条还是很不错的。狗只是想和我们在一起。要知道，自从人类出现在地球上以来，狗就一直和人类生活在一起。所以我们才把狗称为“人类最好的朋友”。

我一生下来就想要一只狗。反正爸爸是这么说的。他说我说的第一句话是:“我们能养只狗吗？”我认为他是在开玩笑，但我愿意假装相信这是真的。

我卧室墙上这张海报的旁边，还有我收集的一些名人和他们的宠物狗的照片。我最喜欢的是:

· 罗比 · 艾尔斯和他的贵宾犬。

· 吉－托普和他那只（萌萌的）吉娃娃。

· 美国总统和她的大丹犬。

· 我们国王和他的杰克罗素。（我还是婴儿的时候，曾见过国王一次，那时他还没有当上国王。不过他当时没有带狗。）

· 老女王和她的柯基犬。

总之，后来我们终于养了一只狗。那是去年三月，爸爸的女朋友杰西卡搬进来之后不久。（巧合吗？我不这么认为。）

我就知道不太对劲儿。爸爸接到了他的朋友莫里斯的几通电话。莫里斯曾经是一名牧师，现在经营着伊斯特本公园的圣沃夫狗狗收容所。

本来没什么奇怪的，可是爸爸接电话时说:“啊，莫里斯！等一等。”然后就离开了房间。他回来时，笑得特别得意，整张脸都快要爆炸了。当然啦，我可不敢抱什么奢望。

我问了克莱姆，但他已经在他的卧室里开始“闭关”了，那间卧室又叫少年山洞（是一个大体已经完成了的“闭关处”）。他耸了耸肩——说句公道话，养狗一直是我喜欢的事，跟我哥哥没什么关系。凡是没有臭烘烘的汽油发动机的东西，克莱姆都不会太在意的。

当你心心念念地希望时，让自己不去希望是很难很难的。我经常看墙上的挂历——十二个月，每个月都是一只可爱小狗！不知道我们能不能养一只。我把最喜欢的狗列了一张表，藏在床头柜的抽屉里。

1. 金毛寻回犬。（特别擅长跟小孩子相处。）

2. 可卡颇犬。

3. 巧克力色的拉布拉多犬。

4. 大丹犬。（我知道这种狗很大。“你还不如买一匹马呢。”爸爸说。）

5. 边境牧羊犬。（非常聪明，需要大量训练。）

我甚至想搞清楚爸爸脑子里正在想什么。比如是不是会想：“杰西卡要搬进来了，克莱姆一天天在长大，这些都让乔吉不开心，所以我们就给她买一只狗吧。”

这正合我意。然后……在一个星期五，我放学回到家，走进厨房，看见了爸爸。他说：“把眼睛闭上！”其实我已经听到门后面有一只狗在叫了。

爸爸打开客厅的门，我第一次看见了这个毛茸茸的小家伙，感觉从来都没有这么开心过，它使劲儿摇着尾巴，整个屁股都在晃。我扑通跪了下来，当它舔我的时候，我立刻就彻彻底底地爱上了它。

它是爸爸从圣沃夫狗狗收容所弄来的，我们不知道它的年龄。牧师（很精通这类事情）估计它大约有五岁。它也不在我的那张爱犬品种表上。

于是我重新列了一张表，排在第一位的是杂种狗。

快乐持续了一个月。准确地说是二十七天。二十七天纯粹的快乐，然后就结束了。被杰西卡给毁了，我费了那么大的劲儿想要喜欢她——但是没用。

第三章

麻烦的不是马什先生的“胀气问题”。

就我个人而言，我完全能够忍受。虽然有时候这种气味会让你流泪，但不会持续很久。不，麻烦的是杰西卡，百分之百是她。

一开始是咳嗽，接着是哮喘，然后是手上出皮疹。事实证明，杰西卡完全是过敏性体质。

“你原先不知道吗？”我哭着说，她摇了摇头。信不信由你，她竟然从未与狗狗有过长时间的亲密接触，没有发现自己对狗的皮毛、唾液或其他东西过敏。或者，也可能是她成年后才开始过敏的。我不认为她是瞎编的，她还没那么坏。

好吧，我确实——偶尔——认为她是瞎编的。可是有一次杰西卡哮喘发作之后，浑身筋疲力尽，头发都汗湿了，于是我们知道，只能把马什先生送回去了。

一个月内经历人生中最美好的一天和最悲惨的一天，这种情况可能比较少见，特别是我那会儿才十岁。

我哭了整整一个星期，杰西卡不停地说她感到很抱歉，还想用她瘦骨嶙峋的胳膊来拥抱我，但是我很生气。现在有时候仍然是意难平。

马什先生回到了圣沃夫。唯一的好消息是它还在那儿。牧师说我随时可以去看它。

我成了圣沃夫的志愿者。按规则，我还不够年龄，但爸爸说他说服了牧师“通融一下”。

事实上，好消息还不止这一个。另一个好消息是圣沃夫有很多狗，每一只我都喜欢。

但我最喜欢的是马什先生，就是拜它所赐，十五个月后，我和拉姆齐见到了比勒托乌斯博士。

第四章

那是早晨，大约九点钟的时候，海滩上笼罩着一层凉爽的晨雾。我和拉姆齐带着马什先生，还有圣沃夫的另外两只狗。

我松开了马什先生的皮带，它跑下台阶，穿过沙滩，奔向海边，它总喜欢去吃那些小海浪的白色浪花儿。拉姆齐一直抓着丑达力不放，因为达力是“零召回”，也就是说你召唤它的时候，它不会过来。达力曾经一直跑到了灯塔那儿，要不是因为涨潮，它可能还会跑得更远。

就这样，马什先生奔到了海边，达力使劲儿挣着皮带，莎莉－安，那只拉萨犬，非常不情愿地嗅着石头台阶。莎莉－安是圣沃夫的“付费客人”，我打心眼里认为，它很势利眼儿，瞧不上那里的其他狗，它就像一位不得不住在廉价酒店里的公爵夫人。

台阶下面有一位高个子的老太太，正把满头的白发一点点地塞进一顶黄色的橡胶泳帽里。我捅了捅拉姆齐。“就是她。”我低声说。

“从西班牙城来的。”那个时候，我们还不知道她的名字，甚至还不认识她，但我们都曾见过她。

我们在台阶上面犹豫不前。老太太迅速地戴上一副泳镜，脱下长长的沙滩袍，迈步穿过沙滩，朝大海走去。涨潮了，所以她没走多远，但也足以让我们惊奇地瞪大了眼睛。

连体泳衣配上鲜艳的黄色泳帽，使她的长腿和长胳膊——是一种深棕色——显得更黑了。她的臀部几乎没有一点肉，只在泳衣的凹背下面有一点微微的鼓起。她自信而缓慢地走着，走到水边也没有停下来，一直走到齐腰深的海水里，然后她把身体向前一探，朝大约五十米外的一个浮标平稳地游了过去。

大约十五分钟后发生的那件事都是马什先生的错。此刻，我和拉姆齐已经在海滩上了。我们看到老太太从水里出来，走回沙滩去拿她的东西。她看上去有一点吓人，我不希望我们在上台阶的时候超过她，所以就留在了岸边。

我真不明白，马什先生怎么能想从一顶黄色泳帽里找到哪怕是一点点可以吃的东西。只见它突然就冲上沙滩，跑到老太太丢下泳帽的地方，把泳帽叼在了嘴里。

“喂！你！放下！”老太太喊道，然后我也跑了过去。

“马什先生！放下！放下！把它放下！”我喊道。

“把它给我！”老太太喊道，事情就这样发生了。马什先生嘴里叼着泳帽向她扑了过去，她摔倒在沙滩上，倒地时手腕磕在了台阶上。我听到刺耳的刮擦声。老太太疼得尖叫起来。

“对不起，对不起！它只是想表示友好！”我喊道。老太太坐直身子，她摔倒时沙子粘在了她潮湿的皮肤上。她揉了揉手腕。在她身后，那只傻乎乎的杂种狗正慢慢地嚼着她的泳帽。

她手腕上戴着一块大手表，就是那种有指针和数字的手表。她看着手表，然后把它举起来，让我看到玻璃表盘上的一道大大的划痕。

“是你的狗干的。”她说，“它在对我的泳帽搞什么名堂？”

“我真的很抱歉。”我能想到的就只有这句话。我恨不得赶紧逃走。

这个时候，拉姆齐绞着双手，脚在沙滩上蹭来蹭去，好像要上厕所似的，嘴巴恐惧地紧紧抿成一条直线。他瘦精精的双腿在颤抖，使那条肥肥大大的校服短裤也跟着抖动。达力在皮带那头兴奋地汪汪大叫，莎莉－安坐在旁边，脸朝着另一边，似乎想无视这场骚乱。

老太太站起身，一边穿上那件长及脚踝的羊毛沙滩袍，一边用眼睛仔细地看着我。“算你们走运，我的手表没摔坏。”她用那种奇怪而低沉的美国口音对我说。接着她又说：“你们就是我几星期前见过的那两位，对吧？”

我点点头。“对……对不起，你的手腕摔着了，没事吧？”

“有事，当然有事。疼得要命，而且我手表的玻璃表盘上有了一大道划痕。”

“真是对不起。”

“是的，是的，是的，你刚才说过了。我明白。你感到对不起。天哪，那只狗难道要把那倒霉的东西都吃掉吗？看样子它非这样不可呢。”她说话时那一头爆炸式的白发上下抖动。她伸长青筋毕露的脖子，盯着我看。当我看到她那双不同寻常的淡蓝色眼睛时，惊讶得差点儿尖叫起来。我好像从来没有见过一个黑人长这样的眼睛，很难不盯着看。我使劲儿把目光移开，去看马什先生。

“别啃啦，马什先生！”我说。我想把泳帽从狗嘴里扯出来，但它已经被啃烂了。“对不起！”我又说。然后我又对达力说：“不许这么做，达力！”达力嘴里叼着一只死海鸥。那一刻简直是天下大乱。

老太太又戴上了她那副厚厚的眼镜，她把瘦得皮包骨的胳膊抱在胸前，上下打量了我一番。“你多大了？”她怒声问道。

“十一岁。”

“嗯。那边的马德里先生呢？”她用大拇指指了指拉姆齐，拉姆齐还在那儿不安地动来动去。他穿着他那件黑色的皇家马德里队球衣，其实——据我所知——他并不是球队的粉丝。那也不是一件真正的球衣，但他好像不在乎。

“他十岁。”我说。

“十岁零十个月。”拉姆齐插嘴道，然后立刻显出一副尴尬的样子。他是我们年级里最小的。

老太太脸上露出一丝笑容，其实不过是一边嘴角稍微翘起一点。我当时不知道我后来会渐渐习惯她的这种表情。她扭动了一下手腕，疼得皱了皱眉。“十个月，嗯？你个子真够大的，是不是？”她用鼻子深吸了一口气，似乎对下一步要说什么，正在做一个重大的决定。

“我真的不想拿这些事去报警。”她眺望着大海说，然后她的目光往旁边闪了闪，掂量着我的反应，“你知道——一顶泳帽被偷，有人可能受伤严重，一块手表被损坏，一只狗失去控制……”

“哦，它没有失去——”

“就像我说的，我并不希望去报警，那可能会闹得不愉快。但你们俩可以给我帮个忙。”她转过身，面对着我们，把两只长长的手叉在她的瘦屁股上，“你们知道西班牙城吗？”

“当然知道。”我指着不远处的那个大圆顶。

“是啊，你们当然知道。今晚六点到那里去，然后我们也许能够忘掉所有的……这些事。记住，不要告诉任何人。”

拉姆齐像个傻子似的直点头，那是因为和他住在一起的纳什姑妈对他的行为要求非常严格。我想，他已经没有别的选择，只能什么都答应了。而我不一样……

我把手举起一些，说道：“对不起，我不是故意没礼貌，但是你说不要告诉任何人，而我们又不认识你，再说……”

她眼睛一眨不眨地盯着我，那副大眼镜似乎把她浅色的眼睛放大了很多。

“有一条规则，亲爱的，你必须要知道：如果有一个几乎不认识的成年人让你对爸爸妈妈保守一个秘密，那永远都不能听。”

我点点头，希望她别再盯着我看了，但我却无法把目光移开。

“这是一条铁的规则。”她说。我又点点头，咽了口唾沫。“我希望你能把它打破。”

她让我慢慢体会这句话。“今晚六点钟见。”她转过身，拎起她的凉鞋和黄色沙滩包，大步走上台阶，几个动作一气呵成。然后她又转过身。“我叫比勒托乌斯，艾米莉亚·比勒托乌斯博士。很高兴见到你们！”

在我旁边，马什先生吐出泳帽的碎片，然后又啃了起来。（后来，我把泳帽加在了马什先生吃过的东西的清单上，那个清单越来越长了。）

“你认为怎么样？”拉姆齐目送着老太太离开，问道。

我想了想，指着他的足球上衣。“像她这样年纪的老太太，有几位能认出皇家马德里的客场球衣？”我佩服地说，“而且——马什先生蛮喜欢她的。”

也就是说，我准备给她一个机会。

第五章

于是，就在那天傍晚，我们来到了西班牙城。

“哈哈哈哈哈哈！”比勒托乌斯博士又放声大笑，我真的认为她不是在演戏。我想她只是太兴奋了。

双扇门后面一片漆黑——我是说黑得伸手不见五指。只听比勒托乌斯博士大喊一声：“演播室亮灯！”顿时，耀眼的点状灯在细细的金属轨道上亮了起来，这些轨道在圆顶天花板上纵横交错，高悬在我们的头顶。

我们是在一个巨大的、没有窗户的圆形房间里，整个墙壁——从地板到天花板——全部覆盖着一种暗绿色的……难道是泡沫？看起来像海绵似的，但我不敢触碰。天花板和地板是亚光黑色的，房间中央放着一把孤零零的帆布躺椅，老式的那种，绷着红白条纹的帆布。没有别的。

我们是在西班牙城的圆顶屋里。这座清真寺般的建筑，高耸在惠特利湾的海滨上，简直是个庞然大物。

“你们喜欢吗？”比勒托乌斯博士说，自豪地将一只手臂伸入黑暗，她的声音在这巨大的空间里回响。

“喜欢！”我说，拉姆齐点点头，但是我话音未落，比勒托乌斯博士就转过身来瞪着我。

“说谎！你怎么可能喜欢？你根本不知道这是什么。我警告过你：必须跟我说实话，而且只能说实话！现在，我再问一遍。你们喜欢吗？”

“嗯……”这次我不知道该说什么了，生怕又会说错话。这个比勒托乌斯博士太吓人了。拉姆齐给我解了围。

“说实话，比勒托乌斯博士，”他说，“没有很多东西值得喜欢。但我肯定会说它非常了不起，很震撼，嗯……令人难忘。”

“哈！你学乖了！这才像话。你肚里的词儿还挺多的。你是哪儿的人，孩子？你的东北口音里还混杂着别的口音，对吧？”

拉姆齐犹豫了一下。“嗯，我的祖国实际上已经不存在了。当年发生了一场战争，唉……”

“我明白了，孩子。我们都在寻找一个家，是不是？喏，这儿就是我的家。欢迎来到我的实验室，或者——用你们英国人的话来说——我的实验演播室。哈！这边走，靠边上走。还有……等一下。”她嗅了嗅空气，“你们能闻到……橡胶燃烧的气味吗？”

“对不起。那个，嗯……是马什先生。它有点儿，嗯……消化不良。”

比勒托乌斯博士用手捂住了脸，声音有点儿发闷。“真没想到！”她看着马什先生，又把目光扫向门口，似乎在考虑让马什先生出去，但她没有。这让我有点儿喜欢她了。

我的眼睛渐渐适应了黑暗，我们跟着她绕过圆形房间的一侧。她拉开一道厚厚的绿色帘子，露出一个狭窄的门道，我们三个，加上马什先生，挤了进去。

“控制室亮灯！”

蓝白色的灯带亮了起来，映入眼帘的是一个长长的房间，地板和墙壁上都铺着白色瓷砖。房间里有工作台、水槽、一个大冰箱、一套八个炉头的厨灶和一个黑色的铁烤架。显然，这里曾经是一家餐厅的厨房。

贴着一面墙的一张木头办公桌上，有三个巨大的空白电脑屏幕，还有一个带彩色按键的大键盘——就是学校科技实验室里的那种。到处都是东西——每一个架子上、每一个平面上——各种东西简直无穷无尽。一箱箱电线、元件、细小的工具，一卷卷胶带，一个电烙铁，一盒盒螺丝和钉子，还有一些用于虚拟现实（VR）游戏的护目镜、头盔、手套和眼镜。有些已经落满灰尘，看起来有些日子了，上面印着不同的品牌。谷歌，Vis-Art，苹果，海蓝，三星……有些品牌我认识，但大多数都不认识。

在一个铝制的工作台上，放着一台电脑和一个显示器——是上个世纪的旧机器，电脑内部的零件都撒出来了，似乎它曾经掉在地上散了架，却没有人把零件都归拢起来。说实在的，我觉得从来就没人打扫过这里：房间里脏得要命。

桌子下面有几个柜子，我猜里面装的是电脑实际运行的部分。有几盏灯在闪烁，但没有声音，连嗡嗡声都没有。

水槽旁边的工作台上放着一块木板，上面有一块包着的面包、一些黄油和奶酪，还有一大堆脏杯子。马什先生发现周围有一些面包屑，抽着鼻子到处闻了闻，还想找到更多。

比勒托乌斯博士让修长的身体坐进一张带轮子的办公椅里，调整了一下眼镜，敲了敲桌上的键盘，把中间那个屏幕激活了。

“抱歉，这里太乱了。”比勒托乌斯博士说，但听起来并没有一丝歉意。

她的手指在键盘上敲击输入，屏幕上一页接一页地滚动。另外两个显示器上闪过一幅幅图像，但速度太快，看不清楚是什么。最后画面定格在一张海滩的照片上。

这是一幅动态图像，来自三个不同的视角，每个屏幕上显示一个。

我看着拉姆齐，自从我们进来后，他就一直沉默不语。他呆呆地望着屏幕，嘴巴张得大大的。

“别担心，伙计们。”比勒托乌斯博士在我们身后说，“这就好了。给！”她两只手里各拿着一个自行车头盔，等待我们的反应。“好了，戴上吧。”她最后说，“调整一下松紧度，戴得紧一点，要比你们平常戴得紧。”

我们往每个耳朵里塞了一个小耳塞。她帮我们系好皮带，扣好搭扣，反复地摆弄，又拉又拽，最后拉姆齐说：“啊呀！太紧了！”

“你还能呼吸吗？”

“能。”

“那就不算太紧。好了，跟我来。把狗留在这里。”她领着我们离开控制室，回到了演播室，我们背对着那面泡沫状的绿色墙壁站着。

我低头一看，第一次意识到我们站在一条小路上，这条小路环绕着整个圆顶屋的地面。地面是一个巨大的圆盘，布满了……是什么呢？我弯下腰仔细看。

“一毫米的哑光黑色滚珠。”比勒托乌斯博士在我旁边说，“有几十亿个，深大半米。你可以在上面行走——没有问题的。它们挤得很紧。你不会陷下去的。”

她站在我们面前，检查头盔，最后放下一根弧形的金属带，它像可移动面罩一样连接在头盔上，位于我们眼睛上方。“这是3D生成器。”她说，“会让人有点眼晕，但你们会习惯的。你们可能还会感到头皮有点不舒服，不过这也没什么可担心的。”

拉姆齐说:“这就像迪士尼乐园的环绕房间！”

我感觉这么说有点不合适，但我也不能确定。比勒托乌斯博士慢慢眨了眨眼睛，深深吸了一口气，似乎在考虑该作何反应。最后她说:“说得太对了，孩子。只是这里的比那个好得多。这是一场即将改变世界的游戏。好，这边来。”

她领着我们走向躺椅。踩在那些滚珠上的感觉很奇怪，就像走在软绵绵的沙子上。“当程序开始时，”比勒托乌斯博士说，“你们脚下的地板会微微移动。一开始可能感觉有点奇怪，但你们会习惯的。”她转身回到控制室，拉上身后的帘子，砰的一声关上了门。我的耳朵里传来噼里啪啦的声音，接着我听见她说:“准备好了吗？好，我们开始吧！”

直到这时我才意识到，我根本不知道自己在做什么。我只是没有任何疑问地跟着做，给自己绑上了一个古怪的自行车头盔，在一个巨大的黑色圆顶下面，踩着由无数个小滚珠构成的地板，而外面的人们还在悠闲地漫步，吃着冰激凌……

我的感觉和我第一次坐过山车时完全一样。当时我大约六岁。我和爸爸一起，我们坐在前面的车厢里。车子爬上了一个很陡的斜坡，到达最高点时，我往下一看，才发现太高了，高得让我感到害怕。

就在五分钟——不到五分钟！——之前，我还在敲那扇带狼头敲门器的大门，现在我要测试一种新的……什么来着？一种游戏？这个女人到底是谁？

我吓坏了。我纳闷地想，我是怎么跑到这里来的？

“拉姆齐？我不喜欢这样。”我伸出手，抓住了拉姆齐的手，大声喊道，“停！”然后用更响的声音喊：“停！”

但是已经太晚了。天花板上的点状灯熄灭了，周围一片漆黑。

第六章

我们现在所站的这个地方不久之前还是一家餐厅，但我从没有进来过。再往前几年，这里曾是舞厅，后来是一家迪厅，旁边带咖啡馆和游乐厅。露天有一个固定的儿童乐园。占主要位置的是一个巨大的白色圆顶屋，整个地方被称作西班牙城。

祖父在这里长大，后来跟着祖母一起搬到了苏格兰。他说，他记得这儿曾有一辆古老的、吱吱作响的由铁和木头制作的过山车，名叫北斗七星。然而，到了二十世纪九十年代，西班牙城几乎成了一片废墟，而且就此荒废了许多年。

几年前这里被彻底翻修过，现在没有了儿童乐园，也没有了北斗七星。但在另一个区域仍有冰激凌店和餐馆——时髦的、价格不菲的餐馆，比如波利·唐金茶室之类，曾惹得祖父咂着嘴说："你在开玩笑吧！一壶茶就这么贵！我告诉你，我小的时候……"

国王在当上国王之前，曾经拜访过西班牙城一次。我当时还是个婴儿。我有一张和妈妈的合照，照片里的国王看上去像是在朝我微笑。其实只是拍照角度的问题，他是在朝别的东西微笑。那张照片现在就放在我们家走廊的相框里。

总之，去年冬天，圆顶屋下的餐厅关门了。没有人知道原因。萨思佳·汉尼西的妈妈在那里做服务员，有一天她被叫进办公室去，得知她的工作丢了。但是……她得到了一大笔钱，全家都去了一趟佛罗里达，回来的时候有了全新的笔记本电脑，而且汉尼西太太还在波利·唐金茶室找到了一份工作。

据萨思[1]说，在那里工作过的人都是这样的。

前一天，餐厅里还忙忙碌碌。第二天，桌子椅子就被装进了搬家公司的大卡车。一星期后，建筑工人就带着大锤子和翻斗车进来了。

从外面看还是老样子。但没有人知道里面发生了什么。是啊，没有人知道，直到我和拉姆齐认识了比勒托乌斯博士。

有一天，十月的期中考试之前，我和拉姆齐走在放学回家的路上，我跟他聊着这一切，聊着我当年见过国王的事，还说出了我心里的疑问。然后，拉姆齐径直走向一个身穿橙黄色夹克、头戴安全帽的男人，那男人推着一辆手推车走过西班牙城高大的后门，车里装满了砖头和碎木头。

“对不起，先生，这里面在做什么？”拉姆齐问他。（“先生”！）我尴尬地缩在一边。我们的老师斯普林汉姆先生说，拉姆齐“没有社交障碍”，他可以和任何人交谈。

那人似乎很高兴有机会休息一下。

“不知道，孩子。多好的餐厅啊，都拆了！要我说呀，真是怪可惜的。你瞧瞧那个……”他指着手推车里一块闪闪发亮的大石板，“多漂亮的一块意大利大理石啊。想想吧，我真巴不得给自己留着。放在花园里当一张桌子多合适呀！”

---

① 萨思佳的昵称。

“那……里面改造成了什么？”拉姆齐说。那人脱下安全帽，用小臂擦了擦额头。他抬头看着圆顶屋。

“不知道，孩子。大概是音乐或电影工作室之类的吧。下星期会运来一大堆高级设备。你知道的，灯、投影仪、电脑什么的。”他朝一个戴着安全帽、看上去上了年纪的女人点了点头。那女人正蹲在那里检查一堆银罐上的标签，那些银罐就像一个个灭火器。她转过身，凶狠地盯着我们。我第一眼没认出她来。

“啊呀，啊呀。我不能待在这儿跟你们聊天了。那个什么老博士会教训我的。”他抄起手推车，又继续干活了。

拉姆齐转向我。“看到了吗？你只需要大胆地问！”

我们走开时，我回头看了一眼，那老太太已经站了起来，眼睛仍然盯着我们。她又高又瘦，我把目光移开了。往前走了几米之后，我大着胆子又回头看了一眼，她还在盯着我们，我觉得好像做错什么事情被抓住了似的。

我认出了她：我有时会看见她在沙滩那边游泳，即使冬天也不例外。

她建造的那个东西肯定十分庞大。我认出那些银罐是液态焊剂，爸爸在他的修车行里使用过。但爸爸只有一罐，那老太太起码有二十来罐呢。

我又回头看了看，发现了一点异样。是某种眼神？某种联系？我不知道，但我有一种切切实实的感觉：她不是平白无故盯着我们俩看的。我甚至觉得她对自己笑了笑，似乎对什么感到很满意，也许那只是我的错觉吧。

第七章

在死一般暗黑的圆顶屋里，我眼睛上方的弧形金属带突然发出了耀眼的蓝白色光芒——光线太强烈了，几乎刺痛了我的眼睛。我眯起眼。随着强光慢慢淡去，我面前出现了一些形状。几秒钟后，细细长长的柱子变成了棕榈树，深色的地板变成了白色，我眼前出现了一片热带的海滩。

我指的是真正的海滩，不是那种老土的、黄兮兮的虚拟现实海滩——那种通过一个沉甸甸的头盔观看，图像效果很差。眼前的画面远比我在任何 VR 设备上看到的都要真实。

我松开拉姆齐的手，他“哇——”的一声，发出一声惊讶的长叹。

我们面前是那张帆布躺椅，此刻，它的两边出现了一大片新月形的乳白色沙滩，周围点缀着棕榈树，一直延伸到前方几米远的碧波荡漾的大海。

我转了三百六十度。画面太完美了。我抬头望去，蓝色的天空飘着几朵小小的白云，地平线上有一片灰暗的乌云。

接着我注意到了各种声音。微风习习，棕榈叶在风中沙沙作响。小海浪哗哗地拍打着海岸。远处的公路上驶过一辆旧摩托车。我身后传来细细的音乐声。我转过头，看到一个卖饮料的小棚子，音乐就是从那里传来的。柜台后面站着一个笑嘻嘻的男店员。我微笑着举起手来跟他打招呼。

他也朝我挥手。他的动作没有一点不自然，尽管他的胳膊上出现了一点马赛克，身体周围有一圈颜色略深的轮廓。

好吧，我想。已经很不错了——不，岂止是不错，简直是优秀，但是，你知道……

我不想显得矫情和挑剔，我的意思是，我以前玩过虚拟现实游戏。这效果很不错，肯定比迪士尼乐园的那个高级，可是……有必要搞得这么神神秘秘的吗？

“真不错！”我大声说，一边又四处看了看。

“真不错？”比勒托乌斯博士通过耳机喊道，吓了我一大跳。刚才短短几秒钟内，我几乎忘记了自己是在惠特利湾的一个黑乎乎的巨型圆顶屋内。“真不错？你就这么轻描淡写？真不错？”她原本低沉的声音变得尖利刺耳了。

“对……对不起。我是想说，太厉害了，简直……”

“摸摸沙子！快——它不会咬你的！摸摸沙子！”

我蹲下身，把手伸到沙子里，惊讶地发出一声尖叫。你看，我知道我脚下是一层半米厚的微型金属滚珠。但我触摸到的不是它们，我触摸到的是……

沙子。至少，我感觉那是沙子。

沙子从我的指间流淌下去。我倒抽了一口气，听到比勒托乌斯博士发出了带喉音的笑声。“这比‘真不错’更不错，是不是？”

我点点头。“是啊。简直……太完美了！”

“哈！还不算完美，不过还是谢谢你。你再摸摸沙子，仔细地感受一下。”

我伸手又抓起一把沙子。拉姆齐也抓了一把，说道：“怎么是……冷的？不是应该被太阳晒热了吗？”

“嗯。”博士说，键盘咔嗒咔嗒响了一阵，“现在怎么样？”

突然，沙子变得热乎了。“是不是太热了？”她问，我摇了摇头，惊讶得说不出话来。

“这是怎么……？”我看向拉姆齐，却见他的脸因为惊恐而变得扭曲。“乔吉！看你后面！”

我转过身，顿时尖叫起来。大约五米开外，一只有咖啡桌那么大的蝎子正举着两只巨大的钳子朝我扑来，颤抖的尾巴在背上高高拱起。

第八章

我只在照片和电视上见过蝎子。说起来令人欣慰，它们并不是英格兰东北海岸的原生动物。我只知道它们仅有我的一个手掌那么大，而且通常都有毒。

眼前这个让我想起一只巨大的、乌黑发亮的龙虾，边缘有点发红，有一条超长的节状尾巴高高地弯在它的背上。它尾巴后面有一个深橙色的小球，上面有一根长长的尖刺。蝎子的爪子像螃蟹的钳子一样，当它用八条节状腿向前面或侧面移动时，两个爪子就恶狠狠地夹在一起。我看到蝎子的轮廓边缘有一些瑕疵，动作有点模糊，就像刚才那个男店员朝我招手时一样。

不幸的是，即使知道它是一只虚拟现实的蝎子，也没有让我的恐惧减少半分。

“比勒托乌斯博士！”我喊了起来，“拉姆齐！”

拉姆齐吓得呆在了原地，我耳朵里只听到比勒托乌斯博士的嘟囔：“哦，真是见鬼，怎么又是它！”

蝎子飞快地朝我走了两步，我情急之下，抬起脚来踢它。没想到，我的脚跟它的爪子碰到了，这让我大为惊讶。我感觉到我的脚在踢它，但它还是在往前爬。我毫不犹豫地跑上海滩，躲避蝎子。它已经用腿站了起来。它似乎没有眼睛，只是头顶上有一些鼓包，像乌黑的、亮晶晶的小半球，但是——这些小半球似乎也正盯着我。

我奔跑时注意到一种奇怪的感觉：我并不完全像在沙滩上跑步，更像是在小金属滚珠构成的床上跑步。滚珠在我的脚下移动，不过我现在更关心的是要与一只大黑蝎子拉开距离。

“比勒托乌斯博士！那是什么东西？”我大喊道。拉姆齐抄起躺椅，朝它扔了过去。他瞄得很准，但椅子直接穿过了蝎子，就好像它是个幽灵。

“啧啧，别担心。”比勒托乌斯博士对着我的耳机说，语气里的失望多于担心。然后她说：“唉，你这个小……”但我认为她是在跟蝎子说话。

我和拉姆齐一起退到了沙滩的远处，但蝎子仍然向我们扑来，两三步一停顿地在沙滩上跳着走。

然后，它突然张开两只钳子，用几条毛茸茸的节状腿撑起身子，向我猛冲过来。我转身就跑，脚下一个踉跄，脸朝下摔在了沙子里，我眼睛上方的金属带变黑了。

四下里一片安静。

几秒钟后，圆顶屋里的点状灯再一次亮起，我仍然置身于演播室中央，正喘着粗气。拉姆齐跪在深色地板上的那张翻倒的躺椅旁，那只蝎子刚才就在那里。比勒托乌斯博士从电脑控制室走出来，穿过铺满小滚珠的地板向我们走来，看到我眨巴着眼睛呼哧呼哧地喘气，她高兴地笑了起来。

“孩子们，欢迎来到 MSVR——多感官虚拟现实！恭喜你们成为世界上第一批体验它的人。”她握紧两只修长的手，摇着头，如光环般环绕她头部的白色爆炸头发微微颤抖。“差不多了。”她说，“差不多了！”

我仍然因为遭遇了大蝎子而喘个不停。比勒托乌斯博士注意到了，加了一句：“哦，嘿，亲爱的。抱歉，伙计！它是系统里的一个漏洞。我必须采取点措施了。它不会伤害你的。”然后她加了一句：“至少我认为不会，哈！”

我和拉姆齐坐在控制室的长桌子上，比勒托乌斯博士使劲儿地敲打着五彩缤纷的键盘，就像在玩打地鼠游戏。我们每人面前有一罐超市买的可乐和一包饼干。拉姆齐即使感到失望——我向他保证过有自制的小烤饼——但也没有表现出来，只顾往嘴里又塞了两块饼干。在我们的脚边，马什先生嗅来嗅去地寻找掉落的饼干渣。

比勒托乌斯博士说话时看也不看我们。

“你们——砰、砰、啪嗒——先坐在那儿——啪嗒！啪嗒！砰！——我很快就来——啪嗒嗒！啪嗒嗒！砰！砰——该死！不！不是说你们。啊，算了，我过会儿再处理。”她最后敲了一下键盘，然后在转椅里一扭身，面向我们：“是那只该死的蝎子。它太放肆了，它根本就不应该出现的。”

尴尬地沉默了一会儿，比勒托乌斯博士说：“那么，迪士尼乐园的那个环绕房间怎么样？”她的语气几乎带着鄙夷，说完又转回去敲键盘了，似乎答案根本就不重要，但答案显然很重要。

"特别棒。"我说，紧接着又往回找补，"我的意思是，'特别棒'可能有点夸张了。还不错，很不错，相当不错，我的意思是，也许还有更好的。也就是说……"我语无伦次，甚至不知道自己紧张什么。

拉姆齐给我解了围。"你知道环绕房间啊？"他问比勒托乌斯博士，语气更像是在攀谈。

"知道？算是知道一点吧。"她假装不在乎。

我和拉姆齐交换了一下眼色。不知怎的，我认为她不止知道一点，但我不明白为什么。

"我只是写了一些代码，没别的。"她说，"设计了它的程序。视觉的、听觉的……诸如此类的东西。还有你们必须戴的那种超大护目镜。热带雨林的环绕房间……怎么说呢，它对我来说就像一个孩子，一个永远长不大的孩子。"

比勒托乌斯博士突然站了起来，说话的声音更响了，话也滔滔不绝起来。"还记得你摸过的沙子吗？还记得你是怎么感觉到它的吗——尽管那里什么也没有？"我点点头。"还有那只蝎子——你踢它的时候，你的脚跟它碰到了，对吗？你感觉到了它。可是当你——"她指着拉姆齐，拉姆齐吓了一跳——"用躺椅去砸巴斯特时，躺椅直接穿过了它。你们没有感到奇怪吗？"

"是啊？"我们俩都慢吞吞地说。我的意思是，我确实对此感到奇怪，但这只是我在刚才十分钟里感到奇怪的东西的冰山一角。

比勒托乌斯博士拿起我戴过的自行车头盔，把它翻了过来。

头盔内部的表面有许多微小的金属突起。

“我们看到、听到和触摸到的一切，都是在大脑中处理的。没有我们的大脑，就什么也没有。你们听懂了吗？”

我和拉姆齐互相看了一眼，不知道这是在做什么，但比勒托乌斯博士根本没看我们。

“但是大脑可能会受骗。视错觉、魔术、记忆幻觉——都是头脑里的骗局。我们从住在山洞里时就开始这么做了。现在再看看这个！”

她把头盔举得高高的，像举着一个战利品，眼睛瞪着我们。

“这个，我的朋友们，就是最大的幻觉。或者，即将成为最大的幻觉。这个投影仪——”她用一根手指拂过那个曾位于我额头上方的弧形金属带，“会欺骗你的眼睛，让你看到程序设定的任何场景。不再有笨重的护目镜了！但造成巨大差异的是这些。这些节点，这儿，这儿，还有这儿……”她指着头盔内部刚与我脑袋相连的那些小小的金属突起，“它们把信号发送到顶叶，然后……”

“等等。”拉姆齐说，“发送到什么？”幸亏拉姆齐问了。破天荒第一次，他什么都要问个究竟的习惯没有让我讨厌。

比勒托乌斯博士似乎很不高兴被打断，但她接着又说：“没关系。我钻研了一辈子才明白这点。顶叶是大脑中处理触觉、听觉和其他感觉的部分。通过精心的编程，这台电脑可以向这些节点发送信号，然后这些节点又会向你的顶叶发送细微的电脉冲，欺骗你的大脑，让它感觉到，比如说吧，来自虚拟太阳的热量。这其实还算简单的。沙子要复杂得多。想要真正感觉非常细密的沙子流过你的指尖吗？那其实完全是一种错觉。我对此感到相当得意呢。再来一块饼干？”

我茫然地看了她一眼。我还在努力理解这件事，饼干也不会有什么帮助。拉姆齐呢，他显然认为饼干能管点用，就又拿了两块。

“所以，当我踢到那个……那个蝎子的时候，也是——大脑的错觉吗？”

“完全正确！就像沙子一样。程序欺骗了你的大脑，让你相信蝎子是实实在在的，你的脚能感觉到它，就像你的手能感觉到沙子一样——其实两者都不存在。”

“当我把躺椅扔过去的时候，”拉姆齐喷着饼干屑说道，“很显然，椅子直接穿过了它。”

比勒托乌斯博士眨了眨眼睛。“聪明的孩子。不过那是我正在研究的。”说着，她突然拍了拍手，站了起来，“今天就到这儿吧！在它完成之前，我还有很多事情要做呢。”

“你是说它还没有完成？”拉姆齐问，他从桌子上跳下来时，拿起最后一块饼干。

博士没有再说什么。我和拉姆齐默默地跟着比勒托乌斯博士，走出马什先生待的那个演播室，走下金属楼梯，来到仓库。她没有走我们进来的那扇门，而是转了两个弯，用一把老式的大金属钥匙打开了另一扇门。

“抄近路。”她说。

这扇门通向西班牙城商业街的内部。这里有一个闹哄哄的房间，里面满是儿童游乐设施，一家意大利冷饮厅（要我说，其实就是冰激凌店），一家昂贵的炸鱼薯条店，还有波利·唐金茶室。感觉好像我们是从一个秘密入口进来的，其实那只是一扇上了锁的门。

游乐厅就在我们前面几米远的地方，我们穿过人群，但接着我就不得不停了下来。萨思·汉尼西的妈妈刚给茶室外的一张桌子端了一盘薯条，就跟我的目光对上了。

“嗨，乔吉！”她说，就好像我和萨思是最好的朋友似的。拉姆齐冲她笑了笑，尽管他并不认识她。至少我认为不认识。“很高兴见到你，宝贝。那个，嗯……”她好奇地看着比勒托乌斯博士，可能在纳闷她是谁。

我嘟囔道：“嗨。”

“圣沃夫怎么样，乔吉？萨思跟我说了那里的一切。”萨思的妈妈一边说一边收起一张桌子上的玻璃杯。我已经匆匆朝商业街入口走去，没有回答。她看比勒托乌斯博士的眼神让我感到有点不安。

我可能弄错了。也许她知道比勒托乌斯博士是谁，也许比勒托乌斯博士是这里的常客。我知道什么呢？

比勒托乌斯博士把我们带到外面繁忙的街道上。“明天同一时间再来。别忘了：这是我们之间的秘密！你们还什么都没看到呢。”她转过身，顺着原路回去了，我和拉姆齐看到她的白发在人群中跳动。

“哇，太刺激了，是不是，乔吉？喂，醒醒，乔吉！”

我凝望着西班牙城圆顶屋上黑洞洞的窗户，思绪已跑到千里之外。

“她是什么意思呢，拉姆齐？‘你们还什么都没看到呢’……”

“不知道。我们可能还要测试一些武器什么的，比如巨蝎大战或者……”

“不，我认为不是。这跟游戏没关系，是另一码事。”

拉姆齐疑惑地瞥了我一眼。“你不信任她？”他说。

我想了想。

不要相信不喜欢狗的人。

比勒托乌斯博士对马什先生还可以。她肯定没有不喜欢它。她甚至还能忍受它的臭味。（马什先生在控制室里拉了一坨爸爸所说的“实打实的牛肉蛋”，她假装没有留意。她真好。）

可是另一方面，我们今天早上才认识她，而她已经让我们俩发誓保密了。

“我也说不好。”最后我对拉姆齐说，“但肯定是有什么事。”

“好吧。”他说，“我们去探个究竟。明天同一时间。这会是一次冒险。”

我朝他笑了笑。“好吧。”

于是就这样说定了。我们暂时相信她。

科学疯子的疯狂是有原因的。对吧？

第九章

在接下来的几个星期，我们下午放学后去找比勒托乌斯博士成了一种固定的模式。她从不给我们打电话，我们也没有别的办法联系她，只能在约定的日子和时间，去敲响那扇带狼头敲门器的门。用拉姆齐的话说，这一切都很“老派”，他说这话时显然很激动。

到了圆顶屋里面，我们有时会测试一个新的 MSVR 环境。不过，还有的时候，我们只是在控制室里闲逛，着迷地看着她在电脑上编程，创造一个新的环境让我们探索。

有一次我事后感到头疼，但没有持续多久。拉姆齐也是。比勒托乌斯博士似乎并不担心，给了我们每人一片扑热息痛。

（顺便说一下，后来我们发现，那个蓝色防水布下面盖着的果真是一架无人直升机。有一天，防水布被揭开，无人直升机就躺在那儿：一个斗式座椅，位于十根辐条的中间，每根辐条都连接着转子叶片。这架无人直升机显然是自制的：电线裸露在外面，焊接处凹凸不平，座椅下面有一块还是用饼干盒盖子掰弯了做成的。比勒托乌斯博士发现我们盯着它看，就说：“是啊，这是我的下一个项目。靠太阳能驱动，哪儿都能到。”）

我们在圆顶屋里的时候，比勒托乌斯博士不停地对我们说我们“还什么都没看到呢”。她说还会有一个重大实验，但没有具体说是什么。不过，她会检查我们是不是保守了秘密。她经常这样说：

“没人知道，是吧？你们俩——我的两个同谋！”

“只有我们三个人知道这件事——真让人开心啊！”

这些话写下来也许显得有点居心叵测，但感觉并不是这样。就像拉姆齐说的，这感觉就像一次大冒险——说实在的，他这话说得太频繁，简直有点烦人了。

每次去找比勒托乌斯博士，都需要瞒天过海。我不是很喜欢这样——但事实证明，我实际上并没有必要撒谎：

1. 我要去圣沃夫狗狗收容所，而且我还是图书馆管理员，所以放学经常晚回家。

2. 杰西卡这些天一直在上班，从来没注意过我在学校做些什么。

3. 克莱姆一直在准备考试，只有在把茶杯丢进水池时，才会从那个“少年山洞”里出来，所以从来不问我的事。

4. 而爸爸呢？只要我开心，爸爸就开心。我很开心，所以，你懂的——哇！

拉姆齐的处境要艰难一些。倒不是因为他爸爸，他爸爸是开卡车的，大部分时间都在离家很远的地方送货。问题在于他那个可怕的纳什姑妈，我只见过她一次。她负责照顾拉姆齐和他的两个弟弟，几乎不会说英语。她管得超级严，拉姆齐不得不经常撒谎，一般是说在学校里补课。

“拉姆齐，你才十岁，学校里根本没有补课。”

放学后，我们步行去街角的商店，拉姆齐的校服短裤在微风中飘动。他看上去有点儿不好意思。“我知道，但我姑妈不会打电话到学校去确认的，对吧？她最多只会说一声‘你好’。反正，你是我的同学兼朋友，你知道这点就行了。”

“非常感谢！所以现在我成了你谎言的一部分？”

“我没别的选择，乔吉！我那姑妈简直是个噩梦。她以前让我戴着一个电子追踪器，但后来那东西意外报废了。如果我的手机不是个老古董，她也会在上面装一个跟踪器的。”他举起他那部老式的充值卡手机，看上去像是上世纪九十年代的产物。

我们来到商店，店老板“诺曼·俩孩子”正在外面的人行道上扫地。他朝我们瞪眼睛，跟着我们进了商店。（他朝每个人都瞪眼睛，不光是我们。“诺曼·俩孩子”不是他的真名。所有的人都这么叫他，因为他有个规定：任何时候都不许超过两个学生进入他的商店，以防他们偷走店里的糖果或其他东西。他总是大叫：“不能同时进俩孩子！”声音很尖，带着不知道哪里的浓重口音。）

拉姆齐给他的手机买了充值卡，他用一袋零散的硬币付钱，惹得诺曼不满地小声嘀咕。

我最后总是会替拉姆齐感到有点难过。我想是他那可怜巴巴的大眼睛，还有他的牙齿，他的耳朵，还有……唉！我摘下图书馆管理员的徽章，递给了他。“拿着。你可以说你也是图书馆委员会的成员。这可以成为几次晚回家的理由。”

他龅牙兔似的咧嘴一笑。“多谢了，同学兼朋友！”

“千万别让斯普林汉姆先生看到你戴着它。”

他把徽章别在褪色的校服衬衫上。“可别忘了，”他说，“比勒托乌斯博士上了年纪，她很孤单！我们其实是在做社区服务！”我因为自己的小骗术感到有点儿心虚，他的话消除了我仅存的负罪感。

我们像平常一样，朝西班牙城走去。

我们像平常一样，来到了圆顶屋。

比勒托乌斯博士像平常一样，坐在电脑前。

我们像平常一样，在虚拟现实的环境中玩游戏。

但是，当我们摘下头盔时，比勒托乌斯博士说了一些她平常不说的话。

“我猜，你们很想知道这一切是怎么回事，对吧？”

我们盯着她。我们当然想知道，但我们都不知道该怎么问。

她在键盘上果断地敲了最后一下，屏幕上呈现出一个巨大的罗马竞技场，里面有角斗士和战车。然后她把椅子转过来，使劲地盯着我们看。

一阵沉默。我们等着她开口。我端详着她那张衰老的、布满皱纹的脸，她的天蓝色眼睛还像以前一样敏锐而迷人，可是她的脸色似乎苍白、暗淡了。只听她剧烈地咳嗽了几声，说道：“孩子们，我可能日子不多了。我正在与时间作战，有些事情我必须完成，在我……在我离开你们之前。”我心里顿时就明白了。

拉姆齐皱起了眉头。“啊呀，你要搬家了吗？”我朝他翻了个白眼。就连我都知道她是什么意思。但她似乎并不在意。

她大声吼道：“搬家？哈！非得要我明说吗，孩子？我要死了。一种致命的心脏病，即使国内最好的医生也无能为力。在我离开之前，我需要知道我这辈子没有白过，懂了吗？”

拉姆齐只说了个“哦”，然后就看着他破旧的鞋子。

“是啊。‘哦’，真有你的。你们还什么都没有看到呢！”

又来了，又是这句话。“你们还什么都没有看到呢。”到底是什么东西这么重要呢？

“孩子们，我告诉你们，它绝对不同凡响。你们是第一批体验它的人。”

我认为她希望我们说一句“哇”什么的，哪怕说声谢谢也好，于是我就这么做了。

“哇。”我说，但我的语气好像没有什么说服力。之后的沉默令人有点尴尬。为了打破这个沉默，我就说了一件我一直很困惑的事。

“为什么是我们？”

她又露出狼一般的笑容。“你想知道吗？你想知道全部的真相吗？”

当有人这么问你时，你只能给出一个回答，哪怕得到的结果会让你感到不舒服。我耸了耸肩说：“我想是的。”

她转过身，在键盘上敲击了几下，屏幕上出现了一组静态的照片。外面街道的卫星照片，是通向我们学校的海滨大道。她又点击了几下，出现了我和拉姆齐的照片，虽然是从远处拍的，但十分清晰。照片一张接一张地往下滚动：拉姆齐在冬天穿着他肥大的厚外套，我们俩有一天骑着免费自行车，我穿着我的红、白、蓝三色的衣裳去参加学校的国际旗帜日活动，等等。

拉姆齐说话了，声音里带着一丝愤慨："你……你在监视我们？"不得不说，这有点儿让人害怕。

"啊，放松点，孩子！看看，你们在这些照片里注意到了什么？"

我们盯着照片，但我什么也琢磨不出来（当然啦，除了在不知情的情况下被人拍照太奇怪了）。最后，比勒托乌斯博士说："听着，伙计们——只有你们俩是单独待着的！别的孩子都跟父母，或者保姆，或者其他什么人在一起。嗯，我说的是那些不开车或不打出租车回家的人。"

没错，这是事实。我和拉姆齐差不多是唯有的两个独自走回家的孩子。

"这就让我明白了一些事情。后来，你们那天又开始询问我的建筑工人。我就想，嗯，这是两个有好奇心的孩子。知道吗，如今的小孩儿都被保护得太好了，一般不在外面的街上玩耍，到哪儿都有人领着——除了你们。我会看到你们带着狗去海滩，然后自己走回家。就这样……我发现你们正是我需要的人。而且——你们不戴眼镜。多感官虚拟现实需要近乎完美的视力。"

"所以……那天在海滩上，我们相遇的时候……？"拉姆齐怀疑地说。

“差不多都是设计好的。当然啦，除了你们的狗吃掉了我的泳帽。那算是命运的一个小插曲吧。”

“你的手表呢？”我说。

“那道划痕早就有了。”

“你的手腕呢？”

她目光躲躲闪闪，甚至显得有点儿尴尬。“对不起！”她抬起头看到了我们震惊的表情，“嘿，现在可不要撇下我。我们已经这么接近了。”

“接近什么？”我说。我无法控制声音里的不耐烦。比勒托乌斯博士眯起了眼睛。

“你们会看到的。相信我，孩子。你们会看到。大实验的时间快要到了。”

“今天吗？”拉姆齐说，他刚才击落了一架载有恐怖外星人的无人直升机，现在头脑仍然很兴奋。

比勒托乌斯博士没有直接回答，她只是说：“给我一星期，孩子们。一星期。我要带你们去一个从来没有人去过的地方。”她打开了通往西班牙城商业街的门。我快速寻找了一下萨思·汉尼西的妈妈，她不在，我松了口气。我知道她肯定已经看见我好几次了，虽然她什么都没说，但我还是担心她会多嘴。

不过后来发现，还有更重要的事情需要担心呢。

因为这个星期样样都不对劲儿。

就在这个星期，大家知道了疫情的事。

第十章

不过，我得首先解释一下圣沃夫收容所的事。

古老的圣沃夫和众圣徒教区教堂——大家都称它圣沃夫——是一座离海滨不远的小教堂，带着一个矮矮胖胖的尖塔，很有些年头了。其实它已经不是教堂了，至少不再是一座有会众、唱诗班、婚礼和其他东西的教堂。

现在它只是一座教堂形状的建筑。沉重的大木门，再加上厚厚的砂岩墙，足以把二十五只狗发出的噪声关在里面。

它是我在这个世界上最喜欢的地方。

我第一次带拉姆齐去圣沃夫，是上学期开学的时候。我想让拉姆齐知道我一直在唠叨的是什么（用他的话来说，“你简直要把所有的人都烦死”——谢谢，拉姆齐）。

刚来圣沃夫的人，首先注意到的就是噪声：咆哮，狂吠，尖叫，哼哼。我喜欢这噪声，也同样喜欢你会注意到的第二件事——气味。我惊恐地看到拉姆齐用手捂住了鼻子。

“哦，天哪。”他捏着鼻子说，“臭死了！”

“你会习惯的。”说实话，我几乎已经注意不到这气味了。狗确实会有点臭，但一般来说还是蛮好闻的，有股子温暖和木头的味道。而且——有趣的是——它们的爪子闻着很像爆米花。不骗你！

（我知道狗呼吸时可能有点腥味儿，我也愿意承认它们的便便真的很臭，但是——抱歉这么说——谁的便便不臭呢？）

况且，我和拉姆齐去的时候，是一个星期六的早晨，正是每星期的大扫除开始之前圣沃夫的味道最呛人的时候。

“早上好，乔吉！”牧师说。我喜欢牧师，他年纪很老，大概有七十岁了。身材有点瘦，头发灰白，不礼貌地说像一条爱尔兰猎狼犬。那天他穿着一件特别肥大的手织毛衣，戴着无指手套。他坐在门里面的长桌旁边。“哟，这是谁上我们这儿来了呀？”他看到拉姆齐时说道。他说话就那样儿，慢慢你就习惯了。

拉姆齐不等我回答，就把两个脚后跟一碰，敬了个礼。“拉姆齐·莱曼听您吩咐，长官！”

牧师有点儿吃惊，不过，许多人第一次见到拉姆齐时都会感到吃惊。几秒钟后，牧师朝他回敬了一个礼，笑了。

“欢迎加入，列兵莱曼！我想你是来帮助，啊……桑托斯中士的吧？”他摘下眼镜，把手伸到肥大的毛衣下面，拽出没有塞进裤腰的衬衫下摆，擦了擦镜片。拉姆齐十分兴奋地点点头。

“特别好！超级棒！人多好干活，是吧？”牧师把眼镜重新戴上，盯着桌上的一张工作表，“你还是在你的地儿，乔吉。先洗，再刷，千万记住……”他举起一根手指，眼睛里闪现出幽默的神情。我们一起说：

“不管做什么，都要用心去做！”

“非常好，乔吉。去吧！”

我们走开时，拉姆齐的脸困惑得扭成一团。“那是在搞什么鬼？”他说，声音响到牧师能听见。

“嘘！不知道。牧师喜欢。其实也蛮好玩的，而且他……”

“等等。他是一个牧师？”

“以前当过牧师。他不穿牧师袍。把那个桶拿过来。这里曾经是他的教堂。后来我猜没有人来了，他们就把它改成了狗狗收容所，让牧师继续留在这里。”

那些旧的木头教堂椅大都不见了。在教堂的中央是一个室内活动区，铺满了锯末。四周都是狗屋，特别带劲儿。

我的岗位，牧师刚才说过。我喜欢这种说法。就好像第一层几个围栏里的那四只狗是属于我的。我的名字这样写在木板上：

四号岗位

星期六志愿者：乔治娜·桑托斯

我有一小股自豪感，尽管那些字只是手写在白板上的。

四号岗位的几只狗是在圣沃夫住的时间最长的，圣沃夫有一个承诺，永远不会“让一只狗进入长眠”。

其他一些狗狗收容所就不是这样。如果他们不能给一只狗找到新家或找到原来的主人，那么过几个月之后，兽医就会来……

你知道吗？光是想想这件事就让我揪心。所以我才这么喜欢圣沃夫。他们会想办法给狗找到新家，如果找不到的话……那些狗就长期住在这里了。

拉姆齐跟着我，我带他参观了一圈，当我指给他看那些笼子和每个笼子外面挂的护理工作表时，语气里忍不住带着点儿得意。这里的做法很老派，事情都是用笔写在纸上，比如补充淡水（用拴在一根绳子上的铅笔打钩），每日擦身（打钩），大便检查（打钩），等等。

至于那些狗本身嘛……

1. **本**。杰克罗素和另一种狗杂交生的，可能是西班牙猎犬。毛色为黑色、白色和棕色三色。年龄——大约六岁。对陌生人很粗暴，所以目前还没有找到家。

本朝拉姆齐龇了龇牙，拉姆齐吓得往后一退。

"没关系。"我向拉姆齐保证，"别看它叫得凶，咬人并不狠。"

"它也会咬人吗？"

"不！一般不咬。有一次它轻轻咬了我一下，但我想它是在闹着玩儿。"

拉姆齐似乎并不放心，后来我给本的盆里加满水，用捡便器铲起一坨便便，把便便放进拉姆齐举着的水桶里时，拉姆齐一直远远地保持距离。

2. **萨莉－安**。萨莉－安是一位"付费客人"，因为它的主人阿伯克龙比夫人年事已高，经常住在养老院。它的毛色棕白相间，毛特别多，一张大扁脸上总带着一股傲慢的神情。（我说的是狗，不是阿伯克龙比夫人。不过仔细想想，她们俩都差不多。）

3. **达力**。斯塔菲犬和斗牛犬杂交生的，棕色，看上去很吓人，因为它的一只耳朵缺了一半，几颗牙齿、一只眼睛和身体一侧的一撮毛也不见了。我们认为它是打架受的伤，现在它倒是很胆小了。

达力浑身颤抖地躲着拉姆齐。不过，它不怕我，还让我拍它的身体，这让我不免有点沾沾自喜。

最后是我最喜欢的：

4. **马什先生**。你已经认识它了，但那天它表现得特别友好，摇着尾巴，一骨碌滚在地上，仰面朝天，让我们揉它的肚子。我认为拉姆齐也爱上了它。

圣沃夫的其他人也都不错。他们都比我年纪大，但从来不把我当孩子看待。好吧，除了萨思佳·汉尼西，她确实比我大，大整整八个月呢。她总把我当成一个五岁的小毛孩儿，尽管她只是遛遛狗，并没有自己的岗位。

我无意中（从学校的埃莉·麦克唐纳那里）得知，萨思的妈妈付钱给她，让她当遛狗志愿者。要我说，这真是莫名其妙。如果能得到报酬，就不能算是志愿服务。最重要的是，我认为萨思根本就没有那么喜欢狗。

那天，我和拉姆齐拎着桶进来时，萨思正站在老教堂法衣室的便便滑槽旁边，我顿时感觉我的好心情受了点打击。

便便滑槽是一条宽宽的方形滑道，通向外面的一个大坑，所有的狗屎都会进入那个坑。你打开盖子，把便便倒进去，加入一杯激活剂——它可以把便便分解成肥料，供牧师撒在他的庄稼地里。（我是最近才发现的。这么多年来我们一直吃他自己种的东西。真恶心！）

你可以想象一下：二十五只狗拉出的便便该有多少啊，在圣沃夫狗狗收容所，便便滑槽是我唯一不喜欢的东西。不过，因为有拉姆齐在，我尽量不表现出来。

萨思是个大块头女孩，跟我们同一年级，但看上去有十五岁左右了。她已经有了饱满的胸部和臀部，还有配套的双下巴和圆肚子。她真的很有力气，可以把双胞胎（李家的罗迪和罗宾）一手夹一个地抱起来。

我看到她的时候，心里就有些发毛，她虽然还算不上一个真正的霸凌者（海滨大道小学对霸凌的态度是零容忍），但还是让人感觉怕怕的。

“哟，这不是那谁嘛！”她说，用一双小眼睛盯着拉姆齐，“你们俩一起走上红地毯，真是幸福的一对！”

我朝她紧张地笑了笑，假装觉得她的话很搞笑，但什么也没说。我发现这通常是最好的方法。萨思抱起双臂，朝拉姆齐抬了抬下巴。“你穿的是你的校服吗？今天是周末啊！你知道，你是可以换衣服的。”

我这才注意到，拉姆齐那件肥大的夹克衫里面，确实是他的蓝色校服。拉姆齐耸了耸肩，嘀咕道：“干净的，而且我喜欢这衣服。”

萨思一副咄咄逼人的架势，我打开便便滑槽的盖子时，她向前走了一步，说道：“小心别掉进去。”

我顿时害怕起来，就好像她要推我似的。

我一声不吭，把桶里的便便倒进了滑道。可是拉姆齐从来不会保持沉默。

“至少她这块头能塞满。”他喃喃地说。拉姆齐，没必要这样，我心里想着，但没有说出来。

“你说什么？你竟敢取笑——”萨思的话没说完，就被搓着手进来的牧师打断了。

“啊！干得好，干得好！清理狗屎的手，是有福的。”

“是谁的话吗？”拉姆齐问。

“……只是我自己的话。”牧师说。

我和拉姆齐离开时，萨思狠狠地瞪着我们。

她就是这个毛病。你知道那句话吧。“如果说不出好听的话，就别说话。”嘿，萨思似乎把它弄反了：“如果说不出难听的话，就别说话。”

正是萨思·汉尼西说的一句难听的话，六个月后差点儿导致了世界末日。如果你觉得我言过其实，就听我慢慢给你解释吧。

话说，直到最近，圣沃夫收容所里所有的狗狗都很健康。可是现在……现在它们不健康了。

这一切都是我造成的。

第十一章

在过去一两年里，预防传染病已经成了头等大事。学校里一会儿这个传染病，一会儿那个传染病，唯一的“好处”就是你只需要在课堂上咳嗽几声，就能被送回家了。

去年，海滨大道小学的每个教室门边都装上了免洗的杀菌洗手液。这大概是一条新的规定吧。

所以，我在圣沃夫的工作又添了一项，就是负责隔离区的消毒垫和洗手液。消毒垫是湿的海绵垫，当你进出隔离区时，它会清洁你的鞋底。隔离区是狗狗生病时去的地方。

总之，这一切都发生在我们第一次到圆顶屋去找比勒托乌斯博士的几天之后。

我先给消毒垫里添加了消毒剂，然后走进隔离区去看达力，它在闹肚子。这也不是它第一次被隔离，所以我并不是特别担心。也许你还记得，它在海滩上啃过一只死海鸥，这大概就是它患病的原因吧。

它在一道铁丝网后面，铁丝网到我下巴处。门口有长筒靴和橡胶手套，我穿戴好之后才走了进去。达力有气无力地摇着弯弯的尾巴。

“喂，你这个搞笑的老家伙！”我说，“你感觉好些了吗？”通常情况下，我会让达力舔我的脸，但我们不允许被隔离的狗狗这么做，所以我就在它肚子上好好地挠了挠。我戴着橡胶手套，像是在隔靴搔痒，但达力好像并不在乎。

几天前，有一家人来看过它，也许是想收养它，但我觉得它的模样太怪异了。

“那个小女孩觉得它很可爱，”牧师说，“她跟她妈妈说了些什么。然后他们一起交谈了很长时间，我一句也听不懂。只看见那个爸爸指着达力的眼睛，还有它的牙齿和耳朵，然后他们就离开了。”

可怜的丑八怪达力！我想象着那个小女孩喜欢上了它，然后她爸爸说它长得太奇怪了。

其实我私下里倒是松了口气。我知道，狗狗最好是在一户人家生活，而不是待在圣沃夫收容所。但如果达力被收养了，我会受不了的。

我仔细地打量着它。它看起来不太好，可怜的狗狗。它没有吃多少东西，但是喝了水，在沙盘里拉了一泡便便。我把沙盘清洗干净，消了毒，我做这一切都是严格按照规定的。然后，我把它那个被口水沾湿的网球扔给它，逗它玩了一会儿，但它并不是很兴奋，而且我扔得太用力了，球越过围栏，骨碌碌地滚远了，我们就只好作罢了。

我从隔离区出来，已经处理好了消毒垫，正要去加洗手液（已经空了），却见萨思·汉尼西站在那里。她把头发轻轻一甩，一只手叉在圆滚滚的臀部。

“嗨！”她说，但眼睛里没有一丝温暖。

“你好，萨思佳。”我说。

“我刚才还跟莫里斯说，他把这地方弄得真漂亮。”她说。

莫里斯？莫里斯？没人管牧师叫莫里斯，除了我爸爸，他们俩已经认识很多年了。其他人都叫他牧师，或克莱霍恩牧师。不过，萨思总喜欢直呼其名，这是她的一贯作风。我已经不高兴了，接下来发生的事更让我恼火。

“里面那只丑八怪。”她说，把脑袋歪向一边，装出一副悲伤的样子，“还不如干脆送它上路呢，你说是不是？”

没错，这就是我之前提到的难听话。我过了几秒钟才反应过来，她说的是达力。达力——我在整个圣沃夫第二喜欢的狗！我感觉到我的下巴在上下活动，却没有发出一点声音。

“你没事吧，乔吉？”

“没事，我很好，萨思。”其实我不好。我非常愤怒。我默默地把洗手液加满，脱下手套，在手上涂了一些洗手液，气呼呼地使劲揉搓。萨思就站在那里。然后我脱下了长筒靴。

“哎呀，我不是那个意思……”

“你知道我们这里不做这种事。那你为什么还要这么说？”我气坏了。

“可是，如果它病得很重，年纪又很老了……”

我大声地呵斥道：“它病得没那么重，也没那么老。懂吗？”

我看得出萨思有点儿吃惊。她轻声说：“哦——好吧。”我想，我这一次大概压过了她。

她弯下腰，小心翼翼地捡起达力那个沾满口水的网球，球刚才滚到了门口。她把球递给我，我勉强说了声“谢谢”。这真是一种奇怪的友情馈赠。

我目送着她走远，把球拿在手里转了转，然后又扔给了达力，随手关上了隔离室的门。

我回到自己的岗位时，还在生着闷气。拉姆齐在等我，怀里抱着本——那只脾气暴躁的杰克罗素，本拼命想去舔拉姆齐的脸。

“看！”拉姆齐大笑着说，别提多得意了，“我交了一个朋友！”

“是啊。”我说，“好样的，本。”我让本用鼻子蹭我的手。然后我挨个儿看了看我负责的另外几只狗，又最后把它们揉搓了一番才离开。

“再见，牧师！”我拉开大门时说道。

“再见，桑托斯中士和列兵莱曼！”牧师说着，又敬了一个礼，“干得漂亮！”

就是这样。伤害已经造成。我带来了世界末日。

显然，我当时并不知道。我到现在还保守着这个秘密：我接触了感染达力病菌的那个网球，后来，我让可怜的本舔了我带病菌的手，把病菌传染给了它，然后又传染给了其他的狗……

事实证明，所有预防传染病的课都抵不过一个人的愚蠢。

或者——就事论事地说——是萨思那句难听的话使我怒火中烧，脑子里一片混乱。这和愚蠢也差不了多少。

第十二章

"给我一星期。"比勒托乌斯博士说。这句话一直在我心里回荡。还要保密一个星期。

只要没有人发现，保密是很容易的。

只要不被人看见。比如一个认识你哥哥的人，一个刚开始在西班牙城上班的人，她发现了你从商业街里面的门走出来。

比如萨思·汉尼西的姐姐安娜，她和我哥哥克莱姆一个年级，她妈妈在波利·唐金茶室给她找了份星期六的工作。

给我一星期。给我一星期。我从西班牙城回来，走上通往上山的小径时，这句话一直在我的脑海里转来转去，像一首摆脱不掉的烦人的歌。我惊讶地看见克莱姆从爸爸的修车行出来，用毛巾擦着他沾满油污的手。

我们住在一座农舍里，其实这里已不再是一个正常运作的农场。周围几乎所有的农场都被出售用于开发了。每每和奶牛一起站在山顶上妈妈的那棵大树旁，放眼望去，就可以看到房屋、起重机和建了一半的公寓，只有东边的远处是闪着银光的大海。（可惜啊，那些奶牛不是我们家的。）

从我们的农舍顺着小路下去，是爸爸修理旧汽车的修车行。还有一个谷仓，里面放着发动机、排气管、车门和其他东西。

克莱姆好像知道我要来。

“嗨，大饼脸。”他说，他的语气很轻快。这么多年来，他第一次用他起的绰号叫我。这让我起了疑心，但我还是笑了笑。

“去了什么刺激的地方吗？”他问。

真相是什么？我刚才参加了一场中世纪的比武，骑着一匹虚拟的马（由一个旧琴凳和我第一天在仓库里看到的那个马鞍合成），向拉姆齐冲去。

“圣沃夫。”我撒了谎。我讨厌撒谎，哪怕是对克莱姆。我能感觉到我的面颊在发红。

“它怎么样了？”

“谁？”

“那只狗，本？”

“哦，挺好的！我们去了海滩，跟平常一样。它特别棒。”克莱姆一直在仔细地观察我，我不喜欢这样。

他似乎停顿了很久很久，才说：“如此看来，立刻就恢复了？”

我向克莱姆投去“困惑而天真”的目光：带着点微笑，眨巴着眼睛。

克莱姆说：“牧师给我打电话了。他一直在给你打电话，但你的手机关机了。”

这倒是真的。在比勒托乌斯博士的演播室里，我们总是把手机关掉——好像跟电磁有关。我后来忘记把手机打开了。

“让我们简单点说，好吗？”克莱姆用沾着油污的手指数着说道，“第一，有一只叫本的狗病了，它被隔离了。这是牧师的消息。第二，安娜·汉尼西在西班牙城看到你了，你跟你的朋友拉姆齐什么的在一起，还有一个怪吓人的老太太。第三，你在对我撒谎，因为你脸红了。第四，我想知道为什么。”

“不然怎么样？”你别忘了，他是我的亲哥，他应该跟我站在一头。

“不然我就告诉爸爸。”

好吧，也许他不肯跟我站在一头了。克莱姆点点头，用油乎乎的手把眼镜往鼻子上推了推，转身走回修车行，他希望我能跟过去。

我还有选择吗？

第十三章

在这之前，我似乎好几个星期没有见到克莱姆了。他已经考完试，要到九月份才返回学校。他本来打算跟朋友们一起去苏格兰的，但其中一个人交了女朋友，计划就都泡汤了。所以，在我们暑假后半段去西班牙之前，他没有什么事情可做。

在过去的几个星期里，他忙着给别人发短信，听音乐，在爸爸的修车行里打下手，还留起了稀稀拉拉的胡子。他现在看上去有二十来岁。

事实是：我很想念他。大概一年前，克莱姆出了一件事。那个陪我一起长大的哥哥——那个男孩，我小时候他曾陪我一起玩耍；曾让我骑在他的背上好长好长时间；曾在我忘记关水龙头，让水漫出浴缸时，主动说谎替我打掩护；曾把他的登录密码告诉我，让我在爸爸不允许的时候看视频；还有一次，他听了我对拐角那家“诺曼·俩孩子”商店的形容，笑得从床上摔下来，撞疼了脑袋……

那个男孩，已经从我们家搬走了。

代替他的是另一个男孩，看起来跟他一模一样，但行为却完全不同。这个男孩脸上几乎没有笑容，更不用说大笑了。这个男孩想吃的食物跟我们不一样，当爸爸拒绝分开做饭时，他就大喊大叫。这个男孩可以整个周末都宅在房间里（我不是在开玩笑），只有上厕所时才出来。这个男孩不管听到什么，他的反应几乎都是翻白眼，好像那是他听过的最愚蠢的话。

爸爸说这很“正常”。

不过……克莱姆的变化也有一个好处，那就是：我好像成功说服了他不把比勒托乌斯博士的事告诉爸爸。这多亏了他的胡子。差不多吧。且听我解释。

他问了一大堆问题，最主要的一个问题是：“她为什么这么神神秘秘？如果我发明了那样的东西，肯定恨不得大家都知道。”

“我真的不清楚。她说，她很快就会给我们看一个更高级的东西，但现在大概是害怕有人会偷走她的创意吧。”

然后我又加了一句——不是吹牛，我这一招简直是太聪明了，而且根本不是刻意设计的。我满脸悲伤地看着地板，说：“我知道这样不对，克莱姆。我真的应该告诉大人的。但是……我想你现在也算大人了吧？”

克莱姆摘下眼镜，对着光线检查有没有灰尘和污迹。他经常这么做。“需要绝佳的视力，是吗？”他说，显然因为我称他为大人而受宠若惊。我点了点头。

“她是这么说的。所以她没办法自己测试。”

“如果她想要拿它赢利的话，就需要解决这个问题。大约三分之二的人都是戴眼镜的，你知道吗？”他从长凳上拿起一把扳手，转向他和爸爸正在修的那辆生锈的旧露营车，这意味着我们的谈话结束了。

“你不会告诉爸爸吧？”

“暂时不说，但是要小心。”他说起话来真像个大人了。

现在我可以操心别的事情了。牧师说本病了。这到底是怎么回事呢？

后来发现，一切都乱了套。

第十四章

但我没法操心很久，因为那天晚上是妈妈的追思会。

妈妈，我从未认识的妈妈。

“妈妈的追思会”，听起来像是一件大事，其实只是我们每年都做的一件小事，我想主要是为了爸爸。

妈妈在我很小的时候就去世了。我们有很多照片，爸爸手机上还有一段视频，所以我知道她长什么样。在那段视频里，我躺在游戏垫上，咯咯地笑着，想要抓住爸爸悬在我上方的那个玩具。

背景音乐是一首名为《你们俩》的歌，是电影《飞天万能车》里的插曲，爸爸也跟着唱：

> 有人关心，有人陪伴。
>
> 我拥有你们俩！

妈妈也在。她很漂亮，长长的头发扎成马尾辫，脸上挂着灿烂的笑容。她被爸爸哼哼唧唧的歌声逗得哈哈大笑，爸爸也在笑。然后克莱姆进来了，他五岁的时候看起来好萌啊——特别是那两个胖乎乎的膝盖——他也跟着唱了起来。

这让妈妈笑得更厉害了，镜头移到她那笑容灿烂的脸上，然后视频就停了。

所以我想这不算是真正的回忆，对吧？是爸爸的手机拍的一段视频。我看过好几百次，甚至好几千次。

妈妈死于人们所说的“牛流感”。十一年前，病毒通过人们的鞋子、指甲、胃、受感染的肉类、食品和牛奶，传播到世界各地。数不清的人死亡。为了阻止病毒的传播，成千上万的牛不得不被杀死。数百万升的牛奶被白白倒掉，医生和科学家们夜以继日地研制疫苗。疫苗是一种特殊的注射剂，可以阻止疾病的传播。

当然，他们后来研制出了疫苗。谢天谢地！但是对妈妈来说已经太晚了。她是英国死于牛流感的十二个人之一。

（爸爸也就是这样认识了杰西卡。爸爸每年都为新的生物技术研究部门筹集资金，用于研究疾病。杰西卡就在那里工作，就像爸爸说的：“好事一件接一件……”）

后来，妈妈的骨灰被埋在一棵樱桃树下，就在奶牛们平常活动的地方。我知道这听起来有点奇怪，把死于牛流感的人埋在牛的身边，但爸爸坚持要那么做。

“她像你一样非常热爱动物，乔吉。”爸爸有一次说，“她不会因为牛流感而责怪奶牛的。”

从我们家厨房的窗户能看到妈妈的那棵树，在天空的映衬下挺立在那里，海风吹得它弯了腰，下面有奶牛们给它施肥。有时我看见爸爸坐在厨房的桌旁，喝着他最喜欢的超浓咖啡，出神地盯着那棵树。它每年春天都开花，满树是云朵般的美丽的白花，像一根巨大的棉花糖，不过从来没有结出樱桃。爸爸说天气太冷了。

每年妈妈生日的时候，我们——爸爸、克莱姆和我——都聚在妈妈的那棵树旁。只是今年爸爸的女朋友杰西卡也在。你大概能猜到我当时心里的感受。

时间已是傍晚，太阳开始落山，气温也低了。

“她的气色不错。”我们四个在田野上朝那棵树走去时，爸爸说道。爸爸总是把那棵树当成一个人。

“再过一星期左右，她就该掉叶子了……”

“她真结实，经受住了那场大风……”

诸如此类的话。我想，这是因为爸爸愿意把那棵树想象成妈妈吧，但这是我最近才意识到的。大约一年前，我跟克莱姆提起这件事，他只是翻了个白眼，就好像我说的是我发现蜂蜜是甜的。

我们一小伙人来到树下的时候，圣沃夫的牧师已经在那儿了。他是从后面穿过来的。

实际上我们并不信教，但牧师是爸爸很久以前的老朋友，算是成年人之间的那种忘年交吧。在圣沃夫教堂关闭前，爸爸是最后一批去教堂的人之一。

那天傍晚，牧师穿着他的那身牧师行头——带白领圈的黑色束腰衣，外面套着他那件拉链夹克衫。

我们聚在枝叶繁茂的樱桃树下，眺望着山下的大海。我们每年都是这样做的。

1.爸爸念了一首诗。每次都是同一首诗。爸爸说那是妈妈最喜欢的诗，作者是一个叫阿尔弗雷德·丁尼生的人。诗的开头是这样的：

落日和晚星，
清晰地把我召唤！
希望我远航的时候，
沙洲上没有悲啼的声音……

爸爸跟我解释过这首诗，但我还是不太明白。总的来说，它是关于死亡的，调子很悲伤，但爸爸有一副好嗓子，我很爱听。

2.牧师说了一段老式的祈祷词。我每年都听到这番话，几乎都能背下来了：我们为卡珊德拉祈祷，为所有我们再也见不到的人祈祷……然后是我最喜欢的那句：让阳光永远照在他们身上。凡是我记得的内容，我就会不出声地跟着念。

3.然后，爸爸拿出了他的爱尔兰哨子，克莱姆拿出了他的次中音竖笛，那是他小学时得到的奖品。两人合吹一首叫《奇异恩典》的古老赞美诗。换了其他场合，这听起来肯定很可怕：哨音高亢刺耳，克莱姆的竖笛声音太尖，吹得跑了调儿。但不知怎么的，在那个凉爽的夏日傍晚，这首曲子太完美了，它在妈妈的樱桃树上悠然升起，飘入风中，飘向大海。

从头到尾，杰西卡都摆着那张臭脸，就好像她宁愿去别的随便什么地方。

牧师念祈祷词时，我把眼睛睁开一道缝，看见了她：她大睁着眼睛，四处张望，根本就没有祈祷。我们对视了一秒钟，她就那样盯着我看。我很抱歉这么说，但那一刻我恨上了她。

曲子吹完了，我吃惊地发现奶牛已经聚在我们周围，形成一个近乎完美的半圆。它们用大大的眼睛看着我们，尾巴在奶咖色的身体两侧轻轻地甩来甩去。

爸爸把哨子从嘴里拿出来。他擦了擦眼睛，笑了。“你们好啊，姑娘们。”他对奶牛们说，“也来参加了？”一只奶牛好像在回答他似的，哞哞地叫了两声，另一只翘起尾巴，噼里啪啦在地上拉了一泡牛粪。我们被逗得哈哈大笑，只有杰西卡没笑，她惊恐地往后一缩。

最后还有一个传统。我和克莱姆轮流背靠着树干站着。爸爸拿出一把小折刀，在树干上割一道口子，标出我们的身高，然后我们互相比较。克莱姆比去年长了约六厘米。我呢？几乎没怎么长。

爸爸微笑着把小刀折了起来。“啊，别担心，宝贝，你会突然蹿个儿的。你的后劲儿足着呢！”

这就是妈妈的追思会。

爸爸拍了拍手，转向牧师。“好了，莫里斯，要不要回去喝一杯？”

牧师貌似很惊讶，其实每年都是这一套。“既然你这么说，罗布，听起来不错。”可是接着他拿出手机，读了上面的什么内容，“啊，也许不行了。”

“有问题？”爸爸说。

牧师噘起嘴，望着天空。“也许没事。我要去见一位兽医。下次吧，好吗，罗布？别为我担心，我走路没问题。”

他看到了我脸上的表情。

“是本吗？”我说，立刻意识到我还没有问过本的情况。我又问：“是马什先生吗？”我很害怕可能会听到的答案。

“我敢肯定没什么事儿，乔吉。马什先生很好，目前还好。”他说，然后转过身，一边自言自语，一边果断地朝圣沃夫的方向走去。

“目前还好！”

后来证明，牧师去见兽医，是我知道的所有坏事情的开始。

第十五章

没错，我认为你快要跟上我的节奏了，需要知道的事情你都知道得差不多了。

现在是这学期的最后一星期，每个人——包括老师——似乎都有点儿疯疯癫癫的。

妈妈追思会后的第二天是“不穿校服日”，只要你捐三英镑，就可以爱穿什么衣服穿什么衣服。李家双胞胎打扮成了《戴帽子的猫》里的老大和老二。拉姆齐穿着校服来了。他说他忘记了，这可不像他的风格。集合时，新校长帕克先生穿了一条苏格兰方格呢短裙，还跳了一小段舞，把大家都逗笑了。

拉姆齐的眼睛几乎都要瞪出来了。“他穿着裙子！”他悄声对我说。我想跟他解释，但是很难。

他压低声音说：“难道，所有苏格兰的男人都穿裙子？”

“不是！不是一直都穿！基本上从来不穿，我的意思是……”斯普林汉姆先生大声清了清嗓子，并严厉地瞪着我，我立刻就闭嘴了。

今天学校里的这一切都意味着，当帕克先生再次做预防传染病的讲话时，没有一个人认真在听。

我只听到 CBE，好像什么什么博拉病——那个词又长又拗口，所以我也就没有真正把它和圣沃夫联系起来，其实我本来应该联想到的。

放学后，我迫不及待地想把帕克先生穿裙子的事告诉爸爸，就一路跑回了家。那样的事情准能让爸爸发出豪爽的、带着咖啡香味儿的笑声，他还会加上几个他自己的搞笑段子。没想到，当我走进厨房的时候，看见杰西卡和爸爸还有克莱姆坐在桌子旁。杰西卡通常不是这么早下班（我巴不得她晚下班），所以肯定是出事了……

“乔治娜。”她说，把两只瘦精精的胳膊肘放在桌上，“恐怕我带来了坏消息。”这点我不得不佩服杰西卡，她从不拐弯抹角。我想这是件好事，但有时我希望她不要那么直率。犀利而又直率，这就是杰西卡的风格。我一见到她，立刻就感到很扫兴。我心里发空，觉得自己像一个泄了气的气球。

她说：“你知道我最近一直工作很忙吗？”

我点了点头。我说过的，杰西卡在医院附属的医学研究实验室工作，帮助研发疫苗。她最近几个星期都在加班，周末也不例外。

“下个月的所有假期都取消了。这是一个紧急情况——这种CBE病毒已经失控，所以，怎么说呢……他们需要尽量听取所有专家的意见。”

说来惭愧，我的第一反应并不是担心某种致命的疾病——以前经历了那么多次都有惊无险。可是那个词又出现了：CBE。以前从来没听说过，忽然之间就到处都是了……

但我不知道这几个字母代表着什么，也不知道这玩意儿有什么害处，是从哪儿来的——我什么都不知道。

是的，我的第一反应完全是自私的："这是不是意味着你们不去西班牙了？"

爸爸插话了："我们还是会去西班牙，亲爱的。只是杰西卡不能去了。"

我装出一副失望的样子，其实心里的感觉正好相反。这是我们许多年来第一次到国外度假。我已经买了两件新泳衣，一件是用我的零花钱买的。我告诉自己，杰西卡的出现只是一个小小的美中不足。

现在这个美中不足不存在了！我的脚在桌子底下欢快地跳起了舞。

"没事儿，亲爱的。"爸爸说，他探过身来，给了我一个小小的拥抱，"我保证，我和克莱姆不会表现得太大男子气。"他朝克莱姆眨眨眼，克莱姆也朝他眨眨眼。

我在想，坏消息在哪儿呢？到目前为止都是好消息呀……接着就听爸爸说："还有一件事……"

啊哦。

爸爸深吸了一口气，轻轻地说道："不要再去圣沃夫了。"

我做了一件奇怪的事，我先看看爸爸，又看看克莱姆，又看看杰西卡，然后又挨个儿看了一遍。他们脸上的表情各不相同。爸爸的眉毛焦虑得几乎皱成一团——他知道圣沃夫在我心里的分量。克莱姆低垂着眼看着膝盖。起初，我怀疑是他告发了我，但后来他抬起眼睛，目光越过镜片，不易察觉地摇了摇头，意思是“不是我”。杰西卡的脸又冷又硬，像大理石一样。

爸爸在说话：“抱歉，乔吉，那里太危险了。只是暂时的。我跟莫里斯谈过了，他能理解。”

我几乎没有在听。我盯着杰西卡那张毫无表情的脸，她也直盯着我。最后，我对她说：“是你搞的鬼，对不对？”

爸爸说：“乔吉，亲爱的，不是……”

谁也别想拦住我说话。“先是我有一只狗，却不能留在家里——就因为你。现在我连看都看不到它了——也是因为你！”

“这不是因为我。”杰西卡平静地说，“而是因为你，乔治娜。是为了保证你的安全。”

“你从什么时候开始关心这个了？你又不是我妈妈！”我怒吼道。

爸爸说：“乔吉，够了。”

我把椅子哗啦往后一推，跺着脚朝厨房门口走去，我经过杰西卡身边时，她那张毫无表情的脸没有变化。

“对不起，乔治娜。”她说，“但这个 CBE 病毒很严重。”

这个 CBE 病毒。

“我不在乎！”

我应该在乎的。

那天晚上，杰西卡坐在沙发上看电视，不过把声音调低了。她最近经常这样做，我在沙发的另一头坐下时，她甚至一开始都没有注意到。

我不是想“讲和”，你懂的，但“你又不是我妈妈”这种话可能有点儿过分了。是爸爸告诉我不能去圣沃夫的，不能全怪杰西卡。

我不开心的时候，可以依偎在爸爸身边，他有一个特别舒服的大肚腩，胳膊温暖有力，手指胖嘟嘟的，而且总有那么一股，怎么说呢……爸爸的味道。就算我想偎依在杰西卡身边，她也根本不合适。一点儿也不软乎。瘦也就罢了，她还很僵硬，两只手摸上去凉冰冰的。她全身都是棱角，而爸爸到处都圆乎乎的。杰西卡身上总有一股工作时用的肥皂的味道。不是香皂，多半是药皂。

我探身去拿遥控器，这时尴尬的一刻出现了，杰西卡以为我想过去拥抱她。

真是想多了！

她张开双臂想把我拥入怀中，我赶紧缩回到沙发这头，于是她不得不放下双臂，只当什么事也没有发生过。我几乎有点儿同情她了。几乎。

她闭着眼睛，嘴巴因为担心而抿成一条线，嘴角旁都是细密的皱纹。她有一头黑色的短发，通常是抹了发胶，硬撅撅地支棱着。今天她的头发只是平贴在头皮上。

“嗨，乔治娜。”她说。这又是一件扎心的事，她从来不叫我乔吉，“今天在学校里怎么样？”

“还行。”我说。我一直在脑海里排练怎么向他们介绍我的一天：帕克先生的短裙，他跳的那一小段舞，还有拉姆齐竟然忘记了不穿校服日，但是我不想把这些浪费在杰西卡身上。

她把头转向窗户，深深地吸了一口气，似乎在考虑要不要说些什么。她转回头来看着我，我看见她苍白的脸上闪过一丝担忧。

“请把我的笔记本电脑递给我，我想给你看一样东西。”

她打了几个字，调出一个页面。

独立新闻集团

突发新闻

据 IHF 称，新的犬类疾病“正在迅速蔓延”。

点击查看更多

我点了一下鼠标，我能感觉到我的手在颤抖。我知道这是个坏消息。

第十六章

国际健康基金会（IHF）日前发布了罕见的一级警报，提醒世界各国警惕一种影响狗的新的致命疾病。

据信，该疾病是由一种突变病毒引起的。

目前，这种病毒对人类没有风险，但是在科学家发现有效的抗病毒药物之前，它可能会迅速传播。

IHF的格雷戈·赞姆特夫博士告诉《独立新闻》：“这种疾病——在犬类之间传播的埃博拉病毒——潜在的破坏性要大得多。症状出现得很慢，因此疾病得以在被发现之前广泛传播。”

目前疫情仅在部分地区爆发。为了控制病毒的传播，有些地方已经开始大规模地捕杀流浪狗。

赞姆特夫博士还说：“目前，我们预计不会对人类造成威胁，但万一病毒进一步变异，这就是一种高度危险的可能性。”

多国的IHF病毒学家和生物技术研究人员，正在同时努力工作，寻找这种可怕的新疾病的治疗方法。

我又读了一遍，然后合上了笔记本电脑。

杰西卡的声音有些颤抖：“事情发展得很快，乔治娜。所以我最近一直工作这么辛苦。我真的非常担忧。如果这件事像我们担心的那样蔓延开来，那么……”她停住话头，转过来看着我。

也许我的神情很害怕——我也不知道。我只知道，听到杰西卡——沉着冷静、从不慌张的杰西卡——说“我真的非常担忧”，就如同听到其他人说：“哦，天哪，吓死我了！”

只见她顿了顿，叹了口气，说道：“我相信不会有事的，乔治娜。这些情况在过去总是能得到解决。”

她没有看我，于是我说：“你能保证吗？”

“我不能保证。毕竟这件事也由不得我。我们能做的就是努力工作，尽最大的努力，不放弃希望。”

我看着沙发那头的她，她正盯着窗外，电视上的人还在继续无声地演着他们的戏。然后她抬起那只离我较远的手臂，擦去了眼睛里的什么东西，可能是眼泪，然而——以我对杰西卡的了解——也可能不是。

第十七章

妈妈的追思会刚过去两天，我就非常非常想念圣沃夫了。对它的思念让我分心，顾不上去想其他任何事情，甚至包括比勒托乌斯博士即将到来的大实验，而在这之前，那个大实验一直占据着我的全部思想。现在时间已经很近了——自从她说“给我一星期”之后，已经过去了七天。

我不停地浏览圣沃夫的网站，那里有个网络摄像头，我希望能看几眼我的狗。昨天我看见马什先生被萨思·汉尼西带出去散步了。她怎么没有被禁止进入圣沃夫？我心想，感觉自己对杰西卡的厌恶更强烈了。我气得简直想大哭一场，就不再看网页了。

但至少这是放假前的最后一天。

也是我在海滨大道小学的最后一天。我知道我应该特别兴奋，操场上的每个人都在大笑，但我却觉得脚上仿佛绑着沉重的沙袋。如果我是一只狗，肯定会把尾巴夹在两腿中间。而且，我好像很久都没有见到拉姆齐了。

斯普林汉姆先生真好。他给班上的每个同学都送了一份小礼物，还附了一张个性化的小字条。我的礼物是那种超级弹力球，字条上写着“因为你总能反弹回来”，我觉得很酷。

下午有一次大集合，帕克先生——真可惜，他又穿回了裤子——发表了这样的讲话：

“……尊重彼此的差异……”

太阳直射我的眼睛。

“……努力工作最终会有回报……”

前面那个孩子的背部中间有一块汗渍，形状像非洲地图，正在一点点地扩散。

“……表达自己的感受……勇于承担责任……成为有责任心的公民……”

是的，是的，我们明白。我和拉姆齐一会儿要去西班牙城圆顶屋，我还在纠结怎么保密的事。

萨思·汉尼西在午餐排队时的那句评论，也并没有帮到我。

当时，我和我们班几个要好的女生排在一起。萨思和埃莉·麦克唐纳在我们后面插队。

“没关系。”萨思对提出抗议的人说，“乔吉会让我插队的，是不是，乔吉？”

我还没来得及回答，萨思就拿起托盘，从我身边挤了过去。“嗨，乔吉，谢了！我正跟埃莉说起我们可爱的马什先生呢。我是说，这名字很愚蠢，但是它帅极了，不是吗？”

我不知道该说什么。我们的马什先生？它的名字是我想出来的，根本就不愚蠢，非常适合它。我使劲儿咽了一下口水，继续盯着她看，我这样子肯定显得很奇怪，却并没有让她闭嘴。

“你和拉姆齐在西班牙城是怎么回事呀，嗯？你们那个天大的秘密是什么？”

这话听起来很热情、很友好，但萨思总是会藏着一些坏心思。我还是什么也没说，只是怒不可遏地看着她们俩。萨思一边往盘子里放一块鸡肉派，一边继续说道：“没错，我姐姐安娜看到你们了。跟那个古怪的老太太在一起——那是怎么回事呀？”

我不得不说些什么了。我意识到，自己完全沉默不语的做法显得很奇怪。最后，我勉强发出一声长长的“嗯……”完全是敷衍，我知道，但萨思似乎并不在意。

“西班牙城的所有员工都认识她。她是博士吗？我听说她买下了整个圆顶屋，在上面建了个电影院、游戏厅或别的什么东西。我妈妈的男朋友认识的一个人当时在那里打工。你们见过那东西吗？”

“嗯……没有，不，我，呃……哦，看！又是金枪鱼通心粉。好吃——我的最爱。”其实不是，但我需要说点什么。

“那你们和老太太在那儿做什么呢？”萨思并不是在挑衅，她只是很健谈，一心想打破砂锅问到底。我指着一盘芝士焗意面，也没能让她分心。

不过，埃莉觉察到了我的不自然。“是啊，很显然，有人看见你们从那扇标着‘内部使用’的门里走出来——你在隐瞒什么呢，乔吉？”

“哦！哈哈！隐瞒？没什么好隐瞒的！她只是，嗯……”我被问得完全乱了阵脚。我的大脑好像都融化了。实际上，我刚要说：“哦，看啊——沙拉！”

“我们只是迷路了，不是吗？对不起，萨思佳！”拉姆齐挤到我们中间说，语气听上去非常放松。“那是一个弯弯绕绕的迷宫，对吧？我们去后面上厕所，转错了一个弯，最后到了那个大仓库。门在我们身后重重地关上了，是不是，乔吉？”

“什么？哦，是啊，没错，重重地关上了。砰！就是那样。关上了，在我们身后。哈哈！”看得出来，我有点做过头了，但拉姆齐一直都很冷静。

“所以，是的。这时候那个老太太出现了——她说她叫什么名字来着，乔吉？”

“哦，嗯……好像是什么什么博士。”我也学乖了。

“而且，不管了，反正她有另一扇门的钥匙，就让我们回去了。”我们的这个谎撒得冷静沉着，天衣无缝。简直能骗过任何人。

“你们在撒谎。”萨思说，她眼睛眯了起来，“那里根本没有公共厕所，厕所都在侧面。我知道，因为我上星期刚用过。再说了，你们为什么要一起上厕所，然后双双迷路呢？”

我们已经挑完了食物，托盘上堆得满满的，正在找地方坐。只听拉姆齐支吾着：“嗯……”就像我刚才那样，我知道他这次也想不出一个站得住脚的理由了。

于是我把托盘扔了。我假装被绊倒，失去平衡，手里的东西全都掉了，食物、餐盘、水杯，统统砸在了地上，伴随着一声巨响和一阵丁零当啷。接着大厅里每个人都异口同声地“哎呀呀呀”地叫起来。这也是很正常的反应。这个打岔奏效了。埃莉和萨思不愿意帮忙打扫，匆匆跑到了餐厅的另一头，我和拉姆齐拿来了拖把和水桶。

“干得漂亮，我的冒险小伙伴。”我们把碎瓷器和通心粉扫进桶里时，拉姆齐喃喃地说，“四点钟见！”

我几乎忘记了那个大实验，突然间感到胃里一阵翻腾。

“……海滨大道小学为即将毕业的学生欢呼喝彩。加油，加油……”

“加油！”

这一下把我从白日梦中唤醒了。

像往常一样，广播里开始播放那首古老的摇滚歌曲《学校放假了》。

然后我来到外面，周围都是我班上的同学，他们用记号笔在彼此的衬衫上签名。我咧嘴笑着，希望有人请我给他们签名，可是没有人这么做，我的微笑渐渐有点儿凝固了。爸爸在校门口跟那些妈妈站在一起时，肯定也是这种感觉。

（我上四年级时，爸爸就不再来学校接我了。我并没在意。我过去常常为他感到难过，他站在那些聊天的妈妈们旁边，要么看手机，要么发呆。）

我告诉自己，这是一件很无聊的事。谁会穿一件乱七八糟写满了名字的衬衫？

“嘿！想在我的衬衫上签名吗？”

是拉姆齐，他正朝我挥着一支记号笔。“说什么了？还是老一套？”

“你刚才没在？”

“你在开玩笑吧。没人会惦记我，所以我就和我的女朋友在屋顶上度过了一段美妙时光。”

拉姆齐说的“女朋友”，是他最喜欢的作家伊妮德·布莱顿。他屁股后面的口袋里塞了一本书。在课间和午饭后，他经常溜到图书馆的一个小角落里看书，怪不得我最近没怎么见到他呢。然而，屋顶是严格禁止上去的，我向拉姆齐指出这一点时，他只是笑了几声。

“最后一天了，他们还能怎么样，乔吉？关我禁闭？勒令我退学？哎，你到底给不给我的衬衫签名呀？纳什姑妈可能会杀了我，但值得冒这个险。”我看了看他的衬衫，已经破旧褪色，而且对他来说太小了。衬衫被绷得紧紧的，在上面写字很容易。他背过身，我潦草地写着：乔吉祝你好运，然后加上一个X。

他感觉到了X的那两笔，说道：“嘿！那代表一个吻吗？我无所谓，吉，但你要记住，我的心只属于伊妮德！”我忍不住笑了。我们这个年龄的孩子，大多数都不再读伊妮德·布莱顿的书了，但拉姆齐不在乎。

我们默默地走回海边，然后拉姆齐说：“天哪，乔吉，为什么拉长了脸？”他开始唱道：

“学校——放暑假啦！”

整个夏天摆在我面前，像一条炎热而空旷的路一直伸向远方。即使要在西班牙度假一星期，而且没有杰西卡，也不能弥补整个夏天不能去圣沃夫的遗憾。

我把这番话告诉了拉姆齐，他说：“天哪，太糟糕了。”我立刻就觉得自己不该抱怨。拉姆齐从来没有机会出国，他爸爸负担不起。他也不能“回家”，由于那场当初导致他到这里来的战争，他的祖国已经不复存在。（他称之为“不存在之国”，这多少有点儿黑色幽默。）

我们又沉默了一会儿，然后我看到了她。比勒托乌斯博士在西班牙城的后门等着我们。

大实验即将开始，现在退出已经来不及了。

第十八章

比勒托乌斯博士露出狼一样的笑容，就像她的那个敲门器，我不由得浑身打了个哆嗦。坦率地说，我承认我很紧张。不仅是因为从头到尾的“保密”，再加上萨思的姐姐发现了我们。而且因为这次来找比勒托乌斯博士的事在我脑海里不断发酵，现在我把它想成了：

重大实验！

我不敢对拉姆齐承认，其实我打心眼儿里不想来。我在脑海里列出了原因：

危险，

有风险，

不安全，

等等。

我知道这些其实都是“危险”的同义词，但我不知道自己为什么这样想。说实话，我认为我只是害怕。

我正想把这话告诉拉姆齐，但他说了那句“冒险小伙伴”之后，显得特别的兴奋。于是我对自己说，我这是谨慎得过了头，但我没有用这些词。别做个胆小鬼，乔吉。这是我脑海里说的话。

为什么比勒托乌斯博士笑嘻嘻的？她竟然像个小女孩一样跳上了通向演播室的金属楼梯，没有回头看我们一眼就打开了那双扇门。她麻利地穿上白大褂，喊道："演播室亮灯！"灯光闪烁着亮了。我们跟着她来到了控制室。桌子上放着一大瓶芬达和三个杯子，还有一盘锡箔包裹的巧克力饼干：和我们以前吃的那些廉价饼干和超市可乐相比，这绝对是一个改善。

"嘿，哇！"拉姆齐激动地说，伸手就去拿饼干。比勒托乌斯博士的手猛地伸出来打开他的手，又立刻缩了回去，就像青蛙抓苍蝇一样。

"注意礼貌！事情过后才能吃。为了庆祝！我想我们应该坐下来，你们最好仔细听着。"她停住话头，疑惑地皱起了眉毛，"你的衣服上为什么写满了字？"

"今天学期结束了。"我解释道，"这是一个传统。"

比勒托乌斯博士的眉毛挑到了眼镜上方。她轻轻地摇摇头，说了句："哈。"我不知道她是觉得有趣还是不以为然。

我们坐在凳子上，比勒托乌斯博士坐在她那把带轮子的办公椅上，从抽屉里取出那个熟悉的自行车头盔。她的声音变得很轻，几乎是在耳语。

"我想你们应该知道，你们俩是第一批看到这个的人！当然，除了我。"

拉姆齐的目光迅速地扫向我。事情越来越奇怪了。我们三个坐在那里，眼睛盯着头盔。时间一秒一秒地过去，最后我打破了沉默。

"可——可是这个我们已经看过了，不是吗？"

她的声音还是那么低沉沙哑："这个不一样，完全不一样。"

接着是很长时间的沉默，我和拉姆齐都等着她跟我们细说。她突然咆哮起来，把我们都吓了一跳："怎么？你们不打算向我问个究竟吗？天哪，今天你们这些孩子！太缺乏好奇心了！我花了一辈子心血做这个东西，它会……"

"区别在哪儿？"拉姆齐说，我想是为了让她闭嘴，"有什么不同？"

比勒托乌斯博士话说到一半停住了："你们真想知道？"

"我们当然想知道，所以我们才上这儿来的。对吧，乔吉？"

我拼命地点头。比勒托乌斯博士显然对我们的热情感到满意，她深吸了一口气。

"这个，"她喃喃地说，"将会改变整个世界。"她像抚摸一只宠物猫一样抚摸着弧形的头盔顶部，似乎在锃亮的头盔上凝视自己的影子。我们等待着，最后她又开始说话了。她抬头看着我，冰蓝色的眼睛后面仿佛亮起了一盏灯。她的皮肤似乎在发光，她眼睛盯着我，语速急切地说着：

"你！你有没有想过能够看到未来会是什么感觉？知道明天会发生什么？或者下个星期？或者明年？"

要是如实回答，我多半会耸耸肩，但我想那肯定会惹她生气，于是我说："想过，一直都想。"严格地说，这不是实话，但她听了很满意。她冲我们咧嘴一笑，站了起来，向我们挥舞着自行车头盔。

"好吧，现在你们可以了。"

第十九章

拉姆齐一如既往地比我胆大。当比勒托乌斯博士问他有没有试过幻想未来时，他说："其实并没有。"

"胡说！"她呵斥道，"每个人都想过！比如明天天气会怎么样，嗯？"

拉姆齐看起来有点儿害怕，我开始同情他了。他好像在挨批评似的。他说："我说不准，但好像周末过后天气会变得更暖和……"

"一点不错！天气预报！多年来我们一直在预测未来！但是你告诉我，年轻人，天气绝对会变暖和吗？"

"我不知道。我并不认为天气预报绝对准确，对吗？"

"没错！它们只是猜测。有根据的猜测，但还是猜测。无数的人从全国各地收集数据。世界各地的空气温度、海洋温度、风速、大气压力等，他们把这些数据输入计算机，计算机就会进行运算。然后，一眨眼的工夫，我们就可以准确地告诉你周末的天气情况了。是不是这样？"

拉姆齐说："是啊，听起来是这——"

"错！"她的声音那么大，把我们俩都吓了一跳，"他们能告诉我们的，只是周末可能出现的天气情况。所以，电视上的那个女人，收音机里的那个男人，他们并不是在预测真实的未来，而是可能的未来。”

（可能的。记住这个词，它很重要。）

“想象一下，如果一台计算机能够收集我们周围万事万物的所有信息：不光是天气，还有人和车辆的各种活动，以及植物如何生长、树叶如何随风飘动、某人如何说话……所有的一切！然后进行运算处理。每一个信息都不放过。然后会怎么样？”

我还在努力地接受这个想法，所以一开始没有发现比勒托乌斯博士正用手指着我。

“乔吉！”她不耐烦地吼着，“计算机能用所有这些信息做什么？”

慢慢地，我憋出了一个答案。这情景就像在学校里一样，但更吓人。比勒托乌斯博士的眼睛睁得那么大，如果我猜错了，她没准儿会气得爆炸。

“嗯……计算机对它们进行处理，然后预测……未来，对吗？一个可能的未来？”

“对啦！”她笑着喊道（我想是我用了“可能的”这个词，让她感到满意），“一点不错，孩子！然后，我们利用多感官虚拟现实，重新创造了可能的未来，让我们能够体验到它，就像真的发生一样！天气预报算什么，我们这是世界预报！”

比勒托乌斯博士呼吸急促，她在控制室里踱来踱去，挥舞着手臂，发表这番演讲，一头的白发颤颤巍巍的，额头上也沁出了细密的汗珠。过了一会儿，拉姆齐说话了：

“这个……怎么说呢……是真的吗？它真能行得通？”

比勒托乌斯博士用力地点了点头，她的头发也跟着抖动。“哦，是的，当然行得通，理论上行得通。只是需要测试。”

“这种……信息处理。难道不需要，嗯，一台功能特别强大的计算机吗？”

问得好。我不得不佩服拉姆齐：他真敢发问啊。

“的确如此，我的孩子，的确如此。我有一个大家伙，懂吗？跟我来。”

她领着我们离开控制室，绕着演播室走了一圈，拉开了一块墨绿色的厚窗帘。窗帘后面是一个漆成黑色的圆形窗户。她推开窗户，光线洒进了黑暗的屋里，刺得我们眯起了眼睛，并在地板上投下一个拉长了的白色光圈。在窗户下面的一个平屋顶上，有一个大型卫星接收器，直径大约两米，从街道上几乎看不见。

“好好看看那个吧！”她得意地说。

我和拉姆齐都“嗯！”和“哇！”地附和着，尽管对我们来说它只是一个卫星天线。比勒托乌斯博士用长长的食指指着它。

“每隔九十分钟，这个宝贝就会接收到来自美国军事卫星‘霍金二世’的实时超高清视频信号，大约持续十分钟。你们听说过这个卫星吗？”我们摇摇头，比勒托乌斯博士轻轻叹了口气：“好吧。也不应该众所周知。它是地球上同类卫星中最为强大的。准确地说，是在地球的上空。如果你们想知道我是怎么获得这样一个……”

（我们不想知道。我想说，你忘记了我们还只是孩子。）

“……那我就这么说吧，钱多好办事。哈！”比勒托乌斯博士转过身去关上窗户，我能看到她在自顾自地微笑，对她那句“钱多好办事”的妙语很是得意。

“快点，别磨磨蹭蹭的！”她又大步走开，回到控制室，停住脚步，指着一个黑色的、大约有洗衣机那么大的金属箱，上面有几盏正在闪烁的灯。我上次见到过它，但没有怎么留意。

“你们听说过量子计算机吗？”她问，“简称量子机。好吧，见识一下全欧洲，甚至全世界，最强大的量子计算机吧。我称它为‘小姑娘’。”

我和拉姆齐都“哇！”地惊叹一声，这次是发自内心的。

“它……它能工作吗？是真的吗？”拉姆齐敬畏地说。

比勒托乌斯博士没有马上回答。她直起身，慢慢点了点头，一种深深的满足感，使她黝黑的皮肤上泛起了骄傲的红晕。“它当然能工作，伙计！就连美国宇航局和剑桥大学的那些笨蛋，也比老艾米莉亚·比勒托乌斯和她的‘小姑娘’落后了十年左右。”她轻轻拍了拍那台闪闪发亮的机器，笑微微地回到办公桌前。

我和拉姆齐呆呆地盯着超级计算机‘小姑娘’，比勒托乌斯博士开始像个疯子似的敲打起了键盘。

我发现自己举起了一只手，就好像我还在上学一样。拉姆齐嗤笑了一声，我又把手放下了。

“请问一下，比勒托乌斯博士。”

她停止敲打键盘，抬起头来。她太专注于手头的事情了，看到我的存在似乎都有点儿吃惊。“什么事，孩子？”

“你说整个这件事，这个……这个‘重大实验’是新的，没有经过测试……”

“是的，没错。怎么啦？”

“那么……你为什么不自己测试一下呢？”

她的眼睛眯成一条缝，嘴唇抿得紧紧的，我怀疑自己是不是说错了话。

“我不能。”她最后说道，“这正是我需要你们做的事情。”

第二十章

“为什么偏偏是我们？”我问。

比勒托乌斯博士从长桌子旁站起来，走到我和拉姆齐面前。我的心咚咚地跳了起来，不知道她会不会因为我这么问而生气。

没想到，她只是又抓起自行车头盔，颠倒过来拿着，露出里面的小金属突起和小疙瘩。她悲伤地摇了摇头。

“看到这些了吗？”她指着里面密密麻麻的红色突起，这些突起分布在各个节点之间。“这些是接收器。它们能检测到大脑在想象事物时产生的微小脉冲，并将它们反馈到计算机正在生成的图像中。我的理论是，正是这些微小的电荷，使虚拟的未来显得如此逼真——事实上，与现实几乎没有区别。”

“我还是不明白你为什么不能自己做？我的意思是……”我用手指摸了摸头盔的内部，努力想理解她告诉我的事情。

“大脑处在发育期的时候，乔吉，这些脉冲是最强烈和最丰富的。”比勒托乌斯博士非常严谨地说道，“孩子的头脑是带弹性的，是不是？我们一直都知道孩子的头脑十分奇妙——甚至十分强大，但我们不知道它到底有多强大。只有非常年轻的人才能体验我所创造的东西。只有年轻人才能……看到系统生成的未来。我实在是太老了。”

我正在思考这个问题时，拉姆齐突然拍起手来，眼睛闪闪发亮地喊道:“我明白了！你是说，整件事都是由想象驱动的！”

比勒托乌斯博士高兴地笑了，发出一声高过一声的朗朗笑声。“哈哈哈哈哈哈！你说得对，至少对了一部分！多么美妙的表达方式啊，年轻人！”

拉姆齐脸红了。

“只有一个问题，孩子们。”比勒托乌斯博士的脸又绷紧了，“我的时间不多了，来不及去判断我的研究是否有价值。”

拉姆齐简单地问了一句:“你为什么要这么做？”

有那么一会儿，比勒托乌斯博士打量着拉姆齐，表情既恼怒又轻蔑。最后，她喃喃地说:“为什么？”

拉姆齐点点头。“是啊，为什么？我是说，我明白你为什么想知道天气会怎么样，但是我不明白你为什么想看到未来？”

比勒托乌斯博士似乎要等一段时间，让自己的怒气达到饱和状态。然后，她再一股脑儿把它释放出来。

“你就不明白吗？”她嚷嚷道。我们俩都往后一缩。她注意到了，态度有一点缓和。她继续说着，语气稍稍平和了一些，但沮丧的情绪就藏在下面。我看得出来，她在拼命克制自己。

“这是自从人类住在山洞里以来，一直在苦苦寻找的东西！纵观历史，我们一直渴望知道未来会是怎样的。占星术，占卜师，先知，占卜符文，甚至游乐场里看手相的算命先生！天哪，难道你们从来没有读过自己的星座运势，想知道那是不是真的吗？有过吗？有过吗？”她甚至没有等我们的回答，“这远远超出了知道要不要带雨伞的范畴。”

她大步走进了宽敞而黑暗的演播室，扭过头大声说着，一头白发因兴奋而抖动着。我们从窄窄的门口往里看：她大步走过微型滚珠构成的地板，站在圆顶屋的中央，张开双臂，冲着天花板大喊：

“想想吧，乔吉，想想吧，拉姆齐。想象一下，如果我们有了预知能力，就可以避免多少灾祸啊！战争、谋杀、暴君、自然灾害，这些可能性是无穷无尽的！”

她的喊声越来越高。她把目光从天花板上移下来，摘下眼镜，用那双哈士奇一般凶狠的浅色眼睛盯着我们。

“这不是什么游戏，也不是什么花哨的玩具。你们还不明白吗？这还不明显吗？这有可能成为有史以来最伟大的作品，我要把它奉献给全世界！我不需要更多的钱，但如果在我死的时候，我知道自己通过预知未来，阻止了一场战争的爆发，那还有什么遗产比这更伟大呢？士兵们的父母将会永远感谢我，因为他们的孩子没有战死在沙场，没有出现残缺不全的年轻尸体在异国的天空下腐烂的惨状！”

这就是比勒托乌斯博士在脑海里排练的台词吗？她在墨绿色的演播室里踱来踱去，仿佛在对着一群人发表演讲，而不是只对着站在那里目瞪口呆的我和拉姆齐。不知道这种情形还要持续多久（我怀疑她在这个话题上还有很多话要说），控制室的一台计算机屏幕突然发出紧急的哔哔声，把她给打断了。

她话说到一半停住了。“卫星已经在头顶上。该出发去未来旅行了。跟我来！”

到了这个节骨眼儿上，我应该提出拒绝了。我应该说：“对不起，比勒托乌斯博士，这太危险了。我不喜欢瞒着我爸爸，我也不知道这样做是不是安全。”

可是，当我看向拉姆齐时，他的脸上竟然没有一丝犹豫，没有一丝勉强，只有完完全全的兴奋和热情。

“也许应该由你来做，拉姆齐？”我说，他冲我笑了笑，还没来得及回答，比勒托乌斯博士就来到了我们身边。

“孩子们，一次只能一个人，我可不管你们谁先来。”

拉姆齐虽然很兴奋，但有些犹豫。我也在犹豫。

比勒托乌斯博士说：“我们讨论过可能性吧？好了，抛硬币怎么样？哈！”她拿出一枚硬币。我猜了反面。

就这样，那个头盔箍在了我的头上。

第二十一章

我在控制室注视着，只见那个最大的计算机屏幕底部有一个进度条在一点点地移动。几分钟后，一个对话框出现了：

接收完成

又过了几秒钟，

模拟完成

“我们开始吧？”比勒托乌斯博士说，她显然不希望听到否定的回答。我点点头，使劲咽了口唾沫，尽量让自己看起来勇敢一点。

在拉姆齐的帮助下，我检查了一下头盔上的连接部位，放下那个金属带。我把头盔带子在下巴底下扣紧，测试了一下搭扣，它咔嗒一下弹开了，我赶紧又把它扣紧。我最不希望的就是我在演播室的时候搭扣自己松开。我感到头盔内部的那些小节点刺进了我的头皮，我的嘴里干极了，就好像我用厨房用纸把里面擦了一遍。

“哎哟！”拉姆齐说，“你弄疼我了。”我低头一看，发现我死死地抓着他的手腕。抓得真紧啊，我松开手时，他手腕上留下了一道红印子。

我向前迈了几步，把两只脚都放到滚珠坑里，拖着脚走过那些微型的金属滚珠，最后站在了正中间。拉姆齐站在我面前，竖起了大拇指。

到目前为止，一切都是熟悉的。我听到比勒托乌斯博士在我耳朵里说话。

“可以开始了吗，乔吉？我们已经浪费了一分钟的卫星时间，但是没关系。现在仔细听好：我已经编辑好了你的起始位置和时间，并让它尽量简单。圆顶屋里会再现外面的街道。一切对你来说都是熟悉的，时间只是一个星期后。所以不会太剧烈，好吗？你听明白了吗？”

我点点头，使劲咽了口唾沫。

“你光点头我是听不见的，而且我也看不见你，除非这个开关打开。你明白我的意思吗？”

我勉强说了声“明白”。

“好孩子。那么，你一旦感觉舒服自在了，就顺着海滨大道走到街角的那家商店。橱窗里有电子显示屏，上面显示日期、时间和天气，能确认我们的实验是成功的。我对你充满信心。你知道这个地方吗？”

是“诺曼·俩孩子”的店。橱窗里的招牌上是一排排滚动的发光红字。

“知道，知道，队长。”一种兴奋的感觉在我心里涌起。我愿意做这个实验。

“拉姆齐，离开那里，把门关好。”在我身后，我听到演播室的门发出砰的一声轻响，关上了。于是，任何声音或光线都被挡在了圆顶屋的外面。

“灯光要熄灭了，乔吉，做好准备。”

顿时，一切都变黑了。

你经历过完全的、百分之百的黑暗吗？真黑啊，不管你等待多久，让自己的眼睛去适应黑暗，都看不到任何东西，因为根本就没有一丝亮光。哪怕你在自己的面前拼命挥手，也还是什么都看不到。

这就是此时的黑暗程度。而且特别安静，我毫无必要地清了清嗓子，只是想听到一点声音。突然，我感到脚下出现了轻微的震动，滚珠坑被激活了。

我吓坏了。

“你准备好进入未来了吗，孩子？”

她甚至没有等我回答。

第二部分

第二十二章

一开始跟以前没什么两样。就像电影镜头逐渐聚焦一样，房屋的图像出现在了演播室的墙上，然后是天空和树木。我使劲眨眨眼睛，强迫自己更专注地看着眼前的一切，希望看到一些异样的东西——跟我上次站在这里的时候有所不同。

像以前一样，房子很快就变成了实体，最近的那些树似乎离我越来越近，其他的树则似乎越来越远，周围的世界变成了三维的。一辆汽车呼啸而过，场景变得越来越明亮。这只用了几秒钟的时间。

在我的眼睛上方，那个金属带发出耀眼的蓝色。如果我使劲盯着它看，眼睛就开始发疼。我意识到我耳朵里响着比勒托乌斯博士的声音。

“好的，乔吉。我们可以在屏幕上看到你了。你是什么感觉？”她的声音十分热切，像个孩子一样。

然后是一个比较遥远的声音——拉姆齐的声音：“哇！太神奇了！”

情形是这样的：我站在海边上。它完全就是圆顶屋外面那个海滨的十分逼真的三维远景重现。“这……这太让人不敢相信了！”我回答。

我周围有人，他们都是真实的。我能看到大海，它也是真实的。各种声音也是真实的。一切都是真实的！我抬头一看，天空无边无际，没有任何异样。

我和拉姆齐之前体验过的虚拟现实环境都非常棒，但我始终知道自己是置身于游戏中。有时人们的动作可能有点不自然，或者一个物体的边缘会有点模糊，有许多细微的瑕疵。但这里没有：这个虚拟世界几乎是完美的。

我深深地吸了口气。

啊，真奇怪，闻起来还是演播室里的味道。我闻了一遍又一遍。然后我听到比勒托乌斯博士说："你什么也不会闻到的，乔吉。嗅觉模拟还没有完成。这只是一个雏形，记得吗？你能转个身吗？视觉效果怎么样？"

我几乎说不出话来，慢慢地往右转了一圈，勉强说了句："真不敢相信！"那些从我身边走过的人看上去绝对的、百分之百的真实，尽管我知道他们不是。我把脑袋迅速地从一边扭到另一边，这造成了画面的轻微模糊，因为程序需要半秒钟来跟上我脑袋的移动。

我生活在一个计算机生成的世界里，它……

简直

太棒了！

怪不得比勒托乌斯博士一直守着这个秘密呢。又有一辆车从我右边的路上呼啸而过，我听到一个孩子在什么地方大叫："妈妈！"到目前为止，我还没有移动过，我只是东张西望，打量四周，脑袋上下左右地转动，感受着这个令人惊叹的幻境的方方面面。

“乔吉！你能听见我说话吗？”

我太激动了。

“是的。是的，我能听见。这简直……太奇妙了。”

“好吧。走到街对面去，乔吉。我们没有太多时间。过马路时要小心。我有点不确定一辆汽车的撞击会有多真实。”

好的……我想，感到有点儿紧张。我继续往前走，穿过马路（马路上似乎比我想象的安静），最后我看到了海滩和大海。退潮了，只有几个人在散步，有一两个人在游泳。这情景好像并不完全对头：也许是海水的运动，或是沙子的颜色，或是……究竟哪儿不对劲呢？我不能确切地指出来，但是这个幻象几乎无懈可击，我完全惊呆了。

我回到马路这边，离开了西班牙城，沿着海滨大道往前走，经过停泊着的汽车，路上有两个女人正在聊天：

“哎，我知道。我对他说，你要有胆量就把狗藏起来，可他根本没在听。”

“你是在白费口舌，宝贝……”

我一直在告诉自己：这些都不是真人，乔吉。我不敢和她们说话。

“比勒托乌斯博士，这些人能看见我吗？”我轻声问。

“大点声，乔吉，我听不清。”

“我是说，这些人能看见我吗？”我说，声音大了一点。两个女人转过身来看着我，然后继续她们的谈话。“没问题，我想她们能看见。”我在街道上走了几步。“她们知道自己不是真的吗？”

“问得好，乔吉——下次再说，好吗？现在，还有五分钟，我们就要跟‘霍金二世’断开链接了，我特别想从橱窗的日历上得到确认，所以赶紧行动吧。”

有那么多的东西我想看个究竟，并为之发出惊叹。楼上的窗户里有一道窗帘在抖动，疾驰而过的汽车后座上有一个孩子……

他们都是“小姑娘”——那台几米之外装在黑箱子里的超级计算机创造的。

我太熟悉这条街了，因为每天上学放学都要走过。路边的那家大酒吧，门前搭着野餐桌；那户人家的花园里长着高高的野草，从来没有割过，因为那家的女人认为割草是残忍的（是卡西·鲁曼说的，她妈妈认识那女人）；还有那所房子，他家的狗总是用链子拴着，汪汪大叫，今天虽然链子还在，狗却不见了。

“快点，乔吉。”我听见拉姆齐说，“不要磨磨蹭蹭！”

我加快脚步，看到了街角的“诺曼·俩孩子”的店。

纳拉扬超级商店

新鲜水果……葡萄酒和烈酒……食品杂货

我还没走到商店就停住了。店门外面有几个人——四五个成年人，“诺曼·俩孩子”站在他们前面，昂着脑袋，挺着肩膀。

“好，请再说一遍！”一个男人说，他拿着一个噼啪乱闪的小相机。“请再说最后一遍，桑吉夫！”相机又闪了一下。原来店老板叫这个名字。

我凑过去，想听听他们在说什么。拿相机的人把相机举得高高的，好像在拍摄。

“那感觉怎么样？”男人问。

诺曼显得有些害羞，他回答说：“我为赢得它的人感到非常高兴。”

我不知道他们在说什么，但还是又往前凑了一点。

“你能告诉我们接下来会发生什么吗，桑吉夫？”

“我不知道……”然后他们继续追问。似乎“诺曼·俩孩子”正在接受当地报纸或网站的采访。

“这一切是怎么发生的，桑吉夫？”

“是这样的。他走进我的商店，嗯，他买了彩票。我欢迎每一个人光临我的小店，它能带来好运……”

我猜，他可能赢得了“年度最疯狂店主”的称号吧，我被自己的小笑话逗乐了。我发现我开始喜欢这个实验了。

我走近商店的橱窗时，没有人往我这边看，橱窗里满是广告和其他招牌。我曾经无数次经过这个杂乱无章的橱窗，从来都不去注意里面有什么，一切都太熟悉了：宣布这里是包裹收集站的招牌；基尼大奖彩票的大型视频广告；还有我正在寻找的电子日历。

日历就在那里，上面滚动着鲜红的字母：

今天是7月27日，星期五

时间：16:52

今天天气：局部多云

日落时间：21:18

我在耳朵里听到："太棒了，乔吉！恭喜你！我们得到了确认！"比勒托乌斯博士听起来心花怒放，我自己也很高兴。危险的感觉或多或少消退了。我只需要摘下头盔，就能回到演播室，这让我觉得不那么害怕了。

我听见了拉姆齐的声音："不要动，乔吉。就待在那里。"

"为什么？"我问。

"就……就待在那里，靠商店的橱窗再近一点。"

我不明所以地照他说的做了，当我看着橱窗的时候，我把手深深地插进校服裙子的口袋，用手指握住了今天斯普林汉姆先生给我的那个弹力球。我突然想到一个主意。

如果我把它扔出去会怎么样？

你明白吗？那个"真实的我"还在比勒托乌斯博士的演播室里（尽管我在这个虚拟世界待得越久，就越容易忘记这个事实）。

如果我把球扔向演播室的墙壁，会出现什么情况呢？

只有一个办法能弄清楚。我从口袋里掏出弹力球，用尽全力把它朝街上扔去。我的目光循着它正常的轨迹，然后，它似乎在公路上方的空气中撞上了一堵看不见的墙，向我反弹回来，在人行道上弹了一下，一下，又一下，最后滚到几米之外停住了。

“乔吉！”传来比勒托乌斯博士的声音，“你到底在搞什么鬼？”

“只是做个实验！”我叫道，然后伸手从店外的架子上拿了一个桃子。

这个桃子摸起来很真实——表皮有点毛茸茸的，重量也正常。我用大拇指抚摸表皮，指甲下面的桃皮蹭破了一点。我闻了闻，没有任何气味，我记得比勒托乌斯博士说过，嗅觉部分还没有完成。然后我咬了一大口，桃汁顺着我的下巴流下来，就像真正的桃汁一样。只是……它一点味道也没有。我咽下去，还是没有味道。接着，我把桃子朝街上刚才那个方向扔过去，看看会发生什么。

它没有弹回来。当然没有。这不是一个真正的桃子。不出所料，它在空中飞出去，没有撞到演播室的墙壁。

它落在一棵树下的泥土里，裂开了。就在这时，我听到了“诺曼·俩孩子”的声音。

“嘿，说你呢！你知道你在做什么吗？”

“对……对不起！我，嗯……”

他周围的那一小群人已经挪到一边。其中一两个正笑嘻嘻地看着我这个“偷水果的淘气孩子”。而诺曼的脸气得发黑。

“你是准备付钱还是怎么着？”他向我走来，说道，“嗯？

你以为你能随随便便走到我的商店，把东西到处乱扔吗？”

我拖着脚向后退，想躲避他。“该死的孩子！”他转向那群人，“看看我遇到的都是什么事儿？没规矩！”

“对不起，我只是……”

我慢慢地挪开，然后转身想跑，却发出一声尖叫。就在我前面两米开外，是一只巨大的蝎子——就是我第一次在圆顶屋的模拟海滩上看到的那只蝎子，但它的脸朝着另一个方向。

只是这次它的样子更逼真了，而且比上次凶狠得多。

我大声尖叫，它转过身来，八条腿咔嗒咔嗒地踩在人行道上，然后它后退两步，尾巴高高地翘在空中，似乎准备发起攻击。

在我身后，我听到：“哦，天哪。这是个什么东西？”

一时间，我害怕得动弹不得。我想告诉自己这不是真的，但是，眼看着蝎子一步步朝我逼近，我的反应是抓起一盒橘子，用尽全力朝它扔了过去。没有砸中。

“搞什么，你这个小捣蛋鬼！”诺曼喊道，一把抓住了我夹克衫的兜帽，“我知道你在哪个学校，而且……”

我扭动着身子，可是他又紧紧抓住了我的双臂。其他人似乎都不愿意来帮我。

“看！”我指着蝎子说，蝎子可不喜欢被一盒橘子威胁，此刻正凶巴巴地挥舞着两个钳子，把重心从一只脚换到另一只脚，“蝎子！”

有一个人——就是拿相机的那个男人——说道：“哇！真是

太逼真了！看，安娜，这肯定是遥控的！”

诺曼对我说：“你是疯了还是怎么的？你在胡扯什么？你把我的橘子扔在了地上！你得把它们都捡起来，还得赔偿损失，你这个小……”

我没有再接着听下去，因为蝎子用颤抖的尾巴朝我刺了过来，它靠近时，我失声尖叫。

“拉姆齐！比勒托乌斯博士！救救我！”

“你在跟谁说话？这个该死的玩具龙虾是怎么回事？是从哪里来的？谁控制的？”诺曼厉声喝道，仍然紧紧抓住我的胳膊。

但我根本没有注意他，因为蝎子在蜇我。

当它的尖刺扎进我的皮肉时，我感到大腿一阵剧痛，我又放声号叫起来，只听那个摄影师说：“呸！多么恶心的玩具……”

在我耳朵里，比勒托乌斯博士正在急促地讲话。“乔吉，做好准备，立刻退出这个程序。电源即将关闭，三……二……一。”

蝎子退回去，准备再次出击，突然一切都化为了黑暗。

四下里一片寂静。

我扑通跪在滚珠坑里，用手指急切地抓着头盔的搭扣。我把头盔从汗津津的头上摘掉时，演播室的点状灯亮了。我在那里，被墨绿色的墙壁包围着，气喘吁吁，心中一片茫然，就像刚从一个十分逼真的梦境中醒来一样。

我听到身后的软垫门打开了，拉姆齐和比勒托乌斯博士向我走来。拉姆齐拖着脚，以最快的速度走过滚珠坑。

“乔吉？”他说，“怎么样？你没事吧？”

我不知道，但我认为没事。我的意思是，那个蝎子又不是真的，对吧？它不可能真的蜇伤我。

然而我低头一看，一小片鲜血正从我的大腿渗进裙子。

第二十三章

比勒托乌斯博士、拉姆齐和我坐在控制室里，我大口喝着玻璃杯里的芬达。我感到头疼，仍然上气不接下气。拉姆齐已经在吃第二块巧克力饼干了，但我不饿。我撩起裙子，比勒托乌斯博士盯着那个小小的蜇伤，至少血已经止住了。

她摇了摇头。“至少，嗯……至少可以说，这是不正常的。顺便说一句，不要担心中毒，但是，哪怕很小的伤口也不可能出现的呀。它似乎……嗯……”她呆呆地站在那里，抚摸着下巴，盯着我的腿。

我催她往下说。“似乎怎么样？”我拉下裙子，上面的血迹已经干了，接着我感觉胃里和喉咙里一阵翻江倒海。我刚勉强咕哝了一句“对不起”，就吐到了地板上。没有生病时那样难受，只是一阵小恶心。“咔”的一声，我在圆顶屋里吃的那口桃子喷了出来，跟我刚才喝的芬达一起，落在了瓷砖地板上。

“对不起！”我说，拉姆齐的脸上写着“恶心”。

比勒托乌斯博士似乎没有听见我说话。她慢慢地跪下来，弯下腰仔细打量那一小摊黄色的呕吐物，里面有一块桃肉。

她抬起眼镜，更仔细地看了看：“你今天吃了什么？”

我的午餐被我扣在了学校食堂的地板上，我没有再去取吃的，所以早餐之后，除了拉姆齐给我带的半块煎饼，别的什么也没吃。还有就是那一口桃子。我把这点告诉了比勒托乌斯博士，她缓缓地点了点头，然后站起了身。她的膝盖发出嘎吱声。她慢吞吞地走向厨房的操作台，拿回一块毛巾、一个小玻璃盘和一把钳子，递给我。

“把那块果肉放在盘子里，好吗？”她指着地上的那块桃子说，“然后把地板擦干净。我可不敢弯腰去擦，不然我可能再也站不起来了，哈！”

我照她说的做了。她把盘子拿回到桌子上，然后坐在转椅里，抚摸着下巴。

“蝎子只是一个小故障，仅此而已。”比勒托乌斯博士很快地说。她好像不怎么当回事儿，这让我有些恼火。“整个3D环境都是基于我创建的那个环绕房间。热带雨林游戏中有这些蝎子，所以它们可能是被错误地带进了这个程序。我得说，它其实没什么杀伤力。至少以前没有。”

“以前没有？”

比勒托乌斯博士叹了口气，往后靠坐在椅子上。“听我说，那只蝎子的代码中有一点点——真的是一点点——非常有限的人工智能。其理念是，当你玩游戏的时候，它能了解你作为玩家的优势和劣势。不过它似乎越来越聪明了。比如，它似乎还能够隐藏，这可不是原来的设定。其他的化身，也就是其他人，能看到它。你在里面的时候也能，而我们可以在屏幕上看到它——你看。”

她在屏幕上调出了街道的景象，并按下一个键开始播放。这是我的头盔拍到的录像：我所看到的一切都在我面前重现。比勒托乌斯博士让视频快进。那片奇怪的、空荡荡的海滩，那两个聊天的女人，那群聚在商店外的人，我扔出弹力球……

“看到那个扔球吗？很聪明的实验，孩子。只是下次要先告诉我。”她说。

下次？

然后是那只红黑色的蝎子，又大又丑。比勒托乌斯博士把它指了出来，它藏在一辆停着的汽车后面。“看到了吗？它隐藏着。这是原始代码里没有的。这就是人工智能：人工智能的学习行为。在游戏中，它们可以克隆自己。到目前为止，这只蝎子还没有学会克隆，这是件值得庆幸的事。”

我们看见，屏幕上的蝎子从车子后面钻出来，朝我逼近。比勒托乌斯博士发出“啧啧”声，按下空格键，画面定格了。

“讨厌的小动物。我最后肯定会抓到你的。”她转向我们说，“只需要把程序彻底检查一遍，找到那个流氓代码。比较费时间，但非常简单。”她又看了看玻璃盘子里的那块桃肉，“可是，还有一件事情要蹊跷得多……”

比勒托乌斯博士看着我。“你没事吗？你的脸色有点苍白。”她又开始敲击键盘，“这只蝎子——我叫它巴斯特——似乎学会了跨越 RL 和 VR 之间的鸿沟……”她看到我脸上困惑的表情，停顿了一下。

“也就是现实生活和虚拟现实之间的鸿沟，现实生活就是你、我们、现在，那只蝎子存在于虚拟现实中。巴斯特不可能真的吸血。但是它似乎已经学会了怎样与现实互动。学得真够快的。至于这个——”她用一根长长的手指戳了戳桃肉，“按说，你吃的这块桃子不可能变成真的，不可能被带回这个世界——带回现实生活。”她又戳了戳桃肉，“可是它回来了。”

她还在摆弄那块吐出来的桃肉，看着真让人恶心。她的声音低了下去，拉姆齐催促她：“那又怎么样呢？”

她好像在自言自语，我得使劲听才能听清楚。“我不能确定，但蝎子的蜇伤似乎让这成为可能。真是不寻常。”

“这是好事吗？”拉姆齐说。

博士用浅色的大眼睛盯着我们俩。“不，这不是一件好事。可能是灾难性的。除非我能清除这个乱入的代码，否则那只该死的蝎子会毁掉我的整个实验。”

我看着拉姆齐。“你还想试一试吗？”

他还没来得及回答，比勒托乌斯博士就说：“在我把这个修好之前，谁也不许再进去了。明白吗？我也许是疯了，但还没疯到那种程度。”

我不需要她的解释。我仍然盯着那块桃肉，想知道她的话是什么意思。

比勒托乌斯博士又回去敲键盘，边敲边滚动鼠标，然后她调出了商店橱窗的屏幕截图，橱窗里的电子日历显示的是下星期的日子。她盯着它，脸上慢慢地露出了微笑。

“好吧，至少我们知道那部分没问题。我们成功了！”她自言自语道。然后放大声音说:“我们成功了!”她转向我。她没有看见在她身后，拉姆齐拿出了他的手机，正在默默地拍摄电脑屏幕。他的动作悄无声息，显然不想让博士知道他在做什么。当比勒托乌斯博士转回身时，他狡猾地把手机放回了口袋。

博士看了一眼手表。“我们已经花了太长时间。我向你们保证，这个问题会解决的。现在，我有一大堆东西要分析，而且我傍晚游泳的时候到了。我们走吧，我送你们出去，怎么样，孩子们?谢谢你们!”

她钻进了一间小屋，门开着，我能看到小屋里有一张狭窄的单人床和一个小浴室。片刻之后，她提着沙滩包出来，关上了身后的门。她发现我在张望，但似乎并不介意，轻轻耸了耸肩。

“就算是科学疯子也得睡觉呀。”她低声说，几乎是自言自语地加了一句，“哈!”

那天晚上，我的头痛逐渐加重。那天早些时候，我满脑子都是和马什先生联系的计划。我打算查看一下网络摄像头，这样至少能看到它。我还打算给牧师打电话，说不定——如果我礼貌地请求——他会在我看网络摄像头时把手机放在马什先生的耳朵边，那样我就差不多是跟马什先生在一起了。我甚至还练习了要对它说什么。

“你好啊，马什。是我。你表现得乖不乖呀?”诸如此类的话。听起来很傻，但感觉并不傻。

然而，我只是躺在床上，喘着粗气。我几乎没有睡觉，被套都被汗水浸湿了。最后终于快睡着时，我才想起本可能还在生病。自从妈妈的追思会之后，我都没向牧师打听过本的情况。我对自己说，明天问问他吧。

第二十四章

我以前也头痛过。每个人都头痛过。然而，这次不仅仅是头痛，我脑袋里有一种跳动或收紧的感觉。这跟头痛不是一码事。一股难受劲儿从后脑勺开始，像波浪一样延伸到我头骨的顶部和两侧，汇集在我的眼睛上方，使疼痛加剧。

如果疼痛有声音，那就像刀子在刮盘子的声音。

如果疼痛有颜色，那——竟然——就像是鲜艳的柠檬黄（有点像比勒托乌斯博士的那件泳衣，不过也许是巧合吧）。

再说味道：我的舌根儿上有一种酸酸的金属味，就像生锈的醋。

但是最让我难以忍受的，是眼睛上方的疼痛，这种疼痛越来越厉害，最后我不得不蜷成一团，用手紧紧摁住太阳穴，大声呻吟。

我看了看手机，时间是早上八点，看来，我肯定是在某个时间睡着了。

爸爸会和克莱姆一起去修车行。杰西卡已经在工作了（这两个星期六她都在加班）。我在楼上自己的房间里，在床上辗转反侧。我打电话给爸爸时，几乎说不出话来。他和克莱姆赶紧顺着小路跑上来，冲进了家门。

我听见爸爸在说：“乔吉，乔吉？你还好吗？”但听起来他好像是在好几英里之外喊叫。

克莱姆说:“她显然很不好。你看看她！快给医生打电话！快叫救护车！”

接着我听见他在给某人打电话，说:“她好像是……我也说不好，突然发病了。哦，天哪！乔吉！”

似乎从很远的地方，传来一个声音——一个很小的声音——说道:“没关系。没关系。我认为情况正在好转。”接着我意识到那是我自己的声音。

情况确实在好转。那种尖锐的、烧灼般的疼痛正在减轻，就像咆哮的暴风雨变成了阵雨，然后变成了毛毛雨……

在我紧闭的眼睛后面那些像烟花一样爆开的亮光，也慢慢地退去了。我把攥紧的拳头从脑袋两侧拿开。我躺在卧室的地板上，脸贴着地毯，满身是汗，我哭了起来。爸爸紧张地抱着我，就好像我是一只野兽。我为记忆中的疼痛而哭泣，也为疼痛终于过去了的释然而哭泣。

最后，似乎过去了几分钟（也可能不是），我深吸一口气，又心满意足地、长长地抽了抽鼻子，坐了起来。

然后我就晕了过去，一切都开始土崩瓦解。

第二十五章

我在救护车里醒了过来。爸爸在我旁边，紧紧地抓着我的手，都把我的手抓疼了。

“嗨，我亲爱的。”他说，嘴巴咧开一个微笑，但眼睛没笑，眼里还噙着泪水。

我嘴巴上有一个罩子，我把它拉到一边，看自己还能不能说话。

“我在这里多久了？现在几点？我为什么在这里？”

“你大约半小时前晕了过去。我们叫了救护车，马上就要到医院了。克莱姆坐在前面。杰西卡在医院跟我们会合。”

杰西卡不需要走很远，她工作的那个部门是医院的一部分。

救护车上的一名医护人员轻轻地帮我把氧气罩重新戴好，说道：“嘘！我们会把你安顿好的。”

接下来发生的事情有点模糊。医生，护士，验血，注射，头部扫描。然后是超声波成像，爸爸在以为我睡着的时候偷偷哭了。几个小时之后，我坐在了医院的病床上。

头痛消失了，取而代之的是一种隐隐的刺痛感，就连这种感觉似乎也在逐渐减弱。

杰西卡和爸爸坐在我的床边。一位穿短款白大褂的女人走了进来。她说话的声音真轻啊，有时我需要费力地去听，但她这样做只是为了表示亲切。她拿着一台平板电脑，想要知道一些答案。

她介绍自己叫咪咪。她翻领的徽章上写着咪咪·切普拉瓦特医生。她在我旁边坐下，坐在了杰西卡和爸爸的对面。

“嗨，乔吉。”她说，热情地微笑着，“我是神经外科的医生，一直在关注我们做的检查。我很高兴地告诉你，你的大脑似乎没有损伤。我们……我们不能确定发生了什么，但认为这是一例青少年偏头痛。你应该会完全康复的。”

嗯，这倒是个好消息。唯一的问题是发生了什么。我自己在拼命地回忆。

“但是，”她继续说，“我需要问你一些问题，关于你在事故发生之前的活动。这种情况通常是由强光之类的东西引起的。你能想到是什么触发的吗？”

我瞥了一眼爸爸。他看上去那么疲倦、那么担忧，我突然感到心头涌起了一阵内疚。

这都是我的错吗？

我的脑子里是一堆大杂烩：西班牙城，一块桃肉，比勒托乌斯博士，然后是“诺曼·俩孩子”，牧师，自行车头盔，一盒橙子，还有那个丑八怪达力……

这一切全都莫名其妙。就好像一本书的每一页都被撕下来，打乱次序后又放了回去。

我有没有？有没有什么？是谁在说话？

“乔吉？你听见我说话吗？”又是咪咪。

我不知道为什么，但我决定说出真相。也许是因为我太累了，不想再编故事。也许是我现在觉得这个秘密太大了。毕竟，我还只是个孩子。

我一开始讲得很慢：那天在海滩上遇见比勒托乌斯博士，她邀请我去看她的演播室……西班牙城里的圆顶屋，大片的地板是由数十亿个小滚珠构成……带躺椅的海滩，感觉那么逼真的沙子……那些我记得很清楚。

说着说着，听上去就显得有些荒唐了。我注意到杰西卡和爸爸在交换目光。我的意思是，我知道那都是真的——我亲眼所见，亲身经历——可是，当我努力回忆具体的细节时，它们有时会从我身边跳开，就像想抓住缥缈的云朵一样。

“这位……比勒托乌斯博士？”爸爸终于说，“她住在哪儿？”

我不知道。我曾经知道吗？我见过她的家吗？她就住在圆顶屋里，就住在我看到的那个小屋里吗？是昨天的事吗？我觉得自己很蠢，很内疚，想一遍又一遍地说对不起。

“所以，一个你以前从未见过、你对她一无所知的女人，邀请你和拉姆齐·莱曼到她的，什么来着……实验室？在西班牙城？她还叫你们保守秘密？你们就照办了？”爸爸的声音越来越大，杰西卡摸了摸他的胳膊，示意他“冷静一点”。她可真好，我想。

问题是，这场审讯进行得越久，我越觉得爸爸说得有道理。

很有道理。

我简直不能自圆其说。我们当时是怎么想的?

事情还没完。我提到了“霍金二世”卫星，最重要的是，那个自行车头盔，里面有带电的微小突起，还有……

“慢点说，乔吉。”咪咪说着把一只手放在我的胳膊上，“我对这个很感兴趣……是头盔吗？”

“自行车头盔，是的，变了样的。”我详细地描述了一下。

“显然是改装过的。”她说，看了一眼爸爸，然后对他而不是对我说道，“听起来像是一种自制的 TDCS。”

“那是什么？”爸爸说，我想他是替我们大家问的。

“经颅直流电刺激。几年前，这在游戏玩家中很受欢迎。能提高游戏体验什么的。早期的版本是相当安全的，强度很低的刺激。曾有一种在主题公园里投入使用，好像是叫环绕什么……”

“环绕房间！”我叫了起来，“我知道！是比勒托乌斯博士发明的。”

咪咪看着我。“这是她告诉你的吗，这位，啊……这位……比勒托乌斯博士？”她没有用手指在比勒托乌斯博士的名字上打引号，但她的语气表明了态度。

我觉察到一种不安的感觉开始出现。难道比勒托乌斯博士在撒谎?

咪咪继续说道:“所以，乔吉，你刚才说到，嗯……”她看了一眼笔记，“一个碟形卫星天线，接收超高清的实时视频信号，那些信号来自……？”

“‘霍金二世’，是一个军用卫星。”我自己说着也觉得荒唐可笑。

“好——吧。”她拖着腔调说，然后吮了吮笔尖，“接下来发生了什么？”

“我……我记不清了。她有一台……一台量子——一台叫‘小姑娘’的量子计算机——它能计算所有事情的概率，然后创建未来即将发生事情的一个虚拟模型。差不多就像是未来的一个三维版本。”我停下来，判断他们的反应。爸爸困惑地皱起了眉头。此刻我非常渴望把事情告诉他们，然而，我越是努力去整理散乱的记忆，越是说得驴唇不对马嘴。我想让他们相信我，可是连我自己都不怎么相信自己了。

“这是真的！”我最后喊道，“我当时就在那里！‘诺曼·俩孩子’商店橱窗里的电子日历上显示的是一星期之后的日期。”

我这么说的时候，就意识到这根本算不上证据。说实在的，在虚拟日历上伪造日期，恐怕是世界上最容易办到的事了。

整件事都很荒唐。军事卫星、超高清视频信号、量子计算机和人工智能蝎子，还有……

“等等！”我说，“看。”我把床单掀到一边。“这就是那只大蝎子蜇我的地方！”我指着我的腿，那儿确实有个伤口，很小。一个小小的针眼，不能说明任何问题。甚至没有出血，只是一个小红点。

咪咪几乎看都不看一眼。“嗯。”

我曾经对一切都深信不疑。我觉得我的下巴在颤抖，但我克制住了。咪咪站起来，把钢笔别回到口袋里。

“桑托斯先生和夫人，我可以和你们谈谈吗？私下里谈？”

杰西卡站了起来。我想说，她不是桑托斯夫人。她不是我妈妈，你知道的。可是我没有力气。咪咪勉强朝我微笑了一下，然后他们三个就离开了我。我愣怔着，怀疑自己是有史以来最大的傻瓜。

第二十六章

几分钟后，他们都回到原来的位置，坐了下来。

显然，我经历了一次中度到重度的青少年偏头痛，由于接触了不安全的、可能未经测试的 TDCS，导致了暂时性的自发虚构症。

“你当然没有撒谎。”咪咪说，但我不喜欢她说话的语气。听起来她心里想的正好相反。“虚构症是一个医学术语：你真的相信这些事情是真的。”

我想说：“它们就是真的！”但是咪咪还在说话。

“乔吉，这可能是一件相当严重的事情。”她的声音压得更低，似乎想强调事态的严重性。“我指的不是医学上的，我指的是触发你患病的那件事。如果你父母允许的话，我要请警察过来，跟你谈谈你在西班牙城的经历。”

“别害怕。”爸爸说，“你没有做错什么。也许是警惕性不高，但真正有错的是这个‘比勒托乌斯博士’。”这次，他果真用手指打了个引号。

“她遇到麻烦了吗？”我问。

“这很难知道。”咪咪说，“如果真的有犯罪行为，警察会了解得更清楚。目前我最担心的，是有没有人被迫遭受你所经历的痛苦。”

我心里想，我并不是被迫的，但嘴上什么也没说。

第二十七章

在医院里没有什么事情可做。我还要再住一阵，等他们拿到检查结果什么的。

为了让我休息，我的手机被关掉了，可是当杰西卡和爸爸离开之后，病房里只有我一个人时，我把手机打开，看到了一大堆信息，都是拉姆齐发来的。一开始很正常，我迅速地浏览着。

嗨，乔吉，你好吗？希望你感觉好些了。

嗨，乔，给我打电话，给我发信息。

你昏过去了吗，哈哈。开个玩笑。请回复！

是啊，对不起。刚拿到手机。在刷信息呢。

我给你打电话来着，你关机了吗？

我有东西要给你看。可能很震撼！

然后信息就停了。他已经几个小时没给我发信息了。我拨打他的号码，但直接转到了语音信箱。我盯着手机，对拉姆齐突然的沉默感到困惑，然后我发现有一封电子邮件在等着我。

一封电子邮件。拉姆齐发来的。他这辈子从没给我发过邮件。

你不接电话，所以——给你个惊喜！——发一封电子邮件。我被禁足了。倒霉透顶。手机也被没收，但笔记本电脑还在。你爸爸给我爸爸打了电话，我猜你把比博士的事都告诉了他们。别担心，换了我大概也会这么做的。

后果——上演狂吼大戏。纳什姑妈认为这都是因为爸爸没有揍我，哈哈。

我说我们只是去那里测试一款新的3D游戏。“进入未来”那套说法听起来太奇怪了。他们会更抓狂的，现在这里的抓狂程度已经够吓人的了。

说正事吧，你还记得在控制室里，比博士播放了你的头盔录下来的东西吗？然后她叫你站在“诺曼·俩孩子”的日历前面？她就是想证明“你信还是不信”！她播放的时候我录了一小段视频，喏，就是这个。我甚至不知道比博士是不是知道我在录。看看吧。把你注意到的东西告诉我。我不是指那个日历。

拉姆齐

我还没来得及播放视频，拉姆齐本人就冲进了我的病房，后面跟着一个穿长斗篷的大块头女人，头巾里露出一张气呼呼的脸。是纳什姑妈。

“是我。”拉姆齐多余地说，“你怎么样？”

“好多了，谢谢。你不是被禁足了吗？”

“我确实被禁足了。今天是放假探望病人的日子。纳什姑妈，这是乔治娜。”

不知她有没有对我微笑，反正我没看见，但她的表情有了点变化，仿佛在吞下什么难吃的东西，这大概是纳什姑妈最接近微笑的表情了吧。她好像已经忘记怎么微笑了。她慢慢地点了几下头。

“我坐了两趟公共汽车才到这里。”拉姆齐说，“希望你能感动！”

“是啊，但我很快就出院了。这么着急赶来做什么？”

“稍等一下。”拉姆齐转向他的姑妈，给她搬来了一把椅子，她一屁股坐下去时，椅子发出危险的嘎吱声。他们用自己的家乡话交谈了几句。纳什姑妈从她长斗篷的褶皱中掏出了她的手机，拉姆齐在我身边坐了下来。

“行了。这就把她搞定了。她不会说英语，所以我们没问题。那么，你说了什么？”

我把咪咪的问题告诉了拉姆齐，还说他们已经告诉了警察。拉姆齐一脸惊恐，看了几眼纳什姑妈。“警察？”

“对不起，比勒托乌斯博士可能有麻烦了。问题是，拉姆齐，我好多事都记不起来了，好像是头痛模糊了我的记忆。但他们认为是那个自行车头盔损伤了我的大脑，所以可能是她的责任。而且他们不赞成某个怪人在沙滩上和小孩子见面，玩 3D 游戏什么的……”

“但她不是……她不是……一个怪人。”拉姆齐说，“对吗？”

我真的不知道这个问题的答案，我说：“拉姆齐，你认为那些都是假的吗？那些关于未来的事？我爸爸肯定认为是假的，还有那些医生。我是说……我们有什么证据呢？”把这件事告诉拉姆齐，我有点惴惴不安，但他看上去很平静。他又看了看纳什姑妈，她只顾沉浸在某个手机游戏中，瞪着一双眼睛，用食指戳着手机屏。

“乔吉，伙计，冷静一点。我也有过同样的想法，你还在演播室里的时候我就想到了。当时我在比博士身后，她几乎没说话，后来你站在商店的橱窗前面时，我用手机拍了一段视频。我觉得她根本就没注意到。不过，我真的认为你应该看看。”

拉姆齐邮件里的视频还在我电脑上打开着。我点击了一下，随着它的播放，记忆一点点地回来，但感觉那是很久很久以前的事了。

我站在“诺曼·俩孩子”的商店前，橱窗里的电子日历也在。这是不是能证明我置身于电脑生成的“未来”里呢？我开始怀疑了。

“这都是假的，拉姆齐。”我说，感到有些沮丧，“我的意思是——它很巧妙，一切都很巧妙，但是我觉得我们上当了。我不知道她为什么要这么做？我是说……”

“但是乔吉，你仔细看。我们有办法证明这一点，切切实实地证明。”拉姆齐此刻带着点儿得意的笑容，用他知道的什么东西在取笑我，“你再看仔细点。”

我把光标拖回到视频的开头，又看了一遍。这次注意到那只巨大的蝎子藏在汽车后面，我不由得打了个寒噤。但我并没有觉得日历有什么奇怪，我就这么对他说了。

“可是你看呀！”拉姆齐抑制不住声音里的兴奋，“日历的旁边是什么？”

“嗯……一个可口可乐的广告，一个手写的招牌，我看不清是什么，一个基尼大奖彩票的视频广告，上面有标识，还有，嗯……”

“没错！没错！描述一下那个移动广告！”

“你就不能痛痛快快地告诉我吗，拉姆齐？好吧……是一瓶香槟，标签上写着‘是你吗？’软木塞弹了出来，出现了星星、彩带和彩球，还有这星期的中奖号码，还有……天啊，拉姆齐！那些双色球！”

拉姆齐慢慢地点头，脸上露出狡黠的笑容。

我说：“球上面有数字，彩票开奖的号码。下星期的彩票开奖！”我简直不敢相信我所看到的。拉姆齐兴奋得两眼放光。

“我核实过了，这六个数字在过去五年的抽奖中都没有出现过。”

“什么意思？”

“意思就是，如果比勒托乌斯博士在现有的素材上添添补补，伪造出了那个日历，那么她还得修改日历旁边那个动态广告上的中奖号码，这可太麻烦了。看起来很费功夫呢。”

我还没有完全听明白。“所以……如果基尼彩票下次开奖的号码，跟这段视频中的号码一致，就能证明比勒托乌斯博士的虚拟未来是真实的，不是假造的。”

“没错，但你漏掉了一点。我们也就会……就会什么呢，乔吉？”

“我不知道，拉姆齐！”我哀叫道，“别搞得这么神神秘秘了！”

“发财呀，乔吉！如果你选对了六个号码，就能赢得一百万英镑！”他的声音不是很大，但兴奋的情绪让纳什姑妈停止了她的手机游戏。她从浓密的眉毛下瞪着他，嚷嚷了几句我听不懂的话。

我使劲咽了口唾沫。我从来没怎么关注过基尼大奖彩票。

我只知道：如果你买一张彩票，可以选择六个号码。每两个星期，机器就会随机抽取六个号码球。如果你彩票上的号码跟机器选择的号码一致，那么你就赢了。

很简单！不过我也知道，赢大奖的机会微乎其微。但是，如果你提前知道那些中奖号码是什么，就可以在买彩票时选择那些对的号码，然后……

我肯定是在做白日梦了，因为拉姆齐用胳膊肘推了我一下，说道：“喂！你在想什么呢？”

“对不起，拉姆齐，我只是……有点儿……”

“相当棒，是不是？”

这也是一种说法。

第二十八章

不久之后，拉姆齐和他的纳什姑妈一起离开了。（我觉得纳什姑妈还对我笑了一下，不过很难讲。她的嘴唇微微咧开，露出残缺不全的牙齿，然后她又把嘴闭上了，就像床单盖住了一具尸体。）

咪咪叫我休息，放松。我怎么可能做到呢？我脑子里一直盘算着中一百万英镑大奖的可能性。

我查了一下基尼大奖彩票，花了足足二十分钟时间，读了那些人被一笔横财改变生活的故事。说实在的，有些故事并不让人感到愉快。

家庭破裂、争吵、离婚、吸毒、犯罪，有些人在面对大笔金钱的时候似乎表现得不太好。我呢？我肯定没事。

我由着自己想象我会怎么做。跟拉姆齐平分奖金？那是肯定的。然后我要给爸爸买一个新的修车行。他总是抱怨现在的修车行太冷，那些设备也需要更新了。

大约半个小时后，我仍然在做白日梦。

我刚准备花钱，突然听到房间外面有声音，然后门开了。

“你好，乔治娜。”是杰西卡。我可以走了。他们用的是“出院”这个词。“跟我来。”她说。

十分钟后，我跟着她走过医院的走廊，穿过停车场，来到她工作的大楼。她一直在说话——在我的记忆中，她好像从来没说过这么多话。

“警察今天晚上会来找你问话。你爸爸已经跟拉姆齐的爸爸谈过了……”等等，都是很务实的话。跟杰西卡在一起通常就是这样。

她高高挑挑地走在我前面时，我看着她瘦削的后背，想道——我已经无数次这么想了——她和爸爸多么不同啊。他们是通过妈妈间接认识的。我好像已经说过了。很难记得清楚，特别是现在脑子有点模糊。自从妈妈去世后，爸爸每年都为当地的生物技术研究单位筹集资金。两年前，他们邀请爸爸、克莱姆和我，参加了医院一部分新建筑的揭幕仪式。一块大木板上刻着人们的名字，妈妈和爸爸的名字也在上面：

罗伯托和卡桑德拉·桑托斯

那是我唯一一次看到爸爸打领带。我们站在旁边，一个人也不认识，这时一个相貌平平、留着钢针短发的女人走到爸爸跟前，做了自我介绍。

“你好，”她说，“我是杰西卡·斯通。”她没有向我和克莱姆介绍自己。

从爸爸看她的眼神里，我依稀明白了什么。我知道我们无法预见未来，但是在我的脑海里，清晰地浮现出了杰西卡·斯通坐在我们家沙发上的画面。

仪式结束后，我们坐着爸爸那辆亮闪闪的旧汽车回家，我对他说："爸爸，你知道我不想要继母。"他哈哈大笑，什么也没说。

医院的生物技术实验室似乎比我和爸爸还有克莱姆去那里的时候又扩大了。外面增加了一批两层楼的移动房屋，人肯定也更多了，看上去都来去匆匆，手里拿着平板电脑和带夹子的写字板，一边走一边对着手机或耳机讲话。

"还没有结果……估计星期二吧……"

"好吧，那就开始吧。已经一个星期了！"

"我已经寄过两次样品。你不可能两次都弄丢了，塔莎……"

主楼是用红色和橙色的旧砖砌成的。巨大的双扇门上方有一块牌子：

爱德华·詹纳生物技术研究部

这个牌子看起来有些年头了，上面写的是花体字，但我知道它不可能很旧，因为"生物技术"是一门新兴的科学。

"在这儿等着。"杰西卡说，"我得让你通过安检。"接着，她好像突然想起来似的说道："你感觉还好吗？"但她没有等着看到我点头回答。

双扇门里面是一个大厅，天花板很高，奶油色的大理石地面亮闪闪的。地面中央的一个底座上，竖着一尊白色的大理石雕像。雕像是一个穿着旧式衣服的男人，膝头抱着一个没穿衣服的男孩。男孩看上去好像在挣扎，男人则专注地皱着眉头。他正把什么东西戳进男孩的肩膀。我也皱起了眉头，因为我敢发誓这里以前没有这尊雕像。

“简直不可思议，是不是？”我后面传来一个声音，我转过身，看见一个穿深色制服、打着领带的上了年纪的保安正敬畏地盯着雕像。他用手背轻轻地拂过小男孩的腿。

“你好，杰克逊。”我说，他把脑袋探了过来。

“桑托斯小姐，我又被你迷住了。我何德何能，竟然有这么大的荣幸？”

我真的不想解释我为什么进了医院，所以只是说：“哦，只是检查一下身体，没什么。”

我猜，作为医院的一名保安，他应该知道不去打听别人进医院的原因。只见他慢慢地点了点头，我们又把注意力转到了雕像上。

“这是新的吗？”我问。我可以肯定我上次来医院的时候没有看到它。

杰克逊轻声地笑了。“嗯，对我们来说是新的，小姐。事实上，它非常古老，看！”

他指着底座上的一块牌子，上面简单地刻着：

詹纳

朱利奥·蒙特维德雕刻

1878年

“它是从意大利热那亚永久借来的，为了纪念像你继母那样的人所做的工作。”

我想说杰西卡不是我的继母，但杰克逊是我们家的老朋友，所以我就没说什么。

“他在对那个男孩做什么？”我问。

“给他打针，接种疫苗，让他免于感染……”

我在学校里学过。“天花！”

“非常正确。”

“这肯定就是杰西卡说救了许多人生命的那个人。”

他郑重地点点头。“她说得对。据说，比历史上任何人挽救的生命都多，多亏了疫苗。”

杰西卡踏着大理石地板走了过来。“对不起，让你久等了，乔治娜。保安简直是个噩梦。”她看着杰克逊，“对不起，杰克逊，你是个例外。”

“你也是个例外，斯通小姐。没有冒犯的意思。”

“来，”杰西卡对我说，“我们扶你进去吧。你需要等一段时间，我才能送你回家。”

我跟着她穿过大厅，穿过一条长长的走廊，来到大楼新的侧翼。一面墙上都是宽大的玻璃窗。玻璃窗的另一边是一个实验室，就像电影里的场景。人们身穿白大褂，戴着发网和口罩，在工作台之间穿梭，眼睛里流露出焦虑的神情。一排排试管沿着长长的传送带移动，机器人手臂在试管里探进探出。

这情景令人目瞪口呆，就像一家医药工厂。

突然，走廊另一头传来一声喊叫：“她在那儿！”

拐弯处出现了一小群穿白大褂的人，他们都匆匆向我们走来，脸上混杂着担忧、紧张和如释重负的神情。

“杰西卡！你去哪儿了？”领头的那个说，他是个大块头男人，留着精心修剪的大胡子。

杰西卡显得很慌乱。“我……我刚才来过，我是说……”她伸手去摸耳朵。“对不起。我把耳机关掉了。耳机打开！出什么事了？这是我的，嗯……顺便介绍一下，这是乔治娜。”

他们都礼貌地打了招呼，用几秒钟对我说：“嗨，乔治娜，你好吗？”但是说得心不在焉。他们立刻就把注意力转回到杰西卡身上。

大胡子男人说：“出了大问题，杰西卡。我想我们至少已经确定了 CBE 的来源。”他向杰西卡展示自己的平板电脑。杰西卡看了一秒钟，然后说了一句话，我听了顿时心里一凉。

“圣沃夫和众圣徒教堂？”

“是一家动物收容所。”有人说。

圣沃夫。

其他人纷纷点头，窃窃私语。

“看样子是的，而且已经蔓延开来了。”

“这可不妙。”

很快，大家开始七嘴八舌地同时说话，互相凑在一起，把我挤了出来，我等于是站在了人群的边缘。显然，每个人——包括杰西卡——都忘记了我的存在。

就在这时，我听见走廊那边传来一声喊叫：“不！拜托，不！”大家转过身，看见一个身穿白大褂的技术员朝他们跑来，手机贴在她的耳朵上。“我会给你打回去！”她喘着气说，然后停了下来。我透过拥挤的人群看见了她的脸，我从没见过有人这样心烦意乱。

“就在这里。”她抽泣着说，“已经确认了。第一个人类病例，还有另外两个疑似……”她的肩膀垂了下来，手机掉在地板上，她用双手捂住了脸。

我身边的那群人大声地倒吸了一口冷气，杰西卡喃喃地说：“哦，不。哦，不，不，不……不！”

大胡子男人走到哭泣的女人身边，喃喃地安慰她，她轻声说：“我们试过了……我们那么努力地试过了，现在每个人都要……”

她说不下去了，开始无声地哭泣。然后人群开始移动，一边含糊不清地说着话，一边沿着走廊匆匆离去，把那个哭泣的女人也带走了。空气中的恐慌情绪那么明显，我几乎能够真切地感觉到。

我孤零零的一个人，站在走廊的中央。

第二十九章

杰西卡突然停了下来，扭头看着我，好像第一次看见我。

“你能自己回去吗？”她说，“乘出租车，让杰克逊帮你。还有，乔治娜，一个字也别说。一个字，也别，说。”她转身离开时，脸色因焦虑而变得苍白。我既因为被抛弃而感到难过，又打心眼儿里感到害怕，好像快要虚脱了似的。

那位女士想说的是“每个人都要死了”吗？还是别的什么？

我独自站在那里，眨巴着眼睛忍住眼泪，这时，我听到杰克逊在走廊那头轻声地叫我。他没有听到刚才的喧闹。

“桑托斯小姐！水烧开了，还有我妻子烤的维多利亚海绵蛋糕。你愿意跟我一起吃茶点吗？”

一个字，也别，说。

在杰克逊那间狭小的办公室里，电视机在喋喋不休，他沏了茶，把维多利亚海绵蛋糕放在一个瓷盘子里。他和颜悦色地跟我闲聊，说他还有多久才退休，说他妻子的烘焙手艺，还向我打听克莱姆的情况。我努力保持礼貌，但刚才发生的事一直萦绕在我的脑海里。

那个穿白大褂的女人是什么意思？我们都要……什么呢？

那个大胡子男人提到圣沃夫是什么意思？

“这么长时间了，乔吉，”杰克逊还在说，“每次见到你都很高兴。你长得这么健康、结实，你妈妈肯定会很开心的。”

我勉强挤出一丝微笑。每次我跟杰克逊见面时，他总是说我妈妈的好话，比如，她有多聪明，穿得多漂亮。爸爸说，当时我妈妈在隔离帐篷里奄奄一息，周围都是机器，杰克逊对我和克莱姆非常照顾，但我不记得了。

他每年都给我们寄圣诞卡。他会写很长一段话，然后签上自己的名字。

杰克逊刚开始讲一个几年前关于我妈妈的故事，他的对讲机突然响了起来，我听见有人说:“杰克逊，这里是主接待区。有一辆车停在了南边停车场的预留车位，你能来检查一下吗？”

“我马上就回来。”杰克逊说，“你待在这儿，我们想办法用车送你回家，好吗？”

我几乎没有在听，我看着电视屏幕上的情景，感觉一切都变得更糟了。

第三十章

注意，如果你特别敏感，就跳过这段。里面写到了死狗。

电视画面显示，人们穿着全身防护服，戴着口罩和手套。他们从街上捡起死狗，扔到一辆卡车后面。但看上去不像是英国。

记者：几天之内，英国所有的狗可能都会被禁止出现在公共场所，也不能与其他狗接触。这是为了应对犬源埃博拉疾病的持续传播。一些国家已经开始了对流浪狗和宠物狗进行人道杀戮的计划。

今天早些时候，我与国家疾病控制中心的主任安斯利·吉尔进行了交谈。

这种疾病有传染给人类的风险吗？

安斯利·吉尔：嗯，目前这种风险似乎很小，但我们不能存有侥幸心理。现在已有未经证实的人类感染 CBE 病例的报告。我们英国是一座岛屿，这是一个优势。

记者：英国的所有六个病例都在英格兰东北部，那些狗已经被人道灭杀了。研究人员还不知道疫情的确切来源。我们将继续报道事态的发展。这里是杰米·贝茨为您带来的即时新闻。

我发现自己几乎站不起来了。我摇摇晃晃地走出杰克逊闷热的办公室，一阵恐惧涌上了心头。

我知道的比电视新闻还多。我知道疫情的源头可以追溯到圣沃夫。我知道英国已经有了人类感染病例。

我还知道，我不应该知道这些。

怎么可能呢？

会颁发禁令。禁止所有的狗外出。

那怎么行呢？

在恍惚中，我拖着脚走过爱德华·詹纳的雕像，朝着朦朦胧胧的阳光走去。我几乎没有听见杰克逊在后面叫我。

“乔吉！桑托斯小姐！你忘了你的维多利亚海绵蛋糕！”我转过身，杰克逊站在那里，手里端着一盘蛋糕，看上去有点儿委屈。

“我……对不起，杰克逊，我得走了……”我推开了双扇门。

我勉强走到一辆等着的出租车前。我钻进车里，把我的地址告诉司机，用手机确认了车费。

我面前的车载小屏幕在大声播放广告，我点了一下屏幕，让它静音。

但是我还能看到画面。电影预告片，度假广告，食物，饮料……而在这一切的下面，滚动着最新消息的标题：

英国政府部长说，“几天之内”对狗实行禁令……

CBE 疫情爆发与东北部相关……

某国又出现 CBE 死亡病例……

美加边境：“禁狗”协议……

德国总理：“这可能比黑死病更严重”……

司机的话让我突然从恍惚中惊醒，只听他说道：“我没听清楚，亲爱的。你要更改目的地吗？”

我刚才一直在喃喃自语：“马什先生，马什先生，马什先生。”但是司机的话给了我一个提醒。

“请送我去惠特利湾的圣沃夫教堂。”我说。

第三十一章

出租车把我送到街口，街对面停着一辆警车，几个戴面罩的警察正在阻止行人通过。

我走近时，一个女警察举起手拦住了我。“你是这里的住户吗？”她问。

“不……不。我是志愿——”

“只有住户才能进去，宝贝。如果你想去公园，就从后面绕过去，沿着克罗利花园走。”

“不，我不要去公园，我要去教堂，圣沃夫教堂。我……我在那里工作。”这听起来像是胡扯，话一出口我就知道了。另一个警察走了过来，是个男人，隔着他的口罩跟我说话。

“听着，亲爱的，哪怕你是了不起的圣沃夫本人，我也不关心。禁止入内是有原因的，是政府的命令。现在——”

“我至少可以跟牧师说句话吧？”

他们两个人瞪着我，我想是对我的放肆感到吃惊吧。

“不，你，不能！”那人说，“快走开。这是紧急情况。”

我感到恐惧在心里升腾，不由得提高了音量。“发生了什么事？”

“查查新闻吧。现在我不想跟你再说一遍。靠边站。”

在我身后，一辆大货车向警察队伍靠近。里面有几个人穿着我以前见过的那种全套防护服，都戴着口罩。大货车被放行了，它为了绕开阻挡道路的警车，驶上了人行道。

我坐在一堵矮墙上，掏出手机，给圣沃夫打电话。我想，如果我直接跟牧师通话，就能弄清是怎么回事了。

“我是圣沃夫狗狗收容所的莫里斯·克莱霍恩牧师。我现在不能接听你的电话……”

我早该猜到的。

“唉，太可怕了，是不是？”

这声音吓得我跳了起来。萨思·汉尼西轻轻撩着头发，挨着我一屁股坐在了墙上，又说了一遍：“太可怕了。”

“发生了什么事？”我说。我心里有个很不错的主意，但我想弄清萨思知道多少。

“不就是闹了狗瘟疫吗？他们认为都是从这里开始的。情况还会变得更糟。”

“你怎么知道的？”

“莫里斯告诉我的。”

又来了。莫里斯。我发现我此刻没心思在意这个了。“你跟牧师谈过了？怎么回事？”

“警察和医生赶到的时候，我就在那里面。他们把我们都赶了出来。大概不想让我们看见他们在做什么。”

我盯着萨思。她脸上有一种沾沾自喜的表情，好像她知道一些事情，而我不知道。她看到了我脸上的困惑。

“你真的一点头绪都没有吗，乔吉？你知道里面正在发生什么，对吧？”

我只能默默地摇头。萨思跟我说这些时真的很开心吗，或者只是我的错觉？也许她只是享受这种八卦的感觉。

“所有的狗……”她用一根手指划过自己的喉咙。我吓坏了。

“他们割断了那些狗的喉咙？”

“不！你这个白痴。当然不是。他们称之为‘人道处置’，把它们处理掉，安乐死，注射死刑——”

“好吧，好吧，萨思。我明白了。”我重重地呼吸着，过了几秒钟才说出话来。“所有的狗吗？”

“是的。”这时，萨思用一种我认为是怒视的眼神盯着我。“这一切都是因为某个人，在某个地方，没有遵守预防交叉感染的规则，然后——”

“我……对不起，萨思。我得走了。”我脑子里乱成了一锅粥，我觉得自己快要吐了。

我踉踉跄跄地走了。渐渐地，我稳住脚步，开始跑了起来。我跑啊跑，跑向海滨，在汽车和自行车之间穿行，周围喇叭声不断，人们叫嚷着：嘿，“找死啊！”最后我来到海滩边的小径上，低头看去，一群小伙子在踢足球，还有人在遛狗……

我喘着粗气，大口吸气时，空气刺痛了我的喉咙……

是我的错吗？

我在记忆中寻找那天发生的事情，就是那家人来访的第二天……达力那个沾着口水的网球……我把它拿出了隔离区……

在手里摆弄着……然后我抚摸了其他的狗……我太大意了。

我太大意了！

我想到了圣沃夫的那些狗。马什先生，这是不用说的，还有莎莉－安、本，还有可怜的丑八怪达力。是我的错吗？

我擦去面颊上的一大滴眼泪，用力咽了口唾沫，又深深吸了口气。我长叹一声，据说这能“消除内心的紧张”，让自己觉得一切都会好起来的。突然，我想起来了。

当我在圆顶屋里，看着一星期之后的海滩时，我就知道有一些异样，但却不能具体地说出来。

现在我知道是什么不一样了。

第三十二章

我努力回忆前一天在比勒托乌斯博士演播室的情景，那似乎是很久以前的事了。在我的脑海里，这本书的页码仍然乱七八糟，我拼命想把它们整理清楚，但是，刚放好一页，其他页又飞了出去，再次乱成一团。

我穿过了马路，对吗？

我低头看着海滩。

有什么地方不对劲。

是海滩上的人。带着他们的狗。更确切地说，海滩上没有带着狗的人。缺少的正是这个。

在一天的那个时间段，在海滩的那个地点，在一个夏天的下午？这里通常都有很多的狗。夏天的时候，海滩的一半是禁止狗狗进入的，所以它们全都挤在另一半海滩上：追球，在海水里跑进跑出，把身体抖干，做各种我喜欢的妙不可言的狗狗动作。

可是，在我进入的那个未来，这些狗都不见了。

我不知道自己在那里站了多久，盯着沙滩、人群、狗、大海，脑子里想象着各种可能性。

我对自己说，这一定是模拟的失误。也许它不能复制那种东西？也许比勒托乌斯博士的计算机程序根本不能模拟动物。这也是说得通的，不是吗？我很想说服自己，但是并不成功。

我想起了那只大蝎子，那就是一种动物呀。还有其他的东西：我跟路人之间的对话。她们是怎么说的？

“我对他说，你要有胆量就把狗藏起来……”

谁会把狗藏起来呢？为什么要藏？

还有那只拴在链子上、总是叫个不停的狗呢？也不见了。我每次从那个花园门口经过，几乎总能看见那只狗的。

一股寒意袭上我的心头，尽管我跑得大汗淋漓，而且傍晚的天气很暖和。我真的看到未来了吗？我脑子里充满了怀疑、困惑和记忆的空白。就在不久前，我还认定比勒托乌斯博士欺骗了我和拉姆齐，现在我对此有了疑问。

不仅如此，而且似乎是因为我的过错才导致了狗瘟疫在圣沃夫的爆发，现在它已经蔓延开来了。

就在我觉得事情不能更糟的时候，我口袋里的手机响了。是爸爸。

“你在哪儿？你还好吗？”他听起来很激动，“杰西卡说你在路上了。她不应该撇下你的，真的。我本来要过去接你的，可是——”

“我还好。我是说，我没事。我有点……耽误了。没事……我很好，爸爸。有什么事吗？”

“没关系。快回来吧，警察在家里呢。”

哦，天哪！

第三十三章

我从免费自行车上下来，把车丢在山脚下，沿着上山的小路朝家里走去，因为骑车累得气喘吁吁，脑子里充满了焦虑。我的头痛彻底消失了，但觉得脑子里好像塞满了棉花，还笼罩着一层乌云，那是我为圣沃夫那些狗狗所感到的担忧和悲伤。

我必须去救马什先生，我只知道这一点。“人道处置”。我不能让这种事发生。我给拉姆齐打电话，但他没接，我这才想起他可能仍然被禁足呢。

家门外有一辆警车。屋里，爸爸和一男一女两个警察坐在厨房桌子的一端，一边喝茶，一边低声交谈。

桌子的另一端，坐着拉姆齐和他的纳什姑妈。纳什姑妈正用低沉而愤怒的声音跟他说话。我听不懂她在说什么，听起来像是半小时前就开始的一场训斥，一直喋喋不休到现在。她的右手食指忙个不停，不是在拉姆齐的鼻子底下晃动，就是使劲戳他的胸口，疼得他直往后缩。他的头低垂着，我真为他感到难过。

我在那里站了几秒钟，注视着。没有人注意到我进来。

“你好？”我说，他们都转过头来看我。我已经感到心虚了。

这些问题跟我在医院里遇到的一样，我的感受也是一样。

“你们是怎么认识比勒托乌斯博士的？”

“她对你们说了什么？”

“这款 3D 游戏是什么？”

我们都如实回答，不过看得出来，此刻的拉姆齐因为自己受了欺骗而感到羞愧。整个故事听起来很荒唐，而我们还没提到海滩上没有狗的事呢。

但是，拉姆齐没有说起他在演播室拍的基尼大奖号码的视频。我不明白为什么，但我也没有提。

我只能想象拉姆齐和我一样，仍然认为——在内心的某个深处——这一切可能是真的。我想跟他对个眼神——你知道，判断一下他在想什么——但他的眼睛一直低垂着。而且纳什姑妈几乎没有把目光从我身上移开。在整个询问过程中，她一直看着我，好像我是一个逃犯，随时可能袭击她。她肯定认为我对拉姆齐产生了不好的影响。有两三次，她摇着头说道：“他是个好孩子，拉姆齐，好孩子。”

“告诉我，乔治娜，你是怎么跟这位比勒托乌斯博士联系的呢？”那位女警官问，“比如，你有手机号码、短信，或者聊天软件……？”

我和拉姆齐都摇摇头。“她从来不给我们打电话。我们只是……你知道，跟她见面。安排好下次的见面时间，然后就去了。”

“她不了解你们的详细情况吗？”

我们又摇了摇头。

我们的故事完全是荒唐离谱的（由于我记忆模糊，有些说法根本对不上），因此大约二十分钟后，主要负责询问的女警官合上了她的笔记本，关掉了随身摄像头。她对爸爸和纳什姑妈说话了：

“桑托斯先生，莱曼女士，很难知道这里面是否存在犯罪行为。我们没有艾米莉亚·比勒托乌斯博士在这一地区的记录。西班牙城圆顶屋的租赁权登记在一家私人有限公司的名下。根据我们今天了解的情况，还没有足够的证据去申请搜查令。我们刚才打过电话，那里没有人，至少没有人接电话。”

看得出来，爸爸听了并不满意。“可是我女儿住院了！你们就打算放手不管了？”

女警察叹了口气。“就像我说的，先生，没有确凿的证据。一些说法互相矛盾，而且青少年偏头痛并不少见。我们很想审问一下这位比勒托乌斯博士，但是还没有逮捕或强行闯入的证据。我们一定会密切关注此人，目前我给你的建议是，乔治娜，还有你，拉姆齐，远离西班牙城，如果你们再见到这个女人，请向我们报告。怎么样？”

我和拉姆齐点点头，稍微松了口气，但爸爸可不愿这么轻易作罢。“怎么样？不是特别令人满意，警官。我已经——”

警察打断了他的话。“对不起，先生。最新消息对事情没有什么帮助。我不知道你是否清楚，在可预见的未来，国内所有的安全部门都取消了休假。这次的 CBE 病毒，他们称之为狗瘟疫，被证明是一次非常大的威胁。”

另一位警官插话说："我不得不取消了在布德的一周行程。我老婆满脸的不高兴。"

这句话的意思是：对不起，先生，我们有更重要的事情要操心，没工夫去管两个孩子的胡思乱想，和某个可能并无危险的游戏发明家。

两位警察离开时，纳什姑妈站了起来。"拉姆齐，他是好孩子。"她又说了一遍。

女警察说："这点我相信，女士。"

他们走后，爸爸对我们说："我想，你们应该觉得自己很幸运，没有发生什么更糟糕的事。"

我认为他感到有点儿不安。毕竟，拉姆齐的纳什姑妈还坐在我们家厨房的桌子旁，脸上一副刚舔过青蛙的表情。也许她并没有听懂发生了什么事，尽管拉姆齐给她做了翻译。

反正，拉姆齐在场的时候，爸爸是不可能责骂我的，他也不能责骂拉姆齐，因为拉姆齐的姑妈还在这儿呢，所以场面就有点儿尴尬。

这时拉姆齐说道："我们得走了。"就在纳什姑妈拿起斗篷，准备出门的时候，她看着爸爸，噘起了嘴唇。

"拉姆齐好孩子，她不是。"

显然，她指的是我。我心里想，好吧，多谢了，你这个刻薄鬼，这下可给我惹了一大堆麻烦！拉姆齐在他姑妈身后抱歉地耸了耸肩，然后举起他的手机，用口型对我说"待会儿联系"。

门关上了，他们刚一走开，我就听见纳什姑妈又开始数落拉姆齐了。爸爸抱着双臂转向我，然后他说："天哪，讨厌的老太婆！"

我大大地松了一口气，一头扑进他宽大的怀抱，哭了起来，他把我搂得紧紧的。我为达力哭，为马什先生哭，为所有可能死去的狗哭，也为人们哭，但是还不止这些。

我还为自己哭。我哭，因为我对自己做的事感到内疚。我哭，因为这一切都是我的错，如果我能回去把它纠正过来，我肯定愿意，但是我做不到。

我不知道我们这样待了多久，我和爸爸，抱在一起，我在哭泣，没有听到爸爸的手机响。我突然听到他的声音，便抬起头来。

"是，是，"他读着一条信息说，"十点在电视上宣布。"

在他身后，杰西卡走进门来。"好像是的。政府声明。"她好像突然想起来似的又加了一句，"乔治娜，你还好吧？"

克莱姆——刚才一直躲在楼上的少年山洞里——这会儿已经在前屋里打开了电视。

不是政府声明，是国王讲话。

第三十四章

电视播音员说：“我们现在去巴尔莫勒尔堡，国王陛下将对日益严重的 CBE 危机发表声明。”没有音乐，也没有其他介绍。

国王穿着正式的民族服装：粗花呢上衣，格子衬衫，领带。他在一间贴着橡木墙板的豪华房间里，坐在书桌前。从他身后的一扇窗户可以看到苏格兰的群山。他神情严肃，虽然还没有开口，但已经忧心忡忡地紧锁着眉头。

国王陛下的声明

今天，我在苏格兰的家中对你们讲话。即使是在这里的苏格兰高地，人们也无法逃避这个可怕的消息：一种疾病正以惊人的速度在全国蔓延。

我今天已经与首相和卫生大臣都谈过话，他们告诉我，情况确实非常严重。如果不迅速采取果断行动，就会有成千上万，甚至数百万的人死亡。

我们面临的可能是一种与数百年前的瘟疫一样致命的疾病。我这样说不是危言耸听，而是为了让你们明白，我国政府所宣布采取的措施是有必要的。没有这些措施，我们的家庭——甚至我们国家本身——都会面临生死存亡的问题。

这种情况是我们不能也不会容忍的。

你们可能已经知道，由狗传播的埃博拉病毒是由一种快速变异的病毒引起的。迄今为止，即便是美国和世界其他地方最优秀的医生和科学家也未能战胜这种病毒。

据我所知，我们迟早会找到治疗方法，然而到那时候，肯定已经无法避免我们所面临的悲伤和痛苦了。

只有现在采取行动，我们才有希望战胜这一致命疾病。

因此，我国政府今晚发布了紧急指示。

从即日起，所有的犬类必须关在室内，等待进一步指示。这包括工作犬、救援犬，以及家养宠物。

如果在室外看到狗，包括私人花园和封闭空间，都将被视为流浪狗。从今晚开始，专业警察和军队射手将在我们城市和乡村的街道上巡逻。他们已经接到命令，可以射杀这些动物。

说到这里，国王使劲咽了口唾沫，闭了一下眼睛。

“天哪，他要哭了。”杰西卡惊恐地说。

“别傻了，他是国王。”克莱姆说。但我不得不说，国王看上去确实很难过。他继续说道：

你们可能知道，我自己也是爱狗之人。我有切身的体会，知道这不仅对你们，而且对你们的宠物来说，将是多么残忍。宠物狗们不会理解这种临时措施的绝对必要性，但我真诚地希望你们能够理解，并希望你们履行自己的职责，完全遵守法律。

英国人是举世闻名的动物爱好者。我们在保护动物方面是世界的领跑者，因而，宣布这些措施也就更加令人痛心。

我真心地希望，你们不管身在何处都能和我一起祈祷，我们面临的这个困难能尽快得到解决。我希望大家能顽强而坚韧地面对即将到来的战斗。

愿上帝保佑我们所有的人。

画面变黑了，我们默默地坐着。

寂静中，我们听到一声枪响。

“也许是汽车发动机回火了。”爸爸说。他真体贴，不想让我们太难受。

然而，混乱才刚刚开始。

第三十五章

事情从拉姆齐的一系列深夜短信开始，当时我躺在床上，想着国王在电视上差点儿哭出来的样子。

他说，流浪狗将被射杀。这已经够糟糕了。而马什先生现在就有危险。

拉姆齐的最后一条短信倒很简单：

在树边等我。午夜。

树。妈妈的树。

我掀开羽绒被，向卧室的窗外望去。月亮快要圆了，月光下的田野呈现出一片昏暗的墨绿色，妈妈的树就在那座小山顶上。挑这样的地方见面，很符合拉姆齐的风格。这就是他心目中的冒险。

我看问题的角度不同。要知道，有些事情是不得不接受的。比如上学，你可以抱怨，但还是得去上学。还有学校野餐时碰到下雨天。

还有花椰菜。

但是，让马什先生被处理掉，这并不属于“不得不接受的事情”的范畴。

于是我起床穿好衣服。

第三十六章

就这样，午夜刚过，我就穿着雨靴站在了圣沃夫后面的粪坑里。我用手帕捂住鼻子，但那臭味儿还是让我作呕。我和拉姆齐走过来的一路上几乎没有说话，好像我们要做的一切彼此都心领神会。我喜欢他这一点。

从家里溜出去很容易。我的卧室在后面，那里有一棵树，我从窗户能攀到上面的一根树枝。我和爸爸还拿它开过玩笑——他称它为“防火梯”。

我穿着长筒雨靴，牛仔裤口袋里有一副长长的橡胶手套和一副泳镜，还有一条手帕。我用从浴室柜子里“借来”的克莱姆的须后水把手帕打湿。

我赶到那儿时，妈妈的树在微风中沙沙作响。我还以为拉姆齐会躲在附近吓唬我呢，所幸没有。情况太严重了，没有心情搞恶作剧。他直接从树后走出来，说了声“嗨”。

“你溜出来顺利吗？”我问，他耸了耸肩，好像是说，差不多吧。

“纳什姑妈没事吧？”月光下，他使劲翻了翻眼珠，我看到一道眼白。

“她真是太烦人了，”他说，“幸亏她戴了耳机。”

拉姆齐以前告诉过我，纳什姑妈睡得很晚，看那什么电视节目，总是戴着耳机，因为他们住的公寓特别小。他爸爸眼下也在家，拉姆齐说他爸爸累得要命，大部分时间都在睡觉，这样一来，就剩下他那容易兴奋的小弟弟们了。

“我必须冒这个险。”他说，声音里带着点儿逞强。我们在沙沙作响的树旁站了一会儿。

最后，我说：“那我们就开始干吧？”

拉姆齐点点头，我们转向那条通向外面的小径。身后，风把树叶吹得更响了，仿佛在祝我们一路顺风。我虽然心里害怕，但还是对自己露出了微笑。

我们紧张得说不出话来，默默地穿过黑暗的街道，来到教堂院子的后墙。

有一条警戒带上写着“健康风险——禁止穿越”，我们猫腰钻了过去。教堂前面的街道上停着一辆警车，里面有两名警察，但仅此而已。我们在阴影中沿着教堂院子的边缘走，隐蔽得很好，然后——一个接一个——蹑手蹑脚地穿过露天的草坪，来到了粪坑旁。

顺便说一下，这不是最初的计划。是的，就在两分钟前，我们的计划还是从窗户爬进去，或者直接从法衣室的侧门进入，我知道那个锁特别紧，所以门有时候是开着的。而因为天气暖和，窗户也经常敞开着。不过现在一楼所有的窗户都锁上了，法衣室的门上盖着一块巨大的塑料。所以这其实算不上是什么计划。

“还有一条路可以进去。”拉姆齐说，我们蹲在一大片月桂丛下，凝视着教堂，“但你恐怕不会喜欢……”

于是我们就走到了这一步。

粪坑差不多有浴缸那么大，在地面挖了约半米深，上面盖着一个用旧门做的沉甸甸的木盖子。盖着盖子，气味就没那么难闻了，特别是每隔几天就会把某种化学物质洒在所有的粪便上，让它们分解。可是，当我和拉姆齐揭开盖子时，那股恶臭就像一拳打在了我们的喉咙上。

拉姆齐开始作呕。

“嘘。”我说。

“我忍不住。”他压低声音说，“快把手帕给我。”我把手帕从脸上解下，递给了他。他感激地使劲闻了一下带有须后水香味的手帕，又把它还给了我。我默默地戴上橡胶手套，把手帕重新系在嘴巴和鼻子上，戴上泳镜，最后把牛仔裤塞进了长筒靴里。

我很清楚有感染的风险。我仔细考虑过，后来决定只要我小心谨慎，还是值得冒这个风险的。

滑道口略低于地面，向上通往老教堂。它的宽度刚好够我把两个肩膀挤进去，但我必须跪在粪便里。

当我蹲下时，湿乎乎的粪便从我的腿边冒出来，我不得不拼命忍住一阵阵恶心。我试着用嘴呼吸，但还是闻到了那股恶臭，跟克莱姆的廉价须后水混在一起，似乎又勾起了我的头痛，这也是一件让我害怕的事。

滑道并不长，但中间有一个小弯，我必须用腿使劲地推自己往上。我这样做的时候，脚上的橡胶靴在粪便里越陷越深，我意识到自己再也无法前进了。

“拉姆齐？”我尽量压低声音叫道。我抬起眼睛，可以看到上面我要出去的地方。我的声音会从那里传到教堂里。拉姆齐没有听见。

我提高了嗓音喊：“拉姆齐，我被卡住了！”声音在我头顶上方的教堂里回荡。一只狗叫了起来。“嘘！”我说。

“拉姆齐！”我现在害怕了，又用脚挣扎了一番。

臭味实在是太冲了，似乎占据了我的整个鼻子和喉咙。

“帮帮我！”我听到我的话音从教堂里的石墙上反弹回来，“帮帮……我……我！”我听到一声哀叫，知道那肯定是马什先生。“我来了，马什！”我说，可是我丝毫也动不了。

接着，我感到拉姆齐把手放在了我的腿上。他跳进了粪坑里，拼命地把我往里推。一点点地，我发现自己顺着铝制的滑道慢慢往上滑，最后脑袋从上面露出来，顶开了盖在滑道上的方形桶盖。它当啷一声落在了瓷砖地板上，引发了一片狗叫声。

至少它们还活着，我告诉自己。

我的双腿摆脱了下面的粪便，可以用脚推着自己走完最后一段了。几秒钟后，我引体向上，钻出来站在了熟悉的环境中。我试着呼吸我最喜欢的气味，却只能闻到我衣服上、靴子上……无处不在的粪便味儿。

我想过我的到来可能会惊动几只狗，但没想到这么多狗都会醒来，开始哀叫和狂吠。声音越来越大，我蹑手蹑脚地走出法衣室，沿着过道走到马什先生的狗屋前，迅速打开它的门，走了进去。

“马什，我来了！”我低声说，它的尾巴又开始像往常一样剧烈摇晃。“不，不，这次咱不挠痒痒了，马什。快走，快！”

我把挂在门边的绳子给它扣上，带它走出来，关上了身后的门，径直朝粪便滑道走去。我经过隔离区时，达力和本都凑到自己的狗屋前，眼巴巴地看着我们。可怜的莎莉－安也在。

现在，狗叫声已经变成一片震耳的噪声，周围是一堵狂吠的墙。我知道我必须赶快行动，不然……

当我绕过拐角，走进储藏室时，教堂里的主灯开始闪烁，白色的灯光把一切都照得透亮。我听到一个男人——是警察吗？我不知道——喊道：“那儿有人吗？”

我不能等了。我把错愕的马什先生举起来，悬在滑道上方。它不满地看了我一眼，但我别无选择。“对不起！”我低声说，然后把它头朝下扔进了豁口，它滑落时发出一声惊叫。

我听到过道上传来沉重的脚步声，我尽量不让自己惊慌。我必须尽快钻进滑道，于是我一猛子扎了进去。头朝前。顺着滑道一直往下出溜，最终整个脑袋和肩膀都浸在了臭气熏天的粪便里，紧挨着马什先生和拉姆齐。我爬起来，甚至顾不得去考虑恶心不恶心，我只是站在半发酵的粪便中对自己说，幸亏我的嘴巴一直闭得紧紧的。我的头发和耳朵里都是狗屎，你就想象一下这是多么彻头彻尾的恶心吧，但我根本顾不上想这些，因为我心里都在琢磨怎么回去救出我的其他狗狗。

拉姆齐站在我身边，脸上写满了恐惧，他突然嘶哑着嗓子说："蹲下。"便拉着我一起蹲了下来。当我们蹲在恶臭难闻的粪便里时，拐角那儿射出一道手电筒的光柱，从前面照亮了教堂院子，在草地上扫出一圈耀眼的光。

"谁在那儿？"一个声音说，"请亮明身份。我们是警察。"

我的担心成了现实。

第三十七章

我们把身子蹲得更低，鼻子离粪便只有大约一毫米。

手电光慢慢地从我们头上掠过。臭气太冲了，我屏住呼吸，但也坚持不了多久。

手电光又扫了回来，速度更慢，然后停住了。

“站起来，举起双手。”

我听说在遭受重大压力的时候，思路会变得格外清晰。此时此刻我很清楚，如果警察发现和逮捕我们，或者用警察对付小孩子的方式对付我们，马什先生会被送回圣沃夫，断送性命。

我不会让这种事发生的。

我也很清楚，狗狗的事是我的一个执念。拉姆齐是陪我一起来的，我才是真正的主角。

所以这并不是一种选择，对吧？然而做决定的却是拉姆齐。

他蠕动着嘴角低声说：“我假装逃跑，乔吉。他不可能抓住我们两个，这样你就能带着马什一起逃走了。”

就在这一刻——陷在齐膝深的狗屎里，手电光照花了我们的眼睛的这一刻——我知道了，拉姆齐是我这辈子最忠诚的朋友。他在黑暗中伸出手来，把我的手紧紧握住。这本该是很美好的一刻，我们确立了深厚的友谊，只是他这么做的时候，我们的手掌间挤压着黏糊糊的东西。

那个警察说话了：“好吧，慢慢地爬出来，别搞什么花样！”

我们俩都站了起来，开始往粪坑外面爬。

“噢，我的天哪。”警察说。手电光照着我们，所以我看不清楚他。他站在三米开外的地方，用手电光先对准拉姆齐，然后对准我。马什先生也从粪坑里跳出来了。警察的对讲机噼啪作响，他对着它说话。

“报告警官，两名嫌犯，未成年，还有一只狗。在后面……他们全身都是，嗯……我不愿去想了，警官。带手套过来。”

我听出了他的声音，就是先前叫我别靠近圣沃夫的那个警察。我担心他会认出我来。

他向我们走了几步。“好吧。”他说，“看看我们逮到的是谁？”突然，拉姆齐猛地冲向一边，穿过教堂的草坪逃跑了。

“喂！你这个小……回来！”但是来不及了，警察意识到如果他去追拉姆齐，我就会逃走，他说不定两个人都抓不到。所以——完全出乎我们的意料——他转过身来，没等我迈出一步，就一把抓住了我的肩膀。

“哎哟，怎么……？”

我——我好像已经提到过——全身都是狗屎，就在马什先生凶狠地咆哮着，龇牙咧嘴地逼向他时，他的手滑脱了。警察向后退去。

“叫你的狗走开，亲爱的。这可是违法行为。”

“马什先生……”我开口道，但马什先生根本不听。它朝警察又逼近一步，拴着皮带的脖子拼命往前挣，发出了一连串的咆哮和狂吠。

眼看着警察连连后退，我就知道接下来会发生怎样的一幕了，马什先生最后又大吼了一声，警察就一个踉跄，从粪坑的边缘栽了下去。

“啊……啊……不——！”

他胡乱挥舞着双臂，向后倒向粪坑，最终尴尬地侧身摔了进去，一只手埋进了粪便里，另一只手摸索着坑边。

这是我们唯一的机会。我转身就跑。警察开始往外爬，但哧溜哧溜地直打滑，又摔倒了。马什先生已经跑在前面了。“站住！”我身后传来喊声。

我跑啊跑，拉姆齐在教堂院子的大门口跟我会合，我们继续往前跑，穿过新开发的地产，拐进了小巷。什么臭味啊，污秽啊，我都顾不得去想，脑海里只有一个目标，那就是跑得越远越好。

我们穿过两幢房子之间的一条小路，来到妈妈的树旁边的那片坡地，我们可以顺着牧牛场旁边的树篱往前走。最终，我看到了我们家的谷仓。我们来到下面，用藏在花盆下面的钥匙打开挂锁，安全地进入谷仓。当听到自己发出的剧烈的喘息声时，我们才说出了开始奔跑以来的第一句话。

“乔吉……”拉姆齐喘着气说。

“怎么啦？”

“你臭死了！”

我们俩都大笑起来，并且像疯子似的一直笑个不停，尽管现在是凌晨两点。在黑暗的谷仓外面，我打开水管，把我们俩和马什先生身上冲洗干净，冲洗了很长时间。

我一直在想马什先生对警察的咆哮，还有我卧室墙上的海报：

如果咆哮管用，就不要咬人。

马什先生认为用管子冲水是一件很好玩的事，不停地用牙去咬水柱。我难过地想，这是它一段时间内最后一次玩耍了。它必须藏得严严实实的。

直到这时，我才意识到它可能真的病了。我之前一心想着不让它被处死，根本没考虑到这点。我什么都没跟拉姆齐说，但马什不在隔离区并不能保证它没有染上疾病。

没办法。

我只能心存侥幸了，不是吗？

第三十八章

过去几天发生的事情太多了，我没法一五一十都告诉你。不过，我们没有再听到“汽车发动机回火”的声音，这是一件好事。

我和拉姆齐基本上一直生活在恐惧中，生怕一辆警车会开到我们哪一家的门口。我们犯下的事情很严重，尤其是从一个警察手里逃跑。我们都知道自己惹上了大麻烦。但是我们也都知道，那个警察，以及几乎所有穿制服的人，都有更重要的事情要操心，没工夫去管那两个粪坑里的孩子。

溜进圣沃夫的第二天，拉姆齐给我发了短信。

裤子和鞋子在我的床底下晾干了，不过还有点气味。纳什姑妈和爸爸什么都没怀疑。你呢？M 先生怎么样？

我回道：

总算用洗衣机把东西都洗了。冲了一天的澡。M 先生的气味并没比平时更臭。

马什先生一直待在谷仓里，完全没有被发现，我用背包带东西去给它吃。沿着我们那条小径走到大路，再在大门口那儿折回来（我被一大片树篱掩护着），还是很容易的。我就是这么做的。

我大约待了一个小时，在大谷仓里扔球给它玩，躲在一堆纸箱里让马什来找，它高兴得把尾巴摇得那么欢实。然后我只是坐在那里，挠着它的肚子，尽量不去想那些被我无奈抛下的狗。

我不知道马什先生是不是想念它的朋友。我不知道我写都不敢写的那件惨事是不是已经在圣沃夫发生了。我不知道可怜的牧师是怎么接受这一切的。把那些狗狗都处死，看起来完全没有必要。马什先生目前的状态很好。

我坐在那里，坐在灰扑扑的谷仓里，周围是陈旧生锈的车门、长长的排气管，以及其他汽车零部件。突然，我的手机嗡嗡作响，把我吓了一跳，有消息进来了。是牧师发来的，说今晚要过来串门。

我让谷仓的小窗户开着，放一些新鲜空气进来，因为马什先生刚放了个屁，然后我答应很快再来看它，就出来关上了门。对马什先生来说，这不是什么像样的生活，但至少它还活着。

爸爸的工作间里开着收音机，我记得这是他第一次调到新闻台。不是爸爸通常最喜欢的经典摇滚，只是一则则坏消息：关于CBE传播的消息不断更新。

“怎么样，宝贝？”我走进去时，爸爸说。他好像瘦了。我爸爸块头很大，但是他的脸看上去瘦了一些。“你在忙什么？”

我耸耸肩作为回答。“哦，你知道的——瞎忙呗。”他似乎并不介意。似乎每个人的情绪都很异样。爸爸坐在露营车侧面的踏板上。他咬了一口三明治，并递给我一个。他对着收音机摇了摇头。

“情况越来越糟了。”他嘴里塞满了三明治，其实我已经知道了，因为我听到了最新的消息：英国已有两人死亡，还有一些疑似病例。我感到非常紧张，生怕马什先生也染了病。但它即使被感染了，也没有表现出任何症状。此外，目前有数不清的狗死于这种病毒，昨天夜里又有几只狗被射杀。

“都是流浪狗。”爸爸说，想要安慰我。这至少意味着不会有狗的主人感到难过，却并不能阻止我为狗感到难过。

那天晚上，我和克莱姆坐在沙发上看电视。我们好像都处于一种茫然的状态。

新闻循环播放：还是那些照片，来自中国、法国、加拿大和其他地方；还是那些记者突然出现，站在医院、政府大楼，或自由女神之类的地标前面，说着差不多同样的话。

……美国政府宣布，该国的预备役军事力量——国民警卫队，已经处于全面戒备状态……

……墨西哥政府今天表示，墨西哥城报告了更多人感染致命 CBE 病毒的病例……

……巴图尚斯基总统对在其边境集结军队的行为做出了强硬的反应，并表示希望 CBE 危机不会损害两国之间正在推进的和平进程……

听到门铃声，我差点从沙发上跳起来。是圣沃夫的牧师来了。我好像还没见过一个成年人的外貌发生如此大的变化。

他曾经是个面颊红扑扑、看上去很健康的人，眼睛里闪着光，脸上带着友好的——甚至是憨憨的——微笑，现在却成了一具空壳。他肩膀耷拉着，脸色奇怪地发灰，似乎好几天没睡过觉了。

我生怕他会说起马什先生的事。我和拉姆齐也许会因为躲过了警察而感到高兴——但圣沃夫毕竟有一只狗失踪了，警察肯定会把前一天晚上发生的事情告诉牧师的。

“你好，牧师。”我说，他给了我一个拘谨的微笑。哦，惨了，他知道了，我想。他会告诉爸爸的。

爸爸正从牧师身后的小路上走来。

“莫里斯！”他喊道，“我看见你经过。快进屋吧。唉，这真是一件糟心事，对吧？我为你的那些狗感到难过。”

“我待不了多久，罗布。”牧师说，声音嘶哑，也许是因为疲倦，因为情绪不好，或者两者兼有，“我想送点东西给乔吉。”

他在口袋里摸索，掏出一个狗项圈，扔在我的双手里。“没问题，”他说，“已经消过毒了。我本来不该拿的，但是我不得不这么做。”

我举起项圈。它上面挂的小圆牌上写着“达力”，我把它握在掌心。

“可怜的达力。”牧师说。

“难道……难道它……？”我说不出来，但是牧师听懂了。

“它一点也没遭罪。”他摇着头说，“你可以感到安慰的是，它生命的最后几星期，因为有了你和你的小朋友而变得更好。”

我点点头。“它们都……？”

牧师咽了口唾沫。“是的，乔吉。这是兽医的指示，风险太大了，它们都被处置了。”

我听到爸爸倒抽了一口气。“马什先生呢？”他问。

我想，这应该是我的反应才对。我没有表现出更担心马什先生的样子，这不是很可疑吗？

“是啊，马什先生呢？”我赶紧找补。听起来并不抱什么希望，但爸爸没注意到。

“怎么说呢。”牧师说。他语速很慢，措辞谨慎，“我想乔吉已经知道了……”

他目不转睛地看着我。“马什先生，啊……它在最近找到了新家。来了两个年轻人，想给它一个美好的家。我说得对吗，乔吉？”

我能做的只有点头。

“我只希望他们知道自己在做什么。”他最后说，“不要让马什先生，或者他们自己再冒任何风险了。”他又郑重地加了一句：“这几天真是魔鬼般的日子。卫生当局似乎认定英国疫情的源头就是我们圣沃夫，我们违反卫生规定引发了疫情……”

我一转身，跑上了楼。

我瘫倒在床上，达力的项圈从我手中滑落，掉在了卧室的地板上，我呆呆地盯着天花板，没有任何感觉。

目前还没有人知道，整个事情都是我的错。

第三十九章

过了一会儿，我醒来了，感觉有人用手指捋我乱蓬蓬的头发，这很奇怪。我能闻到杰西卡工作时洗手用的强力肥皂的味道，当我睁开眼睛时，她正盯着窗外。她以前从没做过这种事。

也许她以为我还在睡觉。我听见她说："对不起，乔吉，真的对不起。"说了一遍又一遍。

乔吉？杰西卡从来不叫我乔吉。

我睁开眼睛，喃喃地说："为什么？你为什么要说对不起？"

她有点惊讶地僵住了，把手从我头上抽开。沉默了很长时间。真的是很长时间的沉默。我侧身躺着，凝视着窗外的月亮。我的窗帘还没有拉上，月光在我的卧室里投下了影子。灰蓝色的月光落在我羽绒被的小狗图案上，落在我每年圣诞节都能从长袜里拿到的小狗日历上。"杰西卡？"我终于说道。我听见她深吸了一口气。

我没有回头看她，我不想跟她的目光对视。她用很轻很轻的声音说："对不起。"我完全不知道她为什么道歉，但我什么也没说。

我们就那样待了一会儿，然后她说："日子会很艰难。接下来的几个星期，几个月，甚至几年，比我们任何一个人所知道的还要艰难。对不起，我应该做的一件事没能做到。"

“你指的是什么？”我转过头看着她。皎洁的月光在她的脸上和额头上刻出深深的皱纹。说句实话，她看上去老了将近二十岁。

“找到治疗方法。我知道这不光是我的责任，可是——”

“这不是你的错，杰西卡。这全都不是你的错。这……”

我没让自己说出“这是我的错”。

杰西卡叹了一口气：“也不是你的错。”

她说得不对，完全不对。但我不能告诉她。我必须把这个错误纠正过来。

突然，就在那一刻，一个想法开始在我脑海中形成。

我听到楼下电视里传来熟悉的十点新闻音乐，但我不想再听到关于狗狗被射杀、病人死亡、记者心情沉重的报道了。

我翻了个身，闭上眼睛，假装想睡一觉。片刻之后，杰西卡从我床边站起身，离开了房间。我眼睛睁得大大的，脑子里飞快地旋转着我必须要做的事情。

但是，如果我的手机没有在枕头下发出收到短信的响声，我可能永远不会去做那件事。

第四十章

信息很短。

读读这个。

有一个网页链接，我把它点开。

亿万富翁的遁世之谜

挪威记者尼尔斯·奥斯卡森报道

据说，有了足够的钱，你愿意成为谁都可以。

奥斯陆：埃丽卡·佩塔森博士——全球社交媒体聊天软件的发明者——当然腰缠万贯，足以使她从公众的视野中彻底消失。她下落不明，人们认为她可能为了隐藏而改变了身份。

她的十二亿美元身家，使她跻身于世界上仅有的五千位亿万富豪之列，但她的下落似乎是一个深不可测的谜。

在 2012 年之前，这位成功的游戏和应用设计师——被业内许多人士视为天才——独自生活在挪威和瑞典之间的奥斯陆峡湾的一座私人小岛上。她没有亲人，朋友也很少。据为数不多的几位邻居说，她经常在寒冷的海水里游泳。他们形容她“非常注重隐私”。

她在3D虚拟现实装置方面的开创性工作，如迪斯尼的环绕房间，已使她获得巨额财富。而她拥有的社交媒体聊天软件，更使她在五年前卖掉公司后财富飙升。

危险的实验

从那时起，埃丽卡·佩塔森博士在岛上的豪宅就一直空着，她本人也消失了。

在2005年《奥斯陆时报》的一次难得的采访中，佩塔森博士暗示了她的未来。

“我有自己的工作计划。有一天我可能会离开，你知道吗？我有个主意……也可以说是一个模型……可能会改变整个未来，哈哈。3D建模和量子计算带来了各种可能性，非常令人兴奋。”她还说：“我独自工作时效率最高，没有商业压力。”

埃丽卡·佩塔森出生在英国，父亲是挪威人，母亲是南非人。她很小的时候就搬到了美国，先在俄亥俄州，后来在佛罗里达州长大。她是一名优秀的学生，曾获得加州理工学院的奖学金。

之后，她获得了哈佛大学的博士学位，学术生涯也随之展开。微软创始人比尔·盖茨曾经是她的学生，她喜欢开玩笑说：“比尔知道的一切都是我教给他的！”

在21世纪早期的科技繁荣时期，她搬迁到了挪威。

她在失踪前不久成立了埃丽卡·佩塔森基金会，一个为非洲贫困学生提供奖学金的慈善组织。该基金会独立运作，并表示与其创始人“没有联系”。

奥斯陆警察局发表声明称：“我们不知道埃丽卡·佩塔森博士在哪里，凭什么要知道呢？除非她触犯了法律，否则不关警方的事。”

这篇文章附有一张模糊的彩色照片，上面的女人可能是——也可能不是——比勒托乌斯博士。博士皮肤黧黑，身材苗条，但照片中的女子戴着太阳镜和棒球帽，似乎留着短发。第二张照片上是一座被大草坪包围的低矮的大房子——是那种从直升机或无人直升机上拍摄的照片。

我把这一页反复读了几遍。我查了一下来源：肯定是报纸的网站。我又查了一下报纸：是真实的，而且“信誉良好”。这都是我们的在线教育课程的基本内容，但在此之前似乎从没显得这么重要。

你还在吗？

接着，拉姆齐的脸就跳了出来，想要语音通话。我把音量调低。

“我跟你说过这非同小可。你怎么看？”

“是她吗？”我轻声说，“你在哪儿找到的？怎么找到的？”

短暂的停顿之后，我们开始了最奇怪的对话，就像这样：

拉姆齐说："什么意思？"

"你说的'什么意思'是什么意思？我的意思是——你是怎么找到那篇文章的？"

"可是你知道呀——你当时也在场。我在比勒托乌斯博士的房间里发现了那个信封。"

"什么信封？什么房间？别扯了，拉姆齐。"

"乔吉？你在逗我吗？那个写着名字的信封，我说过要调查一下的。乔吉！"

我有一种可怕的感觉，似乎我的记忆有一块——小小的一块——被抹去了。拉姆齐说得那么肯定，我不得不相信他。最近几天出现过两三次这样的事情了。昨天我对爸爸说："麻烦你能递给我……那个……那个，嗯……那个……黄油！"

我们只是笑了笑，但爸爸还是用异样的目光看了我一眼。前一天，我走过谷仓，来到了街上，才突然想起我给马什先生带了一袋狗粮，只好掉过身往回走。

我躺在床上，跟拉姆齐聊着天，内心隐约感觉到这种情况可能还会继续发生，而我很清楚是什么原因：我的大脑受损了。与此同时，拉姆齐还在跟我语音通话。

"……我认为可能是她，但不能肯定。"

我强迫自己继续跟他对话。"她们姓名的首字母是一样的[①]。"

---

① 艾米莉亚·比勒托乌斯（Emilia Pretorius）与埃丽卡·佩塔森（Erika Pettarssen）的姓名首字母都是 E、P。

我说，“而且我们知道比勒托乌斯博士喜欢游泳。”

拉姆齐沉默着，最后我不得不承认：“那不算是什么证据，对吗？”

“我们直接问她吧？”拉姆齐说，好像这是世界上最正常的事，“打扰一下，比勒托乌斯博士，你是不是那个隐姓埋名的亿万富豪埃丽卡·佩塔森博士？”

“别傻了。”我说，但这就是典型的拉姆齐思路。看到了吧，没有任何社交障碍。他完全会这么做。

不过，我听他说话时有点心不在焉，因为那篇文章的内容还在我脑海中盘旋，再加上杰西卡离开我房间后我的那个想法。我能做到吗？我们能做到吗？拉姆齐又继续说了一会儿。我甚至都忘了跟他说晚安。

后来，我躺在床上，胳膊耷拉在床边，我在想象中感觉到马什先生正用粗糙的舌头舔我的手背，那沙沙的声音令我心安。

老实说，我睡得很不踏实。我想我已经很久没有一夜睡到天亮了。我在床上不停地扭动，翻身，出汗，做噩梦，却不记得梦的内容。我醒来时嘴巴很干，羽绒被又凉又湿地贴在身上。

文章里佩塔森博士的话在我的脑海中回荡。

改变整个未来。

那个疯狂的想法一直萦绕在我脑际。

第四十一章

第二天，我七点起床，去谷仓看望马什先生。

这是夏天那种天一亮就很热的日子。我下楼时，杰西卡和爸爸都已经起床了，情况一夜之间变得更糟糕了。

“嘘。”杰西卡举起一只手说。她在听收音机。

“……政府在午夜宣布，除非在一星期内找到治疗方法，否则所有国际旅行将被暂停。此外，为了减缓疾病向人类的传播，将开始对全国所有的狗进行扑杀。

“兽医们已经在靠近疫情中心的一些犬类收容所实施有限的安乐死计划。这可能会扩大到全国范围，如果……”

杰西卡生气地关掉了收音机。

“我再也没法忍受了！我们好像受到了指责！我们在努力，我们在尽自己最大的努力……”爸爸把她搂在怀里，她把脸埋在爸爸的肩膀上，没有再说下去。

我真心为杰西卡感到难过。她不是我在这个世界上最喜欢的人，但只有我知道这一切不是她的错。

我沿着小路向谷仓走去时，收音机里那个女人的话在我耳边回响。

开始对全国所有的狗进行扑杀……

扑杀。一场大规模的杀戮。

除非在一星期内找到治疗方法……

一星期！这意味着我们的时间没有多少了，而且我也不知道，当我在燥热的羽绒被里辗转反侧时，脑子里反复盘算的那个想法是不是真能行得通。

我看到马什先生时，心情好了一点儿。不过，被关在屋里并不适合它，也不适合任何一只狗。

我走进谷仓时，马什先生使劲地冲我摇尾巴，然后一骨碌躺在地上，让我给它挠肚子。

“我这是为了你好，马什。”我一遍遍地向它解释。我在谷仓里扔球给他，但是对它这样的狗来说，这一点儿也不好玩儿。它想在海滩上肆意地奔跑，去咬那些海浪，就好像它们在向它发起进攻似的。

“它看起来好多了。”一个男孩站在谷仓门口说。

我抬起头，吃了一惊。我认识这个声音，很熟悉。

他戴着口罩和薄薄的乳胶手套。“纳什姑妈让戴的。”他解释道，我点头表示理解。他当然是拉姆齐。我怎么会……？我这……到底是怎么了？

“来吧，马什。”我说。我把一根旧绳子穿过它的项圈，另一头系在一扇旧车门的把手上。马什先生叹了口气，坐了下来。

就这样？它似乎在对我说，你可真够朋友。

“不过你知道，这种病不是通过空气传播的吧？”我指着拉姆齐的口罩对他说。我不敢告诉他，我刚才忘记了他的名字。那真是太奇怪了。“你不可能通过呼吸被传染，你必须——”

“我知道。”他说，把口罩拉到下巴上，露出嘴巴，“怎么，你想跟我的纳什姑妈理论一番吗？去吧，我带着爆米花。”

“对了，你不是被禁足了吗？”

“是啊。但有些事情比挨骂更重要。”

我想，有什么事能比被吓人的纳什姑妈训斥更可怕呢？我真的想不出来。但是拉姆齐比我勇敢。

他坐在一个旧油桶上，脚还够不到地板。他说：“怎么样？你想跟我说说你到底是怎么回事吗？看得出来，你在盘算着什么。”

“啊？”我说。

“昨晚打电话的时候，你完全心不在焉。你在计划什么呢？”

是啊，我肯定得找个时间把我的计划告诉他。

于是我就说了，尽管“计划”这个词有点夸张。最多只是一个想法，他帮助我理清了思路。很快，我们就有了一个类似行动计划的东西。

拉姆齐说这个计划“很有冒险性”，这点我同意。不过更准确的形容词应该是：鲁莽，疯狂，愚蠢，不可行。

1. 我们要检查明天的彩票中奖号码，以此来测试比勒托乌斯博士的圆顶屋是否真的把我带到了一星期后的未来。如果号码对得上，我们就知道事情是真的。为了奖励自己，我们还要买一张彩票，那会让我们成为百万富翁。至少这点是值得庆贺的。

2. 如果事实证明，圆顶屋里发生的事情真的就是未来，或至少是一种非常准确的预测，我们就利用它穿越到一年以后，把 CBE 的治疗方法带回来。

“会出什么差错呢？”拉姆齐说，脸上带着没有把握的笑容。

然而在白天刺眼的光线下，午夜的想法似乎就不那么靠谱了。

“那么，”我说出了内心的疑问，“具体来说，我们怎么把治疗方法‘带回来’呢？”

“我不知道。”他说，“它肯定是写在纸上的吧？比如一个配方。”

“当然。”我翻了翻眼睛说，“所以我只要穿越到未来，管人要一种特别复杂的抗病毒药物的配方，然后把它背下来。很简单。”

他皱起眉头，用大板牙咬着下嘴唇。

“还有更糟糕的呢。”我说，突然有了个想法，“如果我们只能得到……比如说……一种真正的药呢？不是一个配方。而是一个小药瓶，或注射器，或别的什么。我们怎么才能把它带回到现在，然后……进行检验和复制呢？”

拉姆齐想了想，然后他笑了。“那还用说吗！你把它吞进肚里！”

“拉姆齐，你完全是疯了吧？我绝对不可能——”

“你可以！还记得那个桃子吗？你吞下了一口桃肉，它被你的身体带回来了！是蝎子的蜇伤——那女人是怎么说的？——‘突破了 RL 和 VR 之间的鸿沟’什么的。只有你才能做到，乔吉！药装在一个小玻璃管里，你可以把它整个儿吞下去——你知道，就和平常吃药一样。”他顿了顿，又加了一句，“可能吧。”

我深吸了一口气。“行不通的，拉姆齐。我们甚至不知道比勒托乌斯博士是不是在圆顶屋里，而且……”

“什么？”

我坐在马什先生旁边，搔着它的耳朵，我告诉拉姆齐，我的记忆出现了空白。事情突然就想不起来了。比如五分钟前我怎么也不记得他是谁。

他听着，然后说：“这可不好，乔吉。”

“我知道。我不能再做那件事了。我是说，头痛，还有记忆问题……”

我们默默地坐了一会儿。马什先生还在因为刚才玩球而气喘吁吁。它的身体肯定是越来越差了。最后，拉姆齐说：“我能给你看点东西吗？在镇上。”我还没来得及回答，他已经往谷仓门口走去了。

我已经两天没有离开过家了。接下来我看到的情景，改变了一切。

第四十二章

短短两天时间，整个小镇已经变得面目全非。

人们不再到惠特利湾来度假了——他们去了那些更著名的度假胜地，如布莱克浦、布莱顿或伯恩茅斯。（“惠特利湾勉强算是度假胜地吧，”爸爸说，“排在老末！”这是他最喜欢讲的笑话之一。它其实反映了我爸爸的性格，而不是惠特利湾的特点。）尽管如此，在阳光明媚的夏日里，这片地区一般还是蛮热闹的。大篷车公园熙熙攘攘，人们在卡尔弗科特的炸鱼酒吧外排起长队，林克大道上会有一个小型游乐场，开阔的草地俯瞰着海滩，有幽灵火车和旋转游戏车，还有能预见你未来的算命先生。

然而今天……

国王宣布消息之后，一切都变了。附近几乎看不见一个人。

我们站在栏杆边，眺望着远处的海滩。“看到了吗？”拉姆齐说，“没有狗，就像那个3D游戏画面一样。如果不是真的，为什么会出现这种画面呢？”

拉姆齐又把口罩往下巴下面扯了扯，说口罩憋得他出汗了。在街上为数不多的人当中，大约有一半都戴着口罩和乳胶手套。

“看看这个吧。”他指着绑在灯柱上的一张告示说。

告示上，黑白色的字母印在血红的底色上，还配有一张狗的照片，那只狗看上去很凶狠。

CBE 病毒风险

“狗瘟疫”对人类构成重大威胁。

在进一步通知前，

所有在户外看到的狗都将被视为流浪狗，

并可能被射杀。

举报流浪狗请拨打电话：

0800 777 4445

在任何情况下都不要接近流浪狗。

政府卫生部颁布

我们走过西班牙城，咖啡馆都关门了，百叶窗紧闭，我们继续往前经过我们学校，来到“诺曼·俩孩子”商店，诺曼站在外面，抱着双臂，好像在问人敢不敢进去买东西。一切都还在：电子日历，宣布上一期基尼彩票中奖号码的海报。

我上一次见到诺曼是在街上扔他的水果。看他狠狠瞪着我的样子，我不得不提醒自己，扔橘子的事几天之后才会发生，他没有特别的理由向我投来凶恶的目光。他看所有的孩子都是这样一种眼神。

一想到橘子，我就感到有点头晕。当然，我不是真的要返回“诺曼·俩孩子”商店，把他的水果往街上扔。那是什么时候的事？它真的会发生吗？如果我不这么做呢？

有没有可能破坏那个未来呢？

我在胡思乱想。拉姆齐在一旁说话。

“……来吧，我有钱。”

“诺曼·俩孩子”把大肚皮往里一缩，让我们通过，然后跟着我们进了商店，确保我们不偷东西。

拉姆齐满脸自信地笑着。他大摇大摆地走到彩票桌前，人们就是在那里挑出一张卡片，用挂在一根绳子上的秃铅笔头填写号码的。店里唯一的声音是我们上方小摄像头的嗡嗡声——这是诺曼的另一项防盗措施。

拉姆齐把他的卡片和一枚两英镑硬币交给瞪着眼的诺曼，诺曼应该把卡片塞进机器，交给拉姆齐一张正式的彩票。

“搞什么？”他嘶哑着嗓音问。他也戴着口罩和手套。

“我想买一张基尼大奖彩票，长官！”拉姆齐说。

长官！我虽然紧张，但听了这话还是忍不住发笑。我咬着脸颊，不让自己笑出声来。

“你在耍我吗？你多大了，小子？”

“嗯……嗯……”拉姆齐拼命地想正确答案。

“我等着呢。你是哪年出生的？”不等拉姆齐回答，诺曼就说，“你还不满十六岁，对吧？得满十六岁才能买彩票。你咋不去打镲呢？敲个破铃铛解解闷也行啊。”

听到“敲个破铃铛解解闷”，我实在忍不住了。我扑哧一声笑了出来，诺曼立刻冲我大发雷霆。

“哦，你觉得很好笑，哈哈，小姑娘，是吗？进来，尽情地笑个够吧！因为那该死的狗瘟疫，我们很快都会死翘翘啦，不是吗？你觉得我很好笑，是吗？当你躺着快咽气的时候，你就不会哈哈笑了，不是吗？滚开！爱上哪儿上哪儿，如果你能活到十六岁的话，到那时候再回来。”他开始从柜台后面绕出来。我们赶紧冲出店门，顺着街道往前跑。

跑远了一点之后，我们回头看了看，诺曼又回到了原来的位置，瞪着我们，把守着店门，不让潜在的顾客进去。

我笑了起来。“啊呀，拉姆齐！这就是我们的答案！我们只能在不买彩票的情况下核对号码。我们拿不到一百万英镑了！”我又笑了几声，然后学着‘诺曼·俩孩子’的腔调说，“敲个破铃铛解解闷也行啊！”

突然，我注意到拉姆齐没有跟我一起笑。他脸色苍白，带着失望的表情看着我，眼睛眯成一条缝。我们不再往前走了。“嗯……你没事吧，拉姆齐？”我从没见他这么沮丧，这么……瘦小。他好像真的缩小了一号，一双眼睛亮晶晶的，似乎在眨巴着忍住泪水。

“真不敢相信我听到了这个话。‘我们拿不到一百万英镑了！’你说起来就好像什么事儿也没有。好吧，这对你来说可能没什么，乔吉·桑托斯，你住在装修过的农舍里，跟你的阔佬爸爸在一起，还有——”

“嘿，他不是阔佬，拉姆齐。他……”

“什么时候有人对你说过因为没有钱不能坐公交车？你有没有住在又小又潮湿的公寓里，饿着肚子睡觉，好让你的两个弟弟多吃点？你——”

“拉姆齐，对不起。你从来没说过！”

“我当然从来没说过。我要怎么说？‘嗨，我是穷小子拉姆齐，能给我点钱吗？看看我，我就是那个苦孩子，在不穿校服日也不得不穿着校服，因为我拿不出捐款。’在老家的时候呢？在老家的时候，我们有很多钱。我爸爸是政府的工程师。现在他勉强找到了一份送货司机的工作，这份工作也很快就要丢掉了，因为一台该死的无人机就能把活儿干了。”

“我知道，拉姆齐。”

“你什么都不知道，乔吉。你和其他人一样。一切都摆在你面前，只是你看不见。我本来有机会赢得一百万英镑，现在被抢走了，你却轻飘飘地说：‘哎呀，算了吧！’算了？”他厌恶地甩开双臂，大步走开了。

“等等！”我说，但他没有停步，我追了上去，“你的纳什姑妈呢？可以让她买一张彩票。”

“哦，是啊，说得倒很轻巧，对吗？”拉姆齐的语气变得尖刻和讽刺，“对纳什姑妈来说，买一张基尼大奖彩票，会让她直接掉进赌博的深渊。叫她买了彩票，我可能也会下地狱，她本来就要惩罚我的，因为我在校服衬衫上乱写乱画，那衬衫是要传给我弟弟穿的。所以想都别想。”

“你爸爸呢？”

“他没有纳什姑妈那么强硬，但是……不可能。而且他要周末才回来呢。再说——怎么不问你爸爸呢？”他扭头大声喊出最后这句话，气呼呼地大步走开了。

我就知道他会这么问。问题是，看我爸爸对我们去圆顶屋的态度，我没法想象他会同意这件事。这等于是叫他给我买一张头奖彩票，而理由是我在比勒托乌斯博士的实验室穿越未来时看到了中奖号码，那肯定不会有什么好结果。

拉姆齐凝望着大海，双手紧紧抓着生锈的铁栏杆。我看到他的肩膀在颤抖，因为他在哭，我很想走过去安慰他，但接着我想到了那张“狗的智慧”的海报。

如果有人遇到不开心的事，请默默地
陪在他身边，用鼻子轻轻地蹭蹭他。

我知道，不管拉姆齐今天有多么不开心，他都不会希望我用鼻子轻轻蹭他。但我可以做另外几项。我在旁边的长椅上坐下，保持沉默。

最后，他走过来坐在我身边。我们注视着盘旋的海鸥。

我们必须想办法买到一张彩票。但有什么办法呢？

然后，我有了一个主意。

第四十三章

“我先搞搞清楚。”克莱姆说，“如果我用你的钱给你买一张大奖彩票，我们赢的钱我拿一半？”他仰面躺在露营车下面，我实际上是在跟他的一双脚对话。

“没错。”我说，“请在这里签字。”

拉姆齐写了这份“合同”。他在网上抄了点东西，又加上一些“在此”和“尽管”之类的词，然后用花哨的字体打印出来。他动作很快，但还是不肯让我去他的公寓，所以我就在外面等着，庆幸自己不用冒险撞见纳什姑妈。

致有关人士：

我，在此郑重宣誓，如果我在此赢得基尼大奖，

将把我奖金的一半分给拉姆齐·莱曼先生，

尽管本人心智健全。

根据赋予我的权利，如果我没有赢得任何奖，也就不欠拉姆齐·莱曼一分钱。

签名：____________　　日期：20____________

克莱姆蠕动着从车底下钻出来，看了看拉姆齐的合同。他把

眼镜往鼻子上一推，怀疑地噘起嘴唇。

“这一切都是因为，你在玩那个变态的愚蠢游戏时觉得自己看到了中奖号码？我们不是已经认定那是一大堆胡言乱语吗？”

“听着，克莱姆，我知道听起来不太可能。但是，嗯……现在外面这么乱，还是有一点希望的，对吧？而且，如果号码是对的，那么每个人都是赢家。如果不对，谁也不会有什么损失。我们会把买彩票的钱给你的。”

不得不说，这套说辞听起来很诱人。克莱姆从工作服的口袋里拿出了他的手机。“我们可以在这里买。”他说，“我可以下载基尼大奖应用程序，在网上买一张彩票。你带钱了吗，拉姆齐？”

“不！”我说，“这必须是一张彩票，一张真实的彩票。”

“为什么？”

“因为它是从‘诺曼·俩孩子’的商店买的。我……我看见他在说这件事。就是，我，呃……穿越到未来的时候。如果换一种方式可能就会，嗯……”当然，我并不知道换一种方式会是什么结果。

克莱姆哼了一声。“怎么？在时空连续体上打了一个洞？”他挥舞着双手，换了一种害怕的声音。“啊，救命，博士，飞行器要爆炸了！你是疯子，你们俩都是，知道吗？如果你想帮点忙，就把保险杠上的铁锈擦一擦吧。不然的话，哪儿凉快哪儿待着去。我忙着呢。”他把手机放回口袋，又钻进了车底。

“克莱门特，请听我说。”拉姆齐说，为了加强语气，他用了克莱姆的全名。这听起来很别扭，却吸引了克莱姆的注意。“看看这个。”

拉姆齐掏出自己的手机，里面有我在“诺曼·俩孩子”商店外的短视频，是他在比勒托乌斯博士的演播室拍的。

克莱姆仔细地看了看，赞赏地皱起了眉头。“这个，”他说，显出一副很懂行的样子，“看起来像是非常高级的3D建模。你也在里面？真厉害。”然后他说：“等一下。”他仔细地看着拉姆齐的手机屏幕。“我知道那是谁。”他指着一个正在和“诺曼·俩孩子”说话的人，“这是安娜·汉尼西。是我的同班同学。今年暑假她在《纪事晚报》做实习记者。我们马上就能搞清这件事。”

安娜·汉尼西，萨思的姐姐。

克莱姆在自己的手机上拨出一个号码，把手机放在耳边。

对着电话，克莱姆的声音降了一个八度，听起来很滑稽，似乎患了感冒，但这可能就是他“跟女孩子套磁”的嗓音。

“嗨！安娜。是啊！我是克莱姆……克莱门特·桑托斯，记得吗？你的同学……没错，就是那个……听着，我有一个愚蠢的问题，请你千万不要误解……不，不，不，不是那个，你听我说……你在实习的时候，有没有跟那个在海滨大道街角开商店的男人说过话？或者有人叫你假装去采访他？……［长时间停顿］嗯，没……没有什么原因，只是［克莱姆没有想到这一层，他在拼命思索］……我今天跟他聊天，嗯……他说他接受了《纪事晚报》的采访，我就想可能是你，没别的。”

克莱姆终于编出了这个谎言，语气中明显透出了一种如释重负，他甚至忘记了嗓音要装深沉。

“没有？你确定吗？不，我当然不认为你没说真话！我只是想……是的。是的。谢谢，安娜……顺便说一句，如果你现在没什么事——好，没关系。好的，再见。”他结束了通话。

我对他扬起眉毛。

“多善良的姑娘。”他说。

我模仿他深沉的声音说：“非常善良！”他恼怒地摇了摇头。

“她从来没有到过“诺曼·俩孩子”的商店附近。所以我不知道这视频是怎么回事。”他指着拉姆齐的手机说。“创造逼真的虚拟形象、人工智能机器人什么的，那是另一回事。但这，完全就像，真实的人。”

好一会儿，我们谁也没说话。然后克莱姆说：“这显然是一个长得很像安娜的人。”但他说这话时的底气不足。

他又读了一遍拉姆齐的合同。

“有笔吗？”他问。

第四十四章

半小时后，我们三个再次走出“诺曼·俩孩子”的商店，克莱姆手里拿着一张大奖彩票，上面的号码是我在比勒托乌斯博士的演播室看到的。

“郑重声明，”克莱姆说，“我认为这是无稽之谈。我不知道视频是怎么拍出来的，但还是根本不可能。”

拉姆齐的嬉皮笑脸又回来了。“那你为什么还要这么做？”

克莱姆看了看空荡荡的街道，耸了耸肩。远处响起了警笛声。

“我想……有点希望总归是好的。一切都好像乱了套。短短一星期，所有的事情都变了样。”

警笛声越来越响，车子驶过街道时，我们发现那不是警车，而是一辆驶向海滨的救护车。我们也朝那个方向走，走了一百米后，看到救护车停在了西班牙城前面的一家餐馆外。一小群人正在聚集，我们远远地看到救护车后面下来两名医护人员，拿着担架和一箱设备，冲进了餐馆。我们听到人们在说话，声音被口罩遮住，有些发闷。

“……只是昏倒了，可怜的人……”

“呃……但愿不是那种狗病毒……我好害怕……”

过了一会儿，那一小群人散开了，医护人员从餐馆出来，用担架抬着一个人。有一个医护人员手里拿着一个黄色的帆布沙滩包，我立刻就明白了。红色担架毯下面露出的一大蓬白色头发证实了这一点。

我推开人群挤到前面，喊道："比勒托乌斯博士！"但是她闭着眼睛。一个医护人员举着一袋东西（点滴？我不知道专业术语叫什么），袋子上有一根管子，通向放在毯子上的比勒托乌斯博士的黑黑瘦瘦的手臂。她的嘴巴和鼻子上都蒙着氧气面罩。

"让开，宝贝儿，让开。"一个医护人员说，"让我们过去……"

拉姆齐挤到前面，径直走向那个医护人员。"她死了吗？"他问。

医护人员没有看他。"没有，孩子。心脏病发作，应该不会有事。"

几秒钟后，救护车的后门砰地关上了。笛声响起，车辆驶出了开阔的步行区，拐上公路，向北开去。

一场大戏结束了，观看的人们渐渐散去，只留下了我、拉姆齐和克莱姆，站在西班牙城大楼的入口。游乐厅里空无一人，游戏机对着空气眨巴眼睛，哔哔作响。我看到萨思·汉尼西的妈妈在波利·唐金茶室的窗口凝视着外面。

"就是她吗？"克莱姆说，"那个搞时间机器的怪咖？"他语气里带着嘲笑，而且我认为——他刚看到她被救护车拉走——显得十分麻木不仁。

"那不是时间机器，克莱姆，是多感官虚拟现实。"

他不以为然。“随你怎么说吧。”

突然一个声音在我们身后说话了。“那是你们的朋友，对吗，乔吉？”是萨思的妈妈。

我不知道该说什么，只答了声“是的”。

“疯得厉害，你知道。你们要小心点。我已经告诉了萨思佳和安娜，千万不要跟她扯上什么关系。”她很不赞成地噘起嘴。

“出了什么事？”拉姆齐问道。

“嗯，我也没有看清楚，”萨思的妈妈说，似乎很高兴有人问她，摩挲了一下她的白色女招待围裙。“我只听到她在叫‘救命！’，幸亏这里很安静，不然我不会听见的。我赶到那儿时，她已经昏倒在地上的水洼里。起初我以为她……后来发现是海水，因为她刚游了泳，全身都湿透了。于是我就叫了救护车，陪着她等他们到来。告诉你吧，她说的话完全是胡言乱语。”她扭头看了看餐馆里，“有顾客来了。记住我的话吧，她就是个怪人。她昏倒前说的最后一句话，好像是关于蝎子的。”

“蝎子怎么啦？”我说，语气有点太急切了，萨思的妈妈奇怪地看了我一眼。

“没什么。就是‘阻止蝎子’之类的话。就像我说的，疯得离谱。”她用食指敲了几下太阳穴，匆匆离去了。

“走。”拉姆齐说，“我们去看看。”

“看看？”克莱姆说，“有什么好看的？”他不像我这样习惯拉姆齐的心血来潮。他认为我们只是两个傻乎乎的孩子，他脸上都写着呢。

“寻找线索呀。这还用说！”拉姆齐说，好像克莱姆才是傻瓜。

在茶室和游乐厅之间那条通道的后面，是通往圆顶屋的门。显然，清洁工并不经常到这么远的地方来。只见地板上到处都是糖纸和冰棒的木棍儿，还有医护人员刚刚丢弃的垃圾，比如贴着医疗标签的空袋子。

克莱姆很不耐烦。“这真的重要吗？我是说……有什么用呢……”

“如果她要进门，肯定会把钥匙掏出来。如果她昏倒时手里拿着钥匙……”拉姆齐踢开一些垃圾，几秒钟后，弯腰捡起了一把钥匙。

当拉姆齐把钥匙插进锁眼，把门打开时，克莱姆至少还算大度，露出了佩服的神情。

第四十五章

我知道我是在炫耀，可是当我说“演播室亮灯！”圆顶屋顿时大放光明时，听到克莱姆在那边倒吸了一口凉气我很高兴。

我们站在那个大圆圈的边缘，圆圈里填满了微型滚珠。黑色天花板上的点状灯像星星一样发着光。

我向克莱姆炫耀的时候，就好像这个巨大的圆顶屋以及它所携带的一切，都是我的。我想，一个十一岁小女孩能让她的十六岁大哥哥心生佩服，是很难得的，而克莱姆绝对被镇住了。他蹲下身，抓起一些小滚珠，让它们从他的手指间滚落。

“电脑还开着！”拉姆齐在我们后面喊道。他在控制室里，于是我们都看见了：巨大的电脑屏幕，彩色键盘，量子计算机“小姑娘”和它那些闪烁的灯……所有的一切。我的心怦怦直跳。

长桌子的尽头是那个自行车头盔，里面布满了微小的突起。

这就是我的计划，进行得比我希望的还要顺利！唯一缺席的是比勒托乌斯博士。

接下来要做的就是：

1. 戴上头盔，紧紧地扣好。

2. 在“霍金二世”卫星经过的时候，将外面屋顶上的卫星接收器对准卫星。

3. 与此同时，启动程序，生成3D游戏，然后……

4. 让量子计算机分析可能的未来。

5. 输入坐标，确定我希望演播室投影给我的定位。

6. 将我的头盔与整个计算机连接起来……

7. 穿越到未来，用某种方式带回特效药。

搞定！

我一屁股坐在比勒托乌斯博士的转椅上。当然，这几条中的任何一条，我都不知道该怎么做。尤其是有些环节只有比勒托乌斯博士清楚其中的门道，比如调节卫星和设置电脑，说白了吧，差不多所有的事情都得靠她。

我向克莱姆解释了这一点，他又一次拿出了大哥的样子。

“你不会真的认为这一切都有可能吧？我是说，这就是你的计划？”

我生他的气，更生我自己的气，但我回答：“你有更好的计划吗？一个跟修理旧发动机无关的计划？我是说，修发动机是你最擅长的，对吗？但那对我们没什么帮助，是不是？如果你认为——”

拉姆齐打断了我。“好了，好了，别争了。”他说，“我们只需要等比勒托乌斯博士回来。”

“如果她不回来怎么办？”我说。

“他们说是心脏病发作，对吧？我相信她会……嗯……会好起来的。”

“是啊。那得等多长时间？”我说。

他嘴角往下一撇，耸了耸肩。“不知道。但那是我们唯一的希望。我们可以尝试自己启动所有的软件什么的，但可能会造成破坏。”

当然，他说得有道理。

除了等待，我们没有别的办法。而到那时可能就太晚了。

第四十六章

在比勒托乌斯博士的控制室里，但比勒托乌斯博士却不在，这感觉有些奇怪。我在这里一直都尽量表现得很规矩。你知道，从不四处乱看，以免挨骂，或者因为碰了不该碰的东西而被人扇巴掌……

可现在呢，克莱姆在旧餐馆的厨房里走来走去，东张西望，摸这摸那，嘴里感叹着“哇！”，眼睛盯着屏幕，屏幕上显示着各种不同的 MSVR 环境。似乎比勒托乌斯博士去游泳时手头正在做着一些事情，所有的东西都还在运行，但我仍然没办法正常启动这套程序。

拉姆齐突然说：“看看这个！”并招呼我过去。在水槽旁边的长凳上有一个钱包，他用一根手指把它打开。里面有银行卡，他轻轻抽出一张，但仍然没有捡起钱包。

卡片上印着凸起的名字：

E. 佩塔森女士

我和拉姆齐互相看了看。“失踪的亿万富豪，”拉姆齐说，“就藏在我们眼皮底下。”

这个时候，克莱姆已经离开了控制室，我听到他嗒嗒地走在通往仓库的金属楼梯上。我和拉姆齐跟着他走到楼梯顶上，听见他惊奇地拖长了声音说：“哇——！”

混凝土地面的中间，是那架露出来的无人直升机，上面安着一个凹背单人座位，十根辐条各托着一根带旋翼叶片的杆子。

“这个厉害了。”克莱姆一边说，一边绕着它走了一圈，就像在街上打量旧汽车一样。他蹲下来，把手掌放在无人直升机的一根辐条下，毫不费力地举起了整个机器。他轻轻吹了一声口哨。

“3D 打印的石墨烯。”他说，“超轻，比钢坚固十倍。”他看到我很佩服他知识渊博，就不好意思地耸了耸肩。“他们现在用它制造汽车零部件。但是这个……”他钦佩地摇摇头，然后指着每根辐条上都有的一排小小的方形嵌板，“还是太阳能的，可以永远飞下去。”他又站了起来，一手叉腰，“忘掉你的圆顶屋吧。这个就是未来，就在这里！”

“你现在相信我们了吗？”我问，“我是说，她是个天才，对吧？”

他只是微笑着说：“也许吧。但我们不能在这里耗着，等她出院回来。也不知她能不能回来。”

我叹了口气。当然，他是对的，可是当我们三个人走出圆顶屋，顺着海滨大道慢慢往回走的时候，都感到闷闷不乐。如果没有比勒托乌斯博士来操作“未来圆顶屋”（这是我现在对它的称呼），我们的计划根本没有实施的希望——即使它能成功。

海滩上仍然空荡荡的，只有几个孩子在玩沙子。远处有一只狗——太远了，看不清是什么狗——在浅浅的海浪中玩耍，马什先生也喜欢这样做，看起来很正常，我笑了。也许是我的大脑错乱了，我一时忘记了落单的狗会被射杀。

过了一会儿，当我们离开海滨，朝拉姆齐家的那条街道走去时，听到了一声枪响。

我们都吓得后退了一下，但谁也没有说话。

第四十七章

我们三个默默地走过岔路口，没精打采地来到拉姆齐家所在的街道。

爸爸打电话给克莱姆询问露营车的修理情况，克莱姆不得不撒谎，说他一直在拼命干活，还加上了“油箱焊接”、“传动轴”和“分体轴”之类的话，我一句都没听懂。

“我得回去了。”克莱姆说着加快了脚步，“爸爸今晚想试驾一下。他找到了一个买主，下星期过来，而这件事就是一个死亡陷阱。”

他转身向修车行走去，我和拉姆齐沿着树篱快速地返回了谷仓。我觉得克莱姆没有看见我。

先是买彩票的事，然后是比勒托乌斯博士、救护车和圆顶屋，最后是大家闭口不谈的枪声……所有这一切，都使我和克莱姆的关系比几个月前更亲密了，但我还没有做好准备把马什先生秘密关在谷仓里的事告诉他。

我还没打开谷仓的门，就闻到了那股气味。

毫无疑问是狗屎和吐血的恶臭味儿，我以前在圣沃夫闻到过，但这次更臭，臭得多。我干呕了一下，捂着鼻子冲了进去，把拉姆齐留在了门口。马什先生侧身躺在血泊中，病恹恹的，我立刻意识到我最担心的事情成了现实。

“马什先生！马什！不，不，不！”我叫了起来，想也没想就冲上前去，跪在那摊脏东西里，抱住了它的脑袋。它有气无力地摇着尾巴，但站不起来。

突然身后有人大喊：“乔吉！你疯了吗？赶快离他远点！”克莱姆惊恐地冲我嚷道，拉姆齐在他旁边，两人的脸都恐惧得缩成一团。

我立刻意识到我做的事情多么愚蠢：接触了一只感染致命病毒的狗？我像触电一般跳了起来，后退着离开马什先生，它挣扎着从地板上爬起来。“不！不，马什，别过来。”我抽泣着，“对不起，别过来。别过来！”

我大脑一片混乱，想用手去捂嘴，不让自己哭出来，但哥哥用扫帚柄把我的手狠狠地打开了。

“哎哟！”

克莱姆站在我旁边，说话的声音那么轻、那么平静，让我感到害怕。“到外面的水龙头那儿去，乔吉。快去。不要碰任何东西。不要碰你的嘴巴和眼睛，什么也不要碰，明白吗？把你的衣服全部脱掉，把所有的东西都冲洗一遍。你还在等什么？”

我的脸皱了起来，对不起，我放声大哭起来。“别擦眼睛！”克莱姆喊道，“快去啊！”

他又愤怒又恐惧，我吓得呆在了原地，既为自己害怕，也为马什先生害怕。我开始脱上衣，但克莱姆喊道：“别动！你上衣上的血会进到眼睛里。待着别动。”

他戴上厚厚的机工橡胶手套，从墙上抓起一把园艺剪，朝我走来。他发现我看着仍站在门口的拉姆齐，他停顿了片刻。我想他意识到——即使在生死关头——我还在犹豫是不是要当着朋友的面脱衣服。

“拉姆齐，到房子里去。后门开着。到浴室拿几条毛巾，再到乔吉的房间拿几件衣服。快！”拉姆齐跑了，而克莱姆剪掉了我的衣服。不知怎的，在哥哥面前光身子就没关系，也可能是因为我心里惦记着更要紧的事情。

“你手上有伤口吗？”克莱姆问。我在水管的流水下检查我的双手。没有伤口。“你的膝盖呢，你跪的地方呢？”

那里也没有伤口。我感到我的恐慌减轻了一点。谷仓的门后有一罐五升的消毒剂，我把一半都洒在了自己身上，从脑袋上直接浇下来，让消毒剂覆盖我身体的每一个部位。

“有什么地方刺痛吗？”克莱姆问。我摇了摇头。

“很好，说明你没有伤口，没有病毒可能进入的地方。如果你有伤口，喷上消毒剂会疼得要命。我认为，乔吉，你没事。”

我松了一口气，开始哭泣，让克莱姆抱着我。我从眼角的余光看见拉姆齐从小路上回来了，他使劲儿用眼睛看着地面，以免使我感到尴尬，他可真体贴。

“对不起，乔吉，我只能找到这个。它挂在你的门后面。”

我蜷缩在谷仓的门后，他从门的另一边递给我那件毛茸茸的、带着毛耳朵和毛尾巴的西班牙猎犬连体睡衣。

我钻进猎犬睡衣，拉上拉链（还配了拖鞋——谢谢你，拉姆齐），拉姆齐和克莱姆用刷子和剩下来的消毒剂，清理马什先生制造的血了呼啦的烂摊子。它脑袋趴在前爪上，看着他们忙碌。

它好像在说，对不起，搞得这么脏，孩子们。我不是故意的。你们知道，我身体不太舒服。

然后，我们三个人坐在谷仓外面的草地边。克莱姆把我的衣服（包括我最喜欢的那条牛仔裤）浇上汽油点着了，它们在一个生锈的铁火盆里燃烧，冒出浓烟。

我们很久没有说话，最后我说："它要死了，是吗？马什？是狗瘟疫，是吗？"

克莱姆叹了一口气。他用胳膊抱住我，紧紧地搂了一下。他什么也没说，什么也没说的意思就是肯定。我知道结局不可避免，但是——很奇怪——它并没有让我再哭一场。

我强忍着哽咽，抬头望着小路，望着我们家后面的傍晚的蓝色天空，妈妈的树在地平线上弯着腰。

第四十八章

我们现在是一根绳上的蚂蚱了。我，拉姆齐，克莱姆。

我的狗在谷仓里快要死了。而且——你猜怎么着？——这次又都是我的错。

接下来的三天，我满脑子都是这个。我不能告诉爸爸，因为会涉及擅自闯进圣沃夫那件事，谁知道最后会怎么收场？而且，我也不可能突然就对杰西卡敞开心扉。

不。这又是一个我必须保守的秘密。

随着时间的流逝，政府对所有的狗进行扑杀的日子就要到了。我们不想再听收音机或电视里的新闻。我关掉了手机上所有关于时事新闻的通知。因为，如果是好消息，我马上就能听到。如果是坏消息，我压根儿不想知道。

我大部分时间都待在温暖的谷仓里，看着可怜的马什先生瑟瑟发抖，戴着厚手套抚摸它的耳朵。它不明白为什么不能像以前那样舔我，不明白我为什么要把它关在谷仓里，而且我每次走近的时候，都紧紧地抓住它的项圈，不让它跳起来。

它不明白自己快要死了，这也许是件好事。

它喝大量的水，撒尿很多，但是身体越来越虚弱，没有力气站起来撒尿，所以我早上过来看它时，它躺在被尿浸湿的谷仓地板上，臭烘烘的。我一边给它清理，一边又哭起来。我都不记得它上次摇尾巴是什么时候了。

它连屁都不放了。我从没想过会怀念它的臭屁，但我确实怀念。

我几乎见不到爸爸。杰西卡仍在拼命地工作，爸爸大部分时间都开着小货车外出，拜访其他露营车的主人，购买配件。配件在修车行里堆积如山，我担心他很快就会把一些配件放到谷仓里来了。我采取了预防措施，把挂锁的钥匙放在口袋里，而不是放在那个花盆底下。

至于克莱姆呢？他认为我应该坦白一切，让兽医来给马什先生“打一针”。

克莱姆——大概是第一百次——说这话的时候，我们正站在修车行里，我突然激动起来。

“你是说杀了它，对吗？”我喊道，“你难道不明白吗？我一开始就是因为这个才去救它的！”

克莱姆其实并没有大喊大叫。他放下扳手，向后靠在工作台上，摇着头。

“但是这不解决问题，是不是，乔吉？圣沃夫的其他狗，它们此刻都在狗的天堂里安睡了，可怜的马什先生还躺在这里呕吐、撒尿、拉屎，而我们只能眼睁睁地看着它遭罪。这太残酷了，乔吉。”

我没什么可说的。他当然是对的。我知道我该怎么做。我们默不作声地站着，听收音机里播放的新闻。

……专家表示，目前席卷全球的毁灭性的“狗瘟疫”仍难以找到治疗方法，人们越来越担心，任何发现可能都来不及拯救数百万只宠物狗的生命。

与此同时，更多的人类病例得到确诊……

我实在控制不住自己了。好像我被另一个乔吉掌控了似的，我从工作台上抓起那个小收音机，摔在了地板上。

“别说了！别说了！别说了！”我尖叫着，一边用我的长筒靴踩着那个小匣子。克莱姆知趣地没有插手。他只是转过身，回到了露营车旁。我跑出修车行，从田野上跑到谷仓，一头撞开了马什先生围栏的门。

它躺在那里，当我向它跑去时，它虚弱地摇着尾巴，我忘记了所有的规则，把它抱在怀里，把鼻子埋在它的耳朵后面，拼命地想找到它那独特的狗味儿，却只闻到了消毒剂的气味。我抱着它，对着它的皮毛抽泣，一遍又一遍地说着“对不起，对不起”。

我不知道在那里待了多久。最后，我走开了，背靠着谷仓的木墙坐下，拿出手机。我强忍着心酸，在我的联系人中滚动查找：莫里斯·克莱霍恩牧师。

我在脑子里练习我要对牧师说的话。

对不起，牧师……

我明白，你已经知道那天夜里是我和拉姆齐……

我需要兽医来我们的谷仓……

兽医需要……

我说不出口，哪怕是在我的脑海里。我的拇指悬在牧师的名字上。也许我只要点击开始对话，就自然而然能说出口了？

我把脑袋靠在木墙上，苦苦思索。我最近睡眠太糟糕了，我发现我的眼皮耷拉了下来。

我片刻之后醒来时，谷仓里的影子变长了，我靠墙的姿势很别扭，脖子都发僵了。

是我的手机吵醒了我，它在灰扑扑的地板上嗡嗡响着。

我来看看 M 先生。

我开始打字回复，但还没有回复完，就听到木门嘎吱一声开了，拉姆齐蹲在了我身边。

“嗨，你看起来糟透了。”

“谢谢你，拉姆齐。我需要安慰。”

“就连马什看着也比你强。”

“嘿，这就有点过分了。”

我看着对面的马什先生，它几天来第一次坐了起来。

我慢慢地站起身。“马什？”

它尾巴砰砰敲着地面，然后用四条腿站了起来，使劲挣着把它拉回去的绳子。它已经好多天没有这么活跃了。

这不是康复。不可能是康复。我提醒自己它得的是一种致命疾病。

但是……我敢奢望吗？

我给克莱姆发了短信，他立刻赶了过来，站在一旁，双臂交叉抱在胸前。他搔了搔稀稀拉拉的胡子，盯着马什先生，就跟我看见他盯着转动的发动机时的神情一样。克莱姆从来没有像我一样爱上马什先生，但这并不意味着他不关心。

最后他说："我不是兽医，但他看上去绝对有好转。"

看来这不是我的幻觉了。"怎么会？"我说，"我的意思是，CBE 病毒，是无法治愈的呀。"

他耸了耸肩。"不知道。别抱太大希望，乔吉。它可能不会康复。但是谁说得准呢。也许这位马什先生……"

"什么？"

克莱姆盯着马什先生，马什先生仍然站在那里摇尾巴。

"怎么说呢……"克莱姆说，"也许它不知怎么的，对病毒有抵抗力。也可能不是。但我也说不好……它的免疫系统什么的，可能……"他说不下去了，耸了耸肩。

"有这种可能吗？"拉姆齐说。

克莱姆似乎仍然若有所思，他摇了摇头。"我表示怀疑。但我的意思是……万一它真的掌握着密码呢？在它的血液、细胞、DNA或其他什么东西的深处。也许我们的马什可以……我也说不好……"

另一个声音补充道："拯救世界？即使真有这好事儿，也太迟了。"

我们三个人都转过身去，看到了站在门口的杰西卡的身影。看得出来，她最近一直在密切关注我们。

"到厨房来。"她说，"快。"

第四十九章

现在每个人都知道了。我们——我、杰西卡、爸爸、克莱姆和拉姆齐——围坐在厨房的桌子旁。桌子中间还放着一台发动机——这次是爸爸的小货车，它出了故障。发动机上面是一个细细长长的试管，像铅笔一样，里面装着马什先生的血样，是杰西卡刚刚用注射器抽出来的。

我们把偷出马什先生的事告诉了爸爸。

我以为会被大骂一顿，被禁足，取消零花钱，然后打电话给拉姆齐的爸爸，牧师，警察，等等，结果……这些统统都没有发生。

（事实上我可以发誓，当我告诉爸爸警察掉进粪坑的事时，他在暗自发笑。他拼命忍着笑，把脸都憋红了，后来杰西卡在桌子底下踢了他一脚。至少我这么认为。杰西卡当然没有笑，但这不是什么新鲜事。）

我指着桌子上的那一管血。“现在一切都能结束了。是吗？”

杰西卡叹了一口气。她耐着性子，语速缓慢，就像一个老师。“听着，乔治娜，这是一件全新的事——对每个人来说都是。即使事实证明马什先生感染 CBE 之后确实康复了——这种可能性很小，甚至没有可能——那也……”

“我们知道它康复了！”我说，“你亲眼看见的！”

“现在说这个还太早。它可能有一段缓解期，症状暂时减轻。”她看上去愁眉不展，“不过我还没听说过这种事。”她摇摇头，“总之，这不能说明它痊愈了。我们甚至不确定它是否真的感染了 CBE。它从来没有检测过。也可能是……我说不好，类似的疾病吧。”

“类似的疾病？”我猛地从桌子边站起来，把椅子都带翻了，“完全一模一样！所有的症状！”

“嗯，可惜我当时没有看见。”杰西卡干巴巴地说，“可惜没有目击者。但是……”她没有再说下去，拿起试管，对着灯光。

“但是什么？”

她用鼻子吸气，然后把试管放下。“有一样东西。目前只是一个理论，但我一直在研究。你们知道，到目前为止，根本没有办法从具有免疫力的血液中提取相关的 T 细胞抗病原体，然后制造出一种特效药，但如果马什先生康复了，那么……”

然后她滔滔不绝地说开了，当她告诉我们治疗的方法可能是什么时，脸上的表情比我见过的任何时候都要活跃。说实话，我一个字也没听懂，幸好大约半分钟后，她就总结说：“这只是个理论。到目前为止，我们还没有办法对它进行测试，可能需要几个月的时间，但是，唉……我们很绝望。”

“几个月？”拉姆齐说，他刚才一直安静地听着。

杰西卡难过地点点头。“可能马什先生的杂交 DNA 掌握了这个密码。如今很多狗都经过精心培育，是它们那个种类的完美样品。而我们不知道在马什的DNA构成中究竟有哪些犬类。即使不是唯一的，至少也可能是很不寻常的。但是，如果没有证据证明它确实感染过CBE，我只能亲自去做这件事了。这需要时间，我还要去寻求纳米技术人员的帮助，而且……"

"多长时间？"

杰西卡咂了咂嘴。"三个月？四个月？首先需要培养病原体，然后应用……"

她再次停住话头。我觉得我的心沉到了地板上。"那太晚了，就像你说的。"

她注视着厨房的窗外，良久之后才回答。

"对狗来说太晚了。对很多人来说也太晚了。但它确实能拯救我们中的一些人。如果我的理论是正确的话，最多四个月就能找到特效药。我希望。"

"在那之前会死多少人？"拉姆齐说。

她没有回答。

爸爸从桌旁站起身，给电水壶通上电，准备再沏一杯茶。"假设一下，乔吉！"他装出愉快的语气说，"如果那个疯老太婆和她穿越未来的玩意儿是真的就好了，对不？我们可以看看这一切的结果如何，对不？"

是啊。如果……

第五十章

现在是差十分八点，我和拉姆齐、克莱姆快步走上山坡，拉姆齐每隔三十秒就核对一下时间，他要赶在八点钟到家，逃过纳什姑妈的一顿训斥。

我们来到妈妈的树下，准备分头行动：拉姆齐去面对纳什姑妈给他安排的可怕命运，我去看望马什先生，克莱姆继续修理那辆该死的露营车。

克莱姆说："你们两个忘记今天是什么日子了吗？"我耸耸肩，拉姆齐又看了一眼手机。

"是啊，今天是我死在纳什姑妈手里的日子，我几个小时前就该回家了。"

克莱姆得意地笑着，从口袋里掏出一张折叠着的黄色纸，我和拉姆齐同时抽了一口冷气。真不敢相信，我竟然把这件事给忘了。只是因为……后来又出了几件让我们分心的事。

"基尼头奖彩票八点钟开奖。"克莱姆说着掏出了手机，"我们不妨看看自己能不能成为百万富翁。"

拉姆齐已经在跟他的姑妈通电话了。我不知道他在说什么。其实我也能猜到，可以从他的语气上听出来。

"我知道，姑妈，我知道。对不起，对不起。我和乔吉在一起，我们忘记了时间。我叫她爸爸接电话……"

拉姆齐把手机递给克莱姆，低声说：“装你爸爸，说你很快会送我回家。反正她也听不懂。”

克莱姆吓了一跳，但他接受了挑战，又装出了那副低沉的嗓音。“啊，您好，莱曼夫人，我是罗布·桑托斯。拉姆齐很安全，我肯定很快就会送他回家的。给您添麻烦了，我深表歉意。晚安。”

听起来一点儿也不像爸爸，但拉姆齐已经把手机拿回去了。不管这能不能让他免于惩罚，至少给他争取了一些时间。这个时候，克莱姆已经连接到了基尼大奖网站。

我想，在这种地方发现自己能否成为百万富翁真是够奇怪的。在这个闷热的傍晚，我们坐在树下的一个草坡上，盯着克莱姆的手机屏。一个不断旋转的大篮子，里面晃动着五十个带号码的球。

在紧张的音乐声中传来主持人的画外音。他的嗓音很温暖，带有泰恩赛德的口音。

“祝大家好运！这里是 7 月 27 日基尼彩票的开奖现场。请等待第一个号码。”

克莱姆把彩票放在他的手机旁边，让我们核对号码，其实我发现自己早就把号码背下来了：5、22、23、40、44、49。

音乐在继续：咚、咚、咚、咚、咚。一种残酷而紧张的节拍。

然后机器吐出一个号码球，球从斜槽里掉下来。它滚得太快，看不清上面的数字。等它终于停稳后，主持人说：“今晚的第一个号码是……四十！”

我没法再听下去了。我只知道号码都会吻合。我呼吸急促地站起来，绕着妈妈的树走了几圈。我还能听到主持人的声音。克莱姆握紧拳头说：“稳了！”拉姆齐沉默不语，大张着嘴巴。

“二十二！”

“四十九！”

我竟然有了眩晕的感觉。不是因为能赢这么多钱。好吧，不仅仅是因为能赢这么多钱，而是因为我对自己做的那个承诺——如果比勒托乌斯博士所言不虚的话。

我一直想把这个承诺抛在脑后（说实在的，并没有做到），但它现在正在成为现实。

“五！”

“哦，我的天。”克莱姆呻吟道。

“四十四！”

这时我扑通跪了下来。我知道下一个号码是什么，我在等待它的时候，双腿简直支撑不住身体。

“最后一个号码……二十三！那么结果就是……”

后面的话我没有听见。我耳朵里嗡嗡作响，我模模糊糊地意识到拉姆齐和克莱姆站了起来，互相抱在一起，旋转，欢呼，大喊大叫，然后我也加入了进去，但我的思绪远在千里之外。

因为我必须做那件事，非做不可。

“停下！”我喊。但他们没停，还在大呼小叫。最后我又尖叫一声：“停下！”

“天哪，乔吉，怎么了？你哭什么？”克莱姆说着放开了拉姆齐。

我颤抖着深吸一口气，终于说道：“克莱姆，你会开车吗？”

“嗯？什么？嗯……会呀，算是会吧。”

“你那辆露营车能开吗？”

“不。我是说，能开。它能，嗯……它能发动，也能跑。但严格来说不适合上路。怎么啦？你问这个做什么？我们发财了，乔吉！你为什么……车里几乎没有油了，而且催化转化器没有完全绝缘，所以整辆车都有着火的危险，但是……但是……为什么呀？我们有一百万英镑要去领呢！”

我意识到，在某个较深的、无法解释的层面上，我正在做出一个决定，它将改变我的一生，也将改变所有的一切。

“我知道，我知道。但如果所有人最后都死了，钱还有什么用？等一下。”我把后背靠在疙里疙瘩的树皮上，让自己的呼吸平静下来，让自己的心跳不要那么快，但没有成功。我透过树叶仰望那一片片蔚蓝的天空。我能听到《飞天万能车》里那支插曲的片段，它总是让我想起妈妈：

> 有人关心，有人陪伴。
>
> 我拥有你们俩！

这不是灵异事件——我知道只是我的幻觉——我不由得哑然失笑。我那颗咚咚狂跳的心平静了下来。

我想起了杰西卡说过的话。

最多四个月，就能找到特效药。

四个月的时间太长了，会有太多的人死去。但如果我们能穿越到四个月后的未来？或更长时间？为了保险起见，穿越到一年以后？

我往树的那边看了看，克莱姆和拉姆齐一直在等着我，我下定了决心。

“喂，你们俩。”我说着歌词里的话，“一百万英镑只能先等等了。因为，克莱门特·桑托斯和拉姆齐·莱曼，我们要把比勒托乌斯博士从医院抢出来！”

拉姆齐知道事情没这么简单。他带着一丝困惑的微笑说：“然后呢？”

“你说呢？我们要去拯救世界！”

第三部分

五十一章

在修车行里，我们把露营车从机械升降机上放下来，把它倒退着推出了修车行。

“爸爸会杀了我的。”克莱姆嘀咕着，不停地看手表，因为爸爸说他半小时后会来修车行。“钥匙在哪儿，钥匙？”克莱姆喊着，把工装裤里的东西全都翻出来放在露营车的仪表盘上，最后在口袋底部找到了钥匙，想要开启发动机。

发动机发出咔嗒咔嗒的声音，就连我也知道电池没电了。

“好吧。”克莱姆说，“推车启动。”

推车启动跟用钥匙打火不一样，需要我和拉姆齐推着车让它跑起来，然后在车下坡时跟着跑，克莱姆操纵方向盘，直到发动机启动。发动机嘎嘎地启动时，拉姆齐大喊道：“耶！”车子像袋鼠一样从小径蹦跶到马路上，我和拉姆齐从敞开的侧门跳上了车。

我回头一看，心顿时就化成了水。可怜的马什先生站在谷仓开着的窗口边，使劲挣着绳子，急切地想跟我们一起去冒险。我朝它挥了挥手，抛出一个飞吻。拉姆齐看见了，我一时感到有些尴尬，但他只是笑了笑。

“我们这么做是为了它，为了所有的狗。”他说。他说得对。

“这太荒唐了！”克莱姆大声喊道，露营车发动机咔嗒咔嗒噼里啪啦的乱响，就像一个老人在你耳朵边清喉咙。“啊！”克莱姆猛地转弯，避开一个骑自行车的人，那人破口大骂。

我们一路上十分显眼，这是肯定的。路上只行驶着几辆小汽车。只有我们的车制造出这么大的噪声。我相信你在一百里外都能听到这声音。除了老掉牙的发动机，还有克莱姆的一大堆工具——螺丝刀、扳手、一把钢锯和一个大扳钳——在金属地板上滚来滚去，吵得要命。

“所以！”克莱姆大叫，“你把脑子里的想法再跟我说一遍，乔吉。你第一次在我面前炫耀它的时候，我好像还没有完全理解它的疯狂——啊，你这个白痴！”（又是一个急转弯。）

这个想法——不管疯狂不疯狂——是我们唯一的办法。原计划是等待基尼大奖的结果，它将证实：（A）比勒托乌斯博士的“未来圆顶屋”是真的，或者，（B）这只是一个科学疯子的疯狂幻想。

如果是真的，我们就可以利用圆顶屋穿越到未来，把特效药带回来。假设杰西卡已经找到了特效药——我尽量不去想太多。我们从哪里得到它呢？不确定。一个试管？不知道。我想，等到了那边再想办法吧。

现在——感谢基尼彩票的结果——我们知道了“未来圆顶屋”是真的。

正如我那张“狗的智慧”的海报上说的：

如果你想要的东西被埋起来了，

就不停地挖呀挖，直到把它找到。

只有一个问题：我们不知道怎么独自操作“未来圆顶屋”。但是如果能去医院，说服比勒托乌斯博士和我们一起回到她的演播室，就能让程序运转起来。就算她不能离开医院，至少可以给我们一些指示。

也许吧。

还有另一个问题，但我尽量不去想它。大脑失灵，头痛，记忆力减退。上次就已经够糟了……

“我们不能坐出租车吗？”拉姆齐喊道，打断了我散乱的思绪。克莱姆摇摇头。他现在完全入戏了。似乎中大奖触动了他内心的某个开关，他百分之百充满了激情，甚至都有点疯狂了。

“没有授权，出租车是不能把病人从医院接走的，而我们肯定拿不到授权。哎呀，表现得自然一点，前面有辆警车！”

一辆漆成红色、标着“武警”字样的警车停在林克大道上，我顿时心里非常慌乱，想起了之前看到的那只狗。警察甚至没有朝我们这边看一眼。我告诉自己，即使他们往这边看，也只会看到一个年轻人驾驶着一辆露营车。换了其他日子，汽车尾部冒出的浓烟和废气可能会引起他们的注意——可能违反了那些“清洁空气”的法律规定——但今天他们顾不上了。

“你怎么知道她在哪家医院？”拉姆齐问。他似乎想在修改后的计划里挑毛病，对此我也能够理解，这个计划远远不是“冒险”一词能形容的。

“我不知道。但当时救护车是从西班牙城往北开的。如果它要去克拉姆灵顿，或皇家维多利亚，或其他任何一家医院，都会往南驶上海岸公路。”这话听起来很自信，其实我心里也没底。

“你确定吗？”

“不，拉姆齐！我完全不确定。但你有什么建议吗？”

“反正这是我们唯一的希望了，拉姆齐！”坐在前排的克莱姆喊道，“我们的汽油也不够去其他地方。我们烧乔吉衣服的时候，我把汽油都倒进去了。”

这对我来说是一条新消息。“我们还能走多远？”我问，越过克莱姆的肩膀看了看。燃油表的指针停在红色警告区。

“还有一升多一点。在这种状态下，这辆老爷车一加仑油能跑三十五英里。但我不知道该怎么换算。”

我们沉默了一会儿，然后拉姆齐开口了：“大约十五公里。”

克莱姆转身看着他，又回头看着马路。“你是怎么算出来的？”

拉姆齐耸了耸肩。“数学是我的强项。”

十五公里，够我们开到医院再返回来。我已经看到北泰恩赛德总医院的标志了，几分钟后，那座沙褐色的大楼出现在了主路边。

“要多久才能找到她？”克莱姆问，他把车颤巍巍地停在了停车场的开放式入口处。他让发动机空转着。

“可能要很长时间。我连她在医院的什么地方都不知道。”

“这就成问题了。你看，我没法把发动机停下来。电池是通过发动机充电的，已经完全没电了。现在电量还没有充够，所以，如果我把发动机关掉，就没法再发动起来了。我得在这里等着，让发动机空转。人们会反感，特别是在医院这种地方。你知道，污染什么的。”

“你能在路上兜圈子吗？”

“可以呀，但是那会烧汽油，我们的油不多了。”

“看来只能冒险了。”拉姆齐说，“你在外面的路上开来开去。我们提前一分钟给你发短信，你过来接我们。”

“这能行吗？”克莱姆说。三个人面面相觑，谁也不愿意说:“不行，这是个荒唐的主意。”

不知是因为紧张还是什么，当我和拉姆齐离开时，我们都放声大笑起来。

“祝你们好运！”克莱姆说着，把车开走了。

我们需要好运。

第五十二章

就在停车场的入口处有一个花坛，里面开满了高高大大、我叫不出名字的花，我发现它们很容易折断。拉姆齐也采了几朵，然后我们就有了一大束鲜花：就是你拿着去医院看望病人的那样一束花。

现在是晚上九点，周围安静得出奇。除了汽车在路上行驶的呼呼声，只能听见克莱姆把那辆呼哧带喘的露营车加速开上主路的声音。我和拉姆齐都深吸了一口气。

"从医院偷走一个老太太，拉姆齐？这对你来说够不够冒险？"我问。

他咬着下嘴唇，似乎考虑了一番，最后说："够冒险的。不过，我们可别搞砸了。"

"好建议，谢谢。"我说，但我觉得他没听出我话里的讽刺。

我领头顺着长长的车道朝医院接待处的大玻璃门走去。

"记住，乔吉，保持冷静。没有人会怀疑小孩子。我们只要表现得完全有理由在这里就行。想想《疯狂侦探团》里的神探五人组吧。他们会怎么做？"

"嗯，首先我认为，伊妮德·布莱顿故事里的孩子不会拿着偷来的鲜花溜进医院去救一个科学疯子。不过……如果他们真这么做了，我觉得他们会非常冷静，而且超级有礼貌。"

拉姆齐抬高下巴，挺起肩膀。“那我们就也那样！来吧……女士优先，桑托斯中士。”

“谢谢你，列兵莱曼。”

我们的玩笑是装出来的，事实上，我的心跳得比之前在那棵树旁时还要厉害。我们一走近，玻璃门就沙沙地打开了。里面的接待区比我原来想的小，我们也就更容易被发现。有四五个人聚在前台周围，这倒是件好事。接待员可能不会注意到我们。

墙上有一个大牌子，列出了各个科室的位置，比如：

放射科……………… 莱特配楼（一直往前走）

产科和新生儿科………… 伦维克翼楼（一楼）

肿瘤科 ………………………马厩翼楼（二楼）

列表很长。我和拉姆齐站在一边，寻找我们想去的科室，尽量不让自己引起别人的注意。

老年医学科和病房 ……………………… 一楼

有一个箭头指着前面的双扇门。拉姆齐重新整理了一下手里的花，让它们看起来更整齐一些。我看到他的手在发抖，偷来的花束上的叶子也跟着颤动。接待员仍然忙着应付围在她桌边的那群人。

“准备好了吗？”我说，拉姆齐深吸了一口气，点了点头。

就在这时，我听到我们身后的另一扇门打开了，一个低沉的声音说：“啊，多么令人惊喜！这不是乔治娜·桑托斯小姐吗，真没想到！”

我转过身，看到保安杰克逊站在接待区的中央，正咧着嘴笑呢。

这个开头可不太妙。

第五十三章

“杰，杰克逊！”我结结巴巴地说，勉强挤出一个微笑，“你好！”

“你好啊，桑托斯小姐。你的这位朋友是谁呀？”杰克逊大步朝我们走来，笑容满面。

“这，这是拉姆齐，拉姆齐·莱曼。”

拉姆齐微笑着举手打招呼，同时紧张地瞥了我一眼。我以为他要敬个礼，说一声“拉姆齐·莱曼，长官！”，但他没有。也许是紧张吧，我倒是松了口气。

“你好，拉姆齐，我叫杰克逊。我是乔吉继母的老朋友。”他伸出一只大手，拉姆齐握了握。

拉姆齐身体里的什么地方传出一句：“你好吗？”杰克逊听了很高兴。他挺直了背，把脑袋歪向一边。

“你好吗？”他学着拉姆齐的话说，“我很好，谢谢你，我的朋友。是什么风把你们给吹来了？”

好吧，如果你想偷偷溜进医院之类的地方，我给你一个小小的建议：编好一个故事。要确保被追问的时候知道自己该说什么，多练习几遍，检查有没有漏洞。那样的话，你就不会像我一样支支吾吾地说：“呃……啊，我们要……嗯……啊……”

听起来莫名其妙。杰克逊眯起眼睛，视线移到那束花上。他一定知道它们是偷来的，我羞得满脸通红。就在我结结巴巴的时候，他又转过头来看着我。是拉姆齐替我解了围，他流利地说："是我的太奶奶。她中风了，我们来看她。她……她可能没有多少日子了。"

他的演技真的很棒，说最后一句话时甚至还哽咽了一下，好像他真的很难过。杰克逊完全上当了。

"你知道她在哪儿吗，年轻人？"他轻声说。

"她……她住在老年病房。"（抽抽鼻子。）

杰克逊抬头看了看墙上的大钟。"嗯，"他摇着头说，"严格地说，现在不是探视时间。但是你们知道吗？既然是你们，我认为可以破一次例。跟我来。"

他果断地穿过双扇门，然后又穿过另一扇门，门上写着"仅供授权人员使用"，他在开关面板上刷了一下他的保安牌，面板发出"哔"的一声，让我们通过了。我们来到一条脏乱的供清洁工使用的走廊，这里有一股学校食堂的味道。

"要去你太奶奶住的病房得走好长一段路呢。"杰克逊说，"走这里要快得多。晚上好，菲洛米娜！"他对一个推着清洁车的女人说。

拐了几个弯，走过一条长长的走廊，我们又来到一扇双扇门前。穿过双扇门之后出现了一个牌子，上面写着老年医学科。

"非常感谢你，杰克逊。"拉姆齐彬彬有礼地说，"我们现在没事了。"

"没事？不可能！我要保证让你见到你的太奶奶。这事儿就交给我吧。”

“不，不用，真的……没事了！”

杰克逊根本不接受拒绝，他已经在跟护士站交涉了。

“……不是探视时间。但他们是我的好朋友，希望你们能通融一下。”

一个神色疲倦的年轻护士从眼镜上方看着我们，噘起了嘴。

“姓名？”他说。

“我叫乔治娜·桑托斯，他叫……”

“不。我问的是你们要探视的病人的名字。”护士说完，又看回他的电脑屏幕。杰克逊笑嘻嘻地站在我们身边，为他成功把我们领进来而感到得意。

“比勒托乌斯。”我说。

与此同时，拉姆齐说：“佩塔森。”

护士犀利地抬起头来。

“佩塔森-比勒托乌斯。那个，呃……中间有个连字符。”我说。

护士又盯着电脑屏幕。我看不见它在看什么，但从它脸上的表情我能猜出他接下来要说什么。

“我们病房里没有人叫这个——”

他的话被一个响亮的美国口音打断了。“有的，有的！这是家人间的一个昵称！嗨，孩子们，谢谢你们来看我！”艾米莉亚·比勒托乌斯博士坐着轮椅过来了，她穿着男士条纹睡衣和睡袍，一头白发还像以前一样浓密，圆蓬蓬的。她接过那束花。

“是送给我的吗？真漂亮！帮我把它们插在水里，好吗，杰斯蒙德？”

她把花放在护士面前的台子上，护士开口说：“我认为——”

比勒托乌斯博士才不关心他是怎么认为的呢，她转脸对我们说话：“来吧，孩子们，我们去走廊尽头的那个房间。你从你妈那里带饼干来了吗？我离开后老菲利普过得怎么样？你喂猫了吗？”

这些都是编出来的，但是很有效。她活力四射，风风火火，护士杰斯蒙德和杰克逊困惑地站在那里，比勒托乌斯博士则控制着轮椅，驶向空荡荡的电视休息室。病区里还有另外八九张床，住的全是年龄很大的人，他们不是在睡觉，就是在我们走过时茫然地默默张大嘴巴。拉姆齐没有忘记转身朝杰克逊笑一下，然后快步赶上了比勒托乌斯博士，博士这会儿提到了她那并不存在的女婿。“多好的一位绅士啊……”

通向休息室的第二扇门关上后，比勒托乌斯博士立刻变换了角色。

“到底是怎么回事？”她那双冷冷的眼睛在眼镜上方闪着好奇的光，她的眼镜已经滑到鼻尖了，“我认为你们这两个孩子不傻，所以肯定有充足的理由，你们必须现在就告诉我，好吗？那个保安是谁？”

“那是杰克逊。他是我，呃……是我爸爸女朋友的朋友。比勒托乌斯博士，你怎么了？你为什么要住院？”

“嗐，别为我担心。”她不屑地挥了挥手，“轻微的心脏病。

如今很容易治疗。但如果我没能先完蛋的话，这也是很快就能要我命的原因之一。我跟你们说，照现在这情况，我们反正都会死于狗瘟疫。话说，是什么风把你们吹来的？受不了没有我的生活？哈！”

于是我以最快的速度告诉她，我们想带她逃出医院，去圆顶屋，穿越到未来，拿到治疗狗瘟疫的特效药，拯救全世界。说着说着，我自己都觉得这个计划听上去荒唐可笑，我发现我的声音越来越低，还紧张地看了一眼门口。随之而来的是一阵长时间的沉默。

“我从没听说过这么疯狂的事。”比勒托乌斯博士说，严肃地摇了摇头。

又是一阵长时间的沉默。

“我喜欢这计划！”

第五十四章

“这就是我发明那破玩意儿的原因啊！”比勒托乌斯博士继续说道，“你们这些孩子真是天才！那么，我们有什么办法从这里冲出去呢？”她的眼睛到处乱扫，似乎希望看到一个写着逃跑路线的标志——“由此向前”。

拉姆齐和我互相看了看，然后看着比勒托乌斯博士。她拄着一根拐杖，挣扎着从轮椅里站起来，站在大落地窗前。拉姆齐先说话了，那语气听起来像是在道歉。

“嗯……”他说道，“我们觉得我们开着车来这里挺顺利的，而且——”

“你们有车？太棒了！现在怎么办呢？我告诉你们一点：要想把我从杰斯蒙德护士眼皮底下推过去，肯定会被他发现的。不瞒你们说，他那脾气可不好惹。然后还得走很长一段路才能到出口，你的那个朋友杰克逊也帮不上什么忙。”

我透过落地窗往外看，远远地能看到停车场对面的马路。夏日的天空正在渐渐暗下来。“那边是主路吗？就是克莱姆在上面开车的那条路？”我没有专门问谁，所以没有人回答我。我拿出手机给克莱姆打电话。

“克莱姆，开车经过医院，如果看到一楼的窗户里有闪光，就告诉我们。”

拉姆齐站在电灯开关旁边，不停地按开关。“继续，拉姆齐。克莱姆，你能看见吗？好，开快一点……好的，好的，对不起……你现在能看到了吗？太棒了！把车停好，然后按喇叭。这就是给你的提前一分钟通知。”

痛苦地等待几分钟之后，克莱姆才把车停好。接着，我们听到一阵长长的、刺耳的“叭叭——叭叭”，露营车旧喇叭的声音从停车场传来，穿过厚厚的玻璃窗。与此同时，比勒托乌斯博士从她的黄色包里掏出一条牛仔裤和一件毛衣，费力地穿上，又把她的沙滩袍披在肩头。她仍然光着脚，由于挣扎着坐回轮椅而用尽了全身的力气，突然剧烈地咳嗽起来。

掀开一道帘子，是一个门把手，能打开外面的门。就在这时我们都看到了：玻璃上贴着一份告示，刚才被帘子遮住了。

此门安装有警报器

仅在紧急情况下使用

我们停下了，又一次面面相觑。然后比勒托乌斯博士说：“好吧，如果这还不算紧急情况，我就不知道什么才算了。再说，他们能怎么样呢？我们是离开医院，又不是要抢银行！哈！不等他们采取措施，我们早就跑得远远的了。”

“可是，比勒托乌斯博士，万一……”我话没说完，她的手已经握住了门把手。

“来不及了！”她用力一拽，按下门把手，把门推开了。她扑通一声跌回到轮椅上，警报器开始发出有节奏的“乌拉——乌拉——乌拉”的报警声。

“快走！”她喊道。我们帮忙把轮椅推过平台，她开始全速前行——其实也只是快步走的速度。“再快一点！”她叫了起来，“推我！哟嗬！”

我和拉姆齐每人抄起一边的轮椅把手，把轮椅翘起来，靠两个大后轮前进，比勒托乌斯博士惊讶地喊了一声。我们以最快的速度奔跑，穿过草坪，冲下马路牙子，跑到停车场的柏油路上，来到停泊着的汽车中间，警报声在我们耳边响着。突然，我们听到身后有人说：“喂！”

杰克逊站在门口，旁边是杰斯蒙德。杰克逊现在是老了，没有力气来抓我们。但是杰斯蒙德呢？他又瘦又高，还很年轻，已经在草坪上开始冲刺了。

杰斯蒙德离我们越来越近了。毕竟，两个孩子和一个坐轮椅的老太太，根本不是一个身体灵活的年轻人的对手，他一心想拦住我们，几乎是从那些汽车顶上飞了过来。

前面就是露营车了，它停在路边，侧门开着。在露营车的前面是一堵矮墙。大约只有五十厘米高，但它挡在我们和露营车之间。墙和露营车之间的距离只有十米，却像大海一般遥不可及。

我们不可能把比勒托乌斯博士和她的轮椅弄过那堵墙。

一切还没开始就结束了。

第五十五章

我们离墙还有二十米，身后的杰斯蒙德护士离我们也差不多二十米，突然，我们看见露营车里有动静。一个穿着鲜绿色跑步服的大块头从侧门钻了出来，一边朝矮墙奔跑，一边喊道："把她抬过来！"

萨思·汉尼西？

一秒钟后，她就站在了墙上，我们跌跌撞撞地停住脚步。我们不敢回头，但我听到杰斯蒙德的脚步声越来越近。就在他离我们只有几步远的时候，萨思俯下身来，猛地一发力，抓住了轮椅的轮子。她在上面拽，我和拉姆齐在下面推，把整个轮椅连同轮椅上那个失声尖叫的比勒托乌斯博士，都弄过了矮墙，然后萨思把轮椅推上了露营车。

拉姆齐翻墙过去了，我刚要翻过去，就感觉到一只强有力的手抓住了我的胳膊，把我狠狠地拉了回来。

"别跑这么快。"杰斯蒙德说，把我的身体扳过去面对他。他上气不接下气，浅黄色的头发粘在前额上。"你们……在搞……搞什么鬼？"他喘着气说，我拼命地扭动，但他还是把我抓得死死的。

我没有机会回答了，只见他看着我的身后，眼中流露出十分恐惧的神情。我听到了一声可怕的尖叫，转头一看，萨思涨红着脸，冲下露营车朝我们跑来，她嘴里发出一声呐喊，把比勒托乌斯博士的拐杖在头顶上舞起来，就像无人直升机的螺旋桨一样。

“啊——！”

杰斯蒙德护士什么都没说。他只是发出一声轻轻的尖叫，松开了我的手臂，萨思以整个身体的力量扑向了他。

我抓住机会跑开了，萨思放下拐杖，轻轻说了句：“对不起。”她转身追上我们，留下杰斯蒙德在那里目瞪口呆。

露营车已经开动了，我是最后一个跳上车的，紧跟在萨思身后，我随手关上了门。

此刻，我完全不知道发生了什么。我呆呆地盯着萨思·汉尼西，她弓着背坐在车厢的地面上，紧紧抓住比勒托乌斯博士的轮椅，不让它在车厢里晃来晃去。比勒托乌斯博士嘀咕道：“这个搞笑的玩意儿没有刹车吗？”

我最后简单地说了一句：“萨思佳？”

“我那会儿只是……在夜跑。”她喘着气说，她刚才那样疯狂地扑向护士，现在脸还红扑扑的，“你哥哥的车在路口的交通灯前熄火了。”

克莱姆透过后视镜看着我们，盖过发动机的轰鸣声喊道：“我需要推车启动，就把萨思叫了过来！”

“是啊。我想，作为回报，他可以载我回家。幸亏我抓住不放，他好像打算撇下我，开车溜之大吉呢！”

我认为克莱姆就是那么想的，但我没有把这话说出来。我只是对萨思说："可是……可是为什么呢？为什么要……那么做？"

她平视着我，准确地说，是在颠簸的露营车里尽可能地平视着我。她说了一句什么，像是"朋友就该互相帮助，是不是？"，但是我在噪声中听不太清楚。

不过有一点很清楚：一辆露营车上载着克莱姆、萨思·汉尼西、我、拉姆齐和比勒托乌斯博士（坐在轮椅上），一路噗噗地喷着废气，行驶在通向惠特利湾海滨的路上，送我们去拯救全世界。

但这并不容易。

我从其他人中间挤过去，想在前排座位上挨着克莱姆坐下。一辆汽车驶过，是我们之前看到的贴着"武警"标志的那辆车。突然，我看到一个灰色、棕色和白色相间的身影，它闪身躲过一辆汽车，在通往海滩的草坡上缓缓奔跑。我尖叫一声，克莱姆吓得一哆嗦。

有那么一会儿，马什先生在一个沙丘顶上停住了，正好让我完全确定那就是它，然后它就从我的视野中消失了。与此同时，那辆警车的门开了，一名身穿防弹衣的警察走了出来，观察了一下马什先生要去哪里，然后迅速走到车后，打开了后备厢。

他要射杀我的狗。

"看！"我喊道，"那是马什先生。它有麻烦了。左转，左转，克莱姆，赶紧左转！"

"我不能。"他说，"没有路！"

他当然是对的，没有左转的路。但我知道马什先生的生命有危险，我不能坐视不管。我弯下身子，抓住方向盘狠命一拉，使露营车猛烈地向左倾斜。身后传来刺耳的刹车声、鸣笛声，以及汽车碰撞时的金属摩擦声和玻璃破碎的声音。

我们的脚下是一片丁零当啷的金属声：露营车开上人行道的冲击力，使车上的什么东西松动了，然后，我们拐出公路，开过人行道，在草地上行驶。

“排气管掉了！”克莱姆喊道。发动机的噪声比以前更大了。

露营车还在行驶，正在翻过那座低矮的小山，我打开车的侧门，喊着：“马什！马什！”

就在这时，在警车旁边，那名警察从后备厢里拿出一支步枪，把枪管拧进枪托。

第五十六章

“住手！住手！不要开枪！”我大喊着，但是身后的汽车喇叭声和露营车发动机的聒噪声太响了，我不知道自己的声音能不能被听到。我回头看了一眼：我们已经造成了一场大混乱，汽车排成了一条长龙。

我下车跑过沙丘的顶部，只见在我前面的海滩上，马什先生正缓缓地走到水边，在落日的余晖中，它在沙滩上投下了长长的影子。在我左边的山坡上，那个警察把步枪举到了肩膀上。

他肯定不会从那里开枪吧？我不擅长估算距离，但这差不多就是我家通往山下那条小路的长度。一百米？一百多米？没有人能从那么远的距离射中一只狗……

他们能吗？

我做了唯一可能的事。情急之下，我改变了路线，想直接挡在警察和马什先生之间。“别开枪！”我一边尖叫，一边又说，“马什先生！”

那个耳背的小笨蛋终于转过身，开始向我小跑过来。我不敢回头看那个射手。我以最快的速度跑过松软的沙滩，奔向马什先生，接着摔倒在它身上，把它抱在怀里，然后转回身，朝海滩上望去。

那个射手已经放下了枪。我看不见他的脸，只见他垂着双臂站在那里，我知道危险已经过去。现在我要做的就是回到露营车上。

我怀里抱着马什先生跌跌撞撞地从海滩往回走，它在舔我的脸，这时我看到了眼前发生的一切。我不敢把它放下，怕它被周围的恐慌气氛吓坏了，再次跑掉。拿枪的警察走回他的车边，把枪放回后备厢，钻进车里，然后慢慢地把车开到露营车旁，露营车的发动机还在嘎嚓嘎嚓响个不停。

两个警察从车里出来。其中一个走到露营车的驾驶室旁，透过开着的车窗对克莱姆说话。我听见他说："孩子，这是你的车吗？"

另一个警察等着我走近，手掌朝上招呼我过去，脸上带着很不耐烦的表情。我在几米远的地方停下来，低着头，怀里仍然抱着马什先生。

"你，姑娘，非常非常幸运。"他说。

我听到另一个警察对克莱姆说："关掉发动机，下车，孩子。"克莱姆关掉露营车的发动机后，一切突然变得安静了，在这片寂静中，我开始意识到整个这场恶作剧有多么疯狂。

"好了，好了，好了，小伙子。我们从哪儿开始呢？"警察对克莱姆说，"危险驾驶怎么样？我想这恐怕是一辆不适合上路的车，还有……"

一切都在同时进行。似乎只有两辆车被撞坏了，被拖到了路旁。交通又通畅了。跟我说话的那个警察结束了他的长篇大论（"愚蠢的冒险……违反法律……管好你的狗……"），叫我和马什先生回到露营车里。全面的扑杀还没有开始，目前被射杀的只有流浪狗，但在我出现之前，他肯定以为马什先生是一只流浪狗。萨思还待在原来的地方，不出声地哭泣着，比勒托乌斯博士的脸上就像笼罩着乌云，黑暗而阴沉。

克莱姆被带到警车上，正在接受另一位警察的搜身，而……拉姆齐呢？拉姆齐跑到哪儿去了？

我从侧门钻进露营车时，他从车后闪了出来，跳回了车里。警察甚至都没有看见他。

“你上哪儿去了？”我低声说，但他摇摇头要我闭嘴，两只手深深地插在口袋里。

“你们这些人。”穿防弹服的警察说，“待在这里别动。”他砰的一声关上了侧门，我们沉默了一会儿，只听到萨思轻轻的呜咽声，这声音真的很烦人。

但我不能怪她。一股悲伤在我的嗓子眼儿里涌起，这悲伤变成了一个肿块梗在那里，然后变成了啜泣，如果我不小心的话，很快就会和萨思一起哭泣了，但我不愿意那样。于是我把脸贴在马什先生脖子上的皮毛里，尽量不因为它逃跑而生它的气。

我没有让它中枪，这很好。但这害得我们没能去成圆顶屋，真是太遗憾、太糟糕了。

我和马什先生就这样偎依了几秒钟，突然我意识到露营车的前面有动静，比勒托乌斯博士正发出剧烈的咳嗽声。

她咳完后，呼哧呼哧地长长喘了口气，说道：“我想，这里只有我知道怎么开这辆车了。让开，给一个快死的女人腾出地方。”说完，她把瘦弱的身子从轮椅上挪过去，气喘吁吁地坐到了方向盘后面。她的手停在挂着的车钥匙上。“伙计们，我们只有一次机会，只有一次机会。如果这个电池还没有充足电，我们就完蛋了！”

“但是……但是……”我甚至不知道我要反对什么，而且她也肯定不会理我。警察还没注意到她坐在了驾驶座上，但他们很快就会发现的。

“但是什么，孩子？”她头也不回地咆哮道，“放弃？我可不这么想。而且……”

她转动钥匙。发动机呼哧呼哧，噼里啪啦……然后……

轰隆！它迸发出了活力。

“我们还有工作没完成呢。这可能是我做的最后一件事了！哈哈哈哈哈哈！”

第五十七章

透过车窗，我看见警察们意识到发生了什么事，脸上露出惊恐的表情，克莱姆却咧开大嘴笑了。他举起戴着手铐的手腕，敬了个礼，说:“耶！”与此同时，露营车载着我们这群五花八门的乘客，颠簸着穿过草地，越过人行道，经过两辆相撞汽车的愤怒的司机，汇入了通往惠特利湾的细细的车流。在我们身后，警车的警笛气愤地鸣叫着。

“警察！”我喊，“他们很容易就能抓住我们呀。怎么……”

然而比勒托乌斯博士摇着头，一头爆炸式的白发剧烈地抖动着。“不，他们追不上，多亏了我们的好伙伴莱曼先生和他的螺丝刀。”

拉姆齐害羞地笑了。我看到在我们的身后，两个警察站在警车外检查后轮。警车刚开出一小段路就停住了。

拉姆齐从口袋里掏出一把锋利的短螺丝刀，先前这把螺丝刀一直在车厢的地板上滚来滚去。

“我以前干过这事儿，在老家的时候。那时我才六岁。他们派小孩子去刺破叛军卡车的轮胎。如果被抓住就会挨揍，所以我们变得很灵活，不让自己被抓住。”

我不敢相信地盯着拉姆齐。“你从来没告诉过我！”

他耸了耸肩。“你也从来没问过呀。”

还有大约一公里就到西班牙城了。比勒托乌斯博士拼命地轰着发动机，能超车的地方就超车，突然，一股恶臭在车里弥漫。

“哦，马什！”我抗议道，“现在不可以！”

它用它的大眼睛看着我，好像在说：不是我，这次不是我！

“打开窗户，伙计们！”比勒托乌斯博士一边咳嗽一边喊道，“这是汽油味和过热的触媒转换器的气味。这气味你们肯定不想吸入太多。”

我打开滑动窗时，看了一眼拉姆齐，他在暗自发笑，而且竟然笑出了声。

“什么事这么好笑？”我没好气地问。他似乎根本没把这气味当回事。他惊奇地摇着头。

“看！”他指着我们大家喊道，“一、二、三、四，我们四个人，加上一只狗，在进行一场冒险。我们就是著名的神探五人组啊！”

“拉姆齐！你知道事情有多严重吗？这可不是什么……”

我停住了话头，因为就在乳白色的西班牙城圆顶屋出现在远处的那一刻，发动机噼里啪啦一阵乱响，颤抖着熄了火。我的话也随着发动机的声音一起消失。慢慢地，露营车痛苦地停在了马路中间，造成了大约十分钟内的第二次交通堵塞。汽车喇叭声又纷纷响起，表示抗议。

我们离圆顶屋还有一百米，也许还更远一点。

“哦，见鬼，”比勒托乌斯博士呻吟道，“难道就没人想过给这该死的东西加油吗？”

第五十八章

我们跌跌撞撞地下车，来到新鲜的空气中。露营车的内部已经满是烟雾，仪表盘上散发出一股电器烧焦的刺鼻气味。

我们往前看去。在我们和西班牙城之间的人行道上，人们走来走去，聊天，拎着购买的东西，打手机。没有狗，当然。不过对于轮椅来说这并不是一条安全的路线。

比勒托乌斯博士回头看着萨思。“你！你能不能再施展一下你的……你的本事？把那些人统统赶走？”

萨思点点头。“走开！”她像一台压路机似的在我们前面奔跑，肥壮的大腿颤颤悠悠的。在西班牙城前面逗留的那些人看到她走近，都吓得赶紧散开了。

我没有仔细想过我们当时是一副多么奇怪的画面。大个子萨思穿着鲜绿色的跑步服，挥舞着手臂，冲人群大喊大叫，后面跟着坐在轮椅里的比勒托乌斯博士，她怀里紧紧抱着一只满脸困惑的杂种狗，我和拉姆齐推着轮椅，以最快的速度往前跑。

我听到有人说：“快把那只狗带到室内！”

在我们头顶上的暮色中，一架警用无人直升机闪烁着蓝光，用大喇叭叫着：“停下！这是警方的命令。停下！”但它飞得太快了，而且想要往下俯冲，当我们跑过西班牙城的入口时，它一头撞到了墙壁上，一块块金属和碳纤维像雨点一样砸在我们身后的人行道上。露营车还停在我们离开的地方，此刻引擎盖下面已冒出滚滚浓烟，一些火苗正在舔舐着车身。

“有人能给我解释一下是怎么回事吗？”萨思说。她壮硕的身体穿着绿色莱卡衣服，一头金发凌乱地贴在脸上。她完全一头雾水，转着脑袋挨个儿看着我们。

拉姆齐说：“等会儿再说，萨思。现在，我们需要你的帮助。”我不知道我们为什么需要萨思，但我决定相信拉姆齐。

比勒托乌斯博士从肩膀上扯下她的羊毛沙滩袍，递给了萨思。“穿上这个，亲爱的。”

在西班牙城内，波利·唐金茶室和游乐厅都已经关门打烊了。当我们朝响着回音的商业街深处走去时，后面没有人尾随。钥匙还在拉姆齐手里，比勒托乌斯博士看到了，但什么也没说。我认为她明白了是怎么回事。

几分钟后，我们穿过了通向仓库和圆顶屋的那道后门。“进去后把门锁好，拉姆齐。”比勒托乌斯博士说，“我们可不想受到打扰。好了，谁来抬我上楼？”

我这才知道我们为什么需要萨思了。她和拉姆齐一起，轻轻松松就把比勒托乌斯博士抬上了金属楼梯，后面跟着马什先生。我走在前面，把博士那张带轮子的办公椅从控制室推出来，在楼梯顶上迎接他们。比勒托乌斯博士在椅子里坐定后，一阵剧烈的咳嗽使她浑身抽搐。她不停地咳嗽，使劲拍打椅子的扶手。最后，她终于咳完了，呼哧呼哧地喘着粗气。

她喘着气说：“好吧，如果我时间掐得准，“霍金二世”已经就位了。我们已经浪费了时间。”她指着萨思，“你，穿绿衣服的，下楼去，确认仓库的后门已经锁好，再把那根钢筋棍别上。钢筋很重，但我认为你能抬得动。”

萨思的眼睛亮了，她没有说什么，就离开了控制室。突然之间，似乎每个人都知道该怎么做。我把头盔绑紧，扣好帽带上的搭扣，把耳机塞进耳朵。我的手指在颤抖，我努力不去想我上次遭受的头痛，却没法完全不让自己恐惧。

如果我对自己接下来要做的事情还心存疑虑，当我低头看着马什先生时，这种疑虑就烟消云散了，只见它兴奋得精疲力尽，侧身躺在控制室里，呼呼喘着气。我环顾四周，就那么一会儿——短短几秒钟——整个房间里静悄悄的。我看不见拉姆齐，比勒托乌斯博士也不再疯狂地敲打键盘，而是正在小心翼翼地滚动查询屏幕上的文字。

我蹲下来，用双手抱住马什先生的脑袋。在寂静中，我残破的记忆又让我想起了圣沃夫那些我深爱的狗：莎莉－安、本，还有……还有……还有那个丑八怪，它的项圈圆牌就挂在我的床头柜上。我使劲咽了口唾沫，现在不是多愁善感的时候。

“谢谢你好起来了，马什！”我对它耳语道，“你的血液可能是我们唯一的希望。”它转过头来舔了一下我的手。

舔，细菌，病毒……我已经不在乎了。我只是希望——假设——马什先生已经好转。如果没有，那么整个这场冒险可能就是浪费时间。我们必须成功。

我站在演播室门口。比勒托乌斯博士已经在键盘上连续敲击了好几分钟，屏幕和控制台上亮光闪烁，警报声在哔哔响，最后她转向我，一双苍老的眼睛里闪着炽烈的光芒。

“你确定吗？”她问，我点点头。我正要穿过那扇门，控制室的角落里突然传来动静。拉姆齐站在那里，脑袋上绑着另一顶头盔。

“如果你认为我会让你一个人干这事，你就太不了解冒险精神了！”他用洪亮的声音说。我知道拉姆齐一起去可能会增加危险，但心里却感觉踏实了一些。

他说：“给我启动吧，比博士——我们俩一起去！”

“不，拉姆齐，太危险了！想想吧，你会头疼的。”我说。

“啊——拜托，你在拯救世界哎，头疼算什么？再说，对付那只蝎子需要我们两个人。”

我根本就没想到那只蝎子。

谢谢，拉姆齐。一百万分的感谢。

然后拉姆齐就抓住我的手，我们一起拖着脚走到滚珠地板的中央，身后的门关上了，我们陷入了完全的黑暗中。

我已经感觉到头皮上的刺痛了。

第四部分

第五十九章

比勒托乌斯博士在我耳边咳嗽着说:“坐标设定好了，整整一年之后的中午，你在医院外面。明白了吗？从现在开始，你们只能靠自己了。拉姆齐，你的前额叶皮层波的增量是一个未知数。我们正航行在未知的水域，我的朋友们。对不起！”又是一阵剧烈的咳嗽。

然后，像之前一样，我的面前开始出现一些形状，只是这次还伴随着拉姆齐的惊叹:“哇！太棒了！嘿，看看你！”

我转过头去看他，他似乎还是老样子，跟原来差不多。近看，他身体的一些边缘，比如肩膀处，有一点像素化。但这就是拉姆齐没错：还穿着那身脏兮兮的皇家马德里球衣和校服短裤，戴着一顶自行车头盔。我朝他身后看去，世界逐渐变得清晰起来，树木在我眼前成形，道路、草地、医院大楼也出现了。

“闻一闻，伙计们。你们会发现我已经解决了气味问题。”比勒托乌斯博士说。然后她又咳嗽起来。“哦，还有……顺便说一下……那只，啊……那只蝎子，巴斯特那老家伙，它可能有，有点，啊……”

我不再惊叹，只感到一阵寒意袭上心头。她为什么这样吞吞吐吐？“你想说什么？”我说。

“我去住院了，整个程序在过去三天一直不受控制地运行。

人工智能可能对蝎子产生了一些影响，那些影响也许并不十分……可取，但话说回来，也可能完全没问题，一切完美。只是，你知道的，多加留意吧。”

我感到吞咽困难。我不仅害怕得要命，还觉得有点儿不对劲。

“你确定日期是正确的吗？”我通过麦克风说，“好像……我也说不好……”

比勒托乌斯博士回答：“从这点来看，乔吉，日期完全正确。一年后的七月二十七日中午。咦，怎么了？控制室的视频中断了，我什么也看不见。”

“你看不见我看到的情景吗？到处空荡荡的，几乎没有汽车。”

拉姆齐四下里看了看。“你说得对，周围没有人，特别安静。”

那段矮墙的墙根下堆满了垃圾，边上的荒草盖过了我的脚脖子。我们一小时前采花的那个花坛，现在长满了杂草。我闻了闻：到处都是不干净的气味，就像旧垃圾袋一样。

然而，当我转身看向医院大楼时，震惊得倒吸了一口凉气。医院周围竖起了一圈三四米高的铁栅栏，顶部缠满了锋利的铁丝网。停车场里空空荡荡，只有一两辆肮脏不堪的小汽车，和一些绿色的军用车。医院大门口已经变成一个军事检查站，身穿制服的士兵胸前挎着长枪，守卫着一扇大铁门。

我们站在马路对面，还没有人注意到我们。

“他们能看见我们吗？”拉姆齐问。

我想起了我和“诺曼·俩孩子”相遇的情景。“嗯，能看见。”我说，“在这个程序里，他们跟我们一样真实。但我认为我们不应该让自己太显眼。”

“但到底是怎么回事呢？为什么到处都是士兵？我不喜欢这样，乔吉。”

“我也不喜欢。比勒托乌斯博士？我们进不去。你能看见栅栏吗？”

比勒托乌斯博士清了清嗓子，嘶哑着说：“我现在能看到一点了。分辨率很低，但是，没错，士兵，带刺的铁丝网。我认为，医院已经变成了一个军事禁地，如果疾病失去控制，这也是意料之中的事。面对瘟疫，人们会变得非常愤怒，绝望，等等……”她突然咳嗽起来，到了这个时候，我已经非常害怕了。

“可是，我们怎么进入医院呢？医院里才有特效药。那里有士兵，有枪，有种种的一切，还有一道巨大的栅栏。”

“就像我说的，不要冒险。”比勒托乌斯博士说，“你们在那里的时候，他们和你们一样真实。”

“这太诡异了。”拉姆齐摇着头说，但我突然有了个主意。

“跟我来。”我说，“表现得自然一点。”

“没问题，就像两个戴着自行车头盔的3D虚拟世界里的小孩一样自然。”他说，但他还是跟着我，顺着道路往前走，经过医院的更多地方，最后看到了爱德华·詹纳生物技术研究部所在的那座古老的大楼。这里没有士兵，但铁丝网看起来也很坚固。有一些堆放着的金属箱和油桶，可以给我将要尝试的事情提供一些掩护。

“比勒托乌斯博士，如果我们全速冲向栅栏会怎么样？”我问。我正在形成一个想法，但不知道是否可行。

“嗯……一般来说，当你碰到某样东西时，MSVR会欺骗你的大脑，让你相信自己触摸到了它。所以对栅栏你会有真实的触感。”

“但这是一种幻觉，对吧？没有什么能真正阻挡我们。栅栏并不是真的存在。所以，如果我们冲过去，有什么能挡住我们呢？”

拉姆齐插嘴道：“还记得第一天我朝蝎子扔过去的那张躺椅吗？它直接穿过了蝎子！”

“我不建议这么做，孩子。这是完全没有经过检测的。”

“这一切都完全没有经过检测。”我说，“事实上我们现在就是在检测它。而且，眼下我们别无选择。来吧，拉姆齐。开始行动！”

第六十章

只能孤注一掷了。我已经走到这一步，不能让一道虚拟的栅栏——无论多么真实——挡住我的路。我抬头看看路上有没有汽车，然后一把抓住拉姆齐的手腕，朝栅栏冲去。

“低头，闭上眼睛！”我喊道。就在我们穿过马路，正要撞上栅栏的那一刻，我感觉拉姆齐的手腕挣脱了我的手。

“不！”他喊道，但我跑得太快，刹不住脚，当我撞到铁丝栅栏上时，感到全身一阵震颤，就像体内同时打开了一百万罐碳酸饮料。我感觉自己撞在了坚硬的地面上，冲撞和震惊之下，我发出痛苦的尖叫，然而……

我知道栅栏没有挡住我，我在应该停下来的时候继续往前冲了过去。

我眼前一片模糊，耳朵里嗡嗡作响，我坐起身，回头一看，发现拉姆齐在栅栏的另一边。

我的心在胸腔里怦怦直跳，眼睛后面一阵剧痛，但我成功了！我放声笑了起来。“来吧，拉姆齐，你也能做到。很疼，但是没关系！”

“我做不到。”他说，“我的头盔出了点问题。一切都变黑了，我好像又回到了圆顶屋。”

“只管冲过来！”我催促道。

他咬着嘴唇，点了点头，后退一步，开始助跑。突然，一个声音响了起来："喂，说你呢！你在干什么？你在跟谁说话？"

我扭头一看，栅栏这边一个士兵正朝我走来，胸前挎着一杆黑色的步枪。他是在跟拉姆齐说话，并没有看见我。我溜到一个油桶后面蹲下。

"这里是受保护的政府设施。"士兵说，"你到底在做什么？"

"我……只是看看。"拉姆齐说。

"只是看看？你疯了吗？有什么好看的，小子？"

"嗯……没什么。"

"没错。没什么好看的，所以快滚吧。去，赶紧离开。"

我听见拉姆齐的脚步声渐渐远去，然后远处传来一声大喊："祝你好运，乔吉！"

"少给我贫嘴！"士兵喊道，"快走，小子。一口气走回家！"我听到士兵对着耳麦跟人说话："围墙栅栏边有个小孩，长官……不，栅栏完好无损，没有威胁……好的，长官……"

他沿着原路往回走。我等了几分钟，然后低声说："比勒托乌斯博士？你能听到我说话吗？"

没有声音。

我提高了一点嗓音："比勒托乌斯博士？拉姆齐？"我扭动我的耳机，但还是什么声音都没有。我仍然能听到周围的各种噪声，但比勒托乌斯博士和拉姆齐却无声无息。

一阵恐惧掠过我的全身。我告诉自己，没事，你还在圆顶屋的演播室里……

然而，没有适当的沟通，我心里不可能感到踏实。我告诉自己要放松，要保持冷静。比勒托乌斯博士正在寻找解决的办法。这只是一个小小的技术故障，是我冲过栅栏时……发生的什么事所造成的。

但我也知道，现在我只能靠自己了。我置身于未来，周围都是武装士兵，我只能靠自己，而且时间不多了。

第六十一章

通常情况下，当你遇到麻烦的时候，突然看见一个你认识的人会感到松了口气。可是，当我眺望爱德华·詹纳大楼，看见一个女人正朝大门走来时，我的感觉却不是这样。

我使劲咽了口唾沫。矮个子，四肢轮廓分明，头发粗硬。

杰西卡。

跟在她后面的是一个男孩……不，一个女孩。一个我认识的女孩。

我。

第六十二章

好。刺耳的刹车声。画面定格。

停！我的意思是，真的停止。

在我所有想不到的事情中都不包括这件事，因为它是连想都不可能想得到的。

我再次蹲在油桶后面，呼吸变得急促。

不可能，我告诉自己。这太荒唐了。

我小心翼翼地从油桶后面探头张望。那两个人在离詹纳大楼门口几米的地方停下了。她们离我太远，我听不清她们在说什么，但绝对是如假包换的杰西卡。

杰西卡和……？

老实说，我几乎不敢看她旁边的那个人。但是我大着胆子又看了一眼，没错，就是她。我的意思是我。同样短短的卷发。她好像比我高？也许高一点儿，但是别忘了，我们这是在一年以后，而且，就像爸爸说的，我正是蹿个儿的时候。我最喜欢的格子衬衫。牛仔裤？新牛仔裤，我喜欢。鞋子也是新的。漂亮的单肩挎包，是我从克莱姆那里拿来的，就斜挎在她的胸前……

等等，我告诉自己，这不是时装秀。我大概是被眼前的自己惊呆了，想要看清楚每一个细节。她们站在门口谈话，很快就会走进大楼，我也就失去了机会，所以……

我设计了一条路线，能够神不知鬼不觉地溜到大楼门口。草坪上有一座低矮的附属建筑，背对着铁丝栅栏，可以提供一些掩护，可是到了某个时候我需要进入詹纳大楼的内部，而具体去那儿做什么，我还没有想好。

在詹纳大楼门口，两名全副武装的士兵刚刚检查了一名穿白大褂的男子脖子上的安全通行证。杰西卡跟着他进去了，留下我——另一个我——站在外面的一堵矮墙旁。

另一个我脖子上也挂着个通行证，但她没有进去。只见她从牛仔裤口袋里掏出一副耳机。她把耳机塞进耳朵，触摸她的智能手表（真酷！我想。一定是我的生日礼物……）然后坐在矮墙上，随着音乐的节奏摇头晃脑。

跟我一模一样。

我有了一个主意。这很大胆，但肯定有效。我要去认识一下我自己，我知道我的时间不多了。

我半蹲着身子，从油桶后面钻出来，在草坪上快步跑了二十多米，来到那座附属建筑旁，然后把身体紧贴在墙边。我以为随时会听到“喂，说你呢！站住！”的喊声，但并没有人看见我。这里很隐蔽，站在门口的士兵看不见我，而我又能压低声音跟另一个我说话。

“嘿。”我说，“嘿，嘿！乔吉！”

第六十三章

我突然想起了爸爸。

“你能把那该死的东西从耳朵里拿开吗？”他经常喊道，“我已经跟你说了两分钟，你一个字也没听到！”

现在我知道他的感受了。

我压低声音想引起另一个我的注意，却根本不起作用。我从墙角探头张望，看见她在用嘴默念歌词。我想扔个东西过去，也许是一颗小石子，就在这时，我的手机嗡嗡地响起来，有电话进来了。

我低头一看，是拉姆齐。就是这个时候事情变得越发奇怪了——其实本来就已经够奇怪的了。

即使在我点击屏幕回复他时，心里仍在试图搞清楚这究竟是怎么回事。

1. 我在惠特利湾一个巨大的圆顶屋的演播室里，置身于一年后的三维重现世界中，路上的那家医院被铁丝栅栏和士兵包围着。
2. 拉姆齐也在，但他在虚拟铁丝栅栏的另一边。
3. 这个世界里还有一个三维重现的我，乔吉·桑托斯，她就在大约五米开外，在一堵矮墙上听着音乐。

4. 拉姆齐在给我打电话，我们应该把手机关掉的，但是在恐慌中我们都忘了这么做。

我知道。我发现自己简直是满脑子问号。

“拉姆齐？你在哪儿？”我低声说，“我跟比勒托乌斯博士失去了联系。”

“我也是。我很害怕，乔吉。我要摘下我的头盔。”

“不，别这么做，拉姆齐，这很危险。拉姆齐！”我喊出最后一句话，就听不见声音了。

“拉姆齐！”我又喊。

“你在跟谁说话？”声音是从我身后传来的，我立刻就知道是谁了。慢慢地，我转过身去。

我们能暂停一下吗？因为，我觉得这可能是任何人所能遇到的最奇葩的事情了。

这不像是照镜子，一点儿也不像。镜子里的你动作完全跟你一致。另一个我却不是。

我倒抽一口冷气。但她没有。

我说：“哦，我的天。”她没有说。

你看，我知道另一个我就是我。她不知道。我想，她只以为我是一个跟她很像的人。

她上下打量着我。她准是认出了我最喜欢的、胸前有颗星星的红上衣？膝盖磨破、大腿上还有一团陈旧墨迹的牛仔裤？我那头跟她一模一样的黑色卷发？我浅褐色的眼睛？

她像我一样眨眨眼睛：当我感到惊讶时，会把眼睛快速地眨两三下。

另一个我说："你是，呃……"她大概想问我是谁，但没问出来。"你刚才在跟谁说话？"

"拉姆齐。"

"怎么跟他说话？"

我举起手机。

"不可能。"她摇着头说。

"为什么？"

"因为拉姆齐死了。"

第六十四章

我细细咂摸这个消息时，另一个我仔细地看着我。

她左右扭头看了看。我们不能被人看见。有那么几秒钟，我们只是盯着对方，最后，另一个我开始慢慢点头，就像突然间明白了一切的样子。

她打破沉默，说道："好吧，我知道你是谁。我一直在等你。可以这么说吧。"

我什么也没说。真是太诡异了，听见自己在说话，而那些话却不是自己想出来的。她可能跟我一样惊讶。只听她说："你现在是在圆顶屋里，对吗？"

"是的。"

她鼓起脸颊（我也喜欢这样）说："哇。"她伸出手来抚摸我的脸，手指轻轻地拂过我的面颊和头发，又说了一声，"哇！"然后笑了。

"这是不是说明你不是……真的？"我问，她笑了笑。我觉得我笑起来很好看。

"我是真的，没问题。这一切都是真的，尽管我希望不是。我知道你会来。准确地说，我希望你会来。"

我疑惑地对她皱起眉头。

另一个我左右扫了几眼，看到没有人过来，就说："你差点儿就没来。”我还是什么也没说。

她继续说道：“那次在后山上，我们……你决定借用那辆露营车，让克莱姆帮忙，把比勒托乌斯博士从医院里抢出来……那次你差点儿就没成功。”

她是在讲事实，还是在提问题？当然，她说得对，我们差点儿就没成功。那次很可怕，很冒险，很不切实际。真的差点儿就失败了。

另一个我继续说，声音变得有些悲伤：“但你还是成功了，对吧？我是说，你做到了。开着露营车，救出了比勒托乌斯博士，去了圆顶屋。你一定是成功了。”

“嗯。”我说，“是啊，太艰难了，但是，确实成功了。”我想了想，回忆着我们决定实施计划的那一刻，“如果我没有想起妈妈的歌，恐怕就不会有那份胆量。”

她茫然地看着我。“什么？”

“妈妈的歌。”我说，“有人关心，有人陪伴……我想到了这首歌，它……给了我勇气，我想，勇敢地去行动。”

她难过地点点头。“唉，我没有想到这首歌，也就没有采取行动。我本来有机会改变一切的，去冒险，去纠正错误，但是我害怕了，我搞砸了……然后，你也看到了。”她看了看带刺的铁丝网，我看到她使劲咽了口唾沫，“你看，你改变了你的世界，而我没有，这就是结果。”她挥了挥手，指的是那些带刺的铁丝网、检查站，以及这个世界面目全非的可怕景象。

“发，发生了什么事？”

“你说呢？跟我们担心的一模一样。事实上还要更糟。狗瘟疫，CBE 病毒，夺去了数百万条生命。年轻人，老人，所有的狗，最可怕的是……”另一个我仰望着天空，她的下巴抖动着，想要说出一个以“拉”开头的名字。

“拉姆齐？”我说，她点点头，垂下了目光，“怎么回事？我是问……”

另一个我深深地叹了口气，没有抬头。“因为我认㞞了。我没有孤注一掷，抢出比勒托乌斯博士……我只是……太害怕了。结果，现在这里围了这么多士兵。整个儿都疯了，骚乱，人们抢劫医院，偷窃药品，数以百万计的人死亡。太可怕了，乔吉。这一切都是因为我的懦弱。”一颗泪珠从她的脸上滚下来，她把它擦去了。

“我想是出于谨慎吧。”

“不。不！有时候你必须冒险去做一件事。而我没有。你还记得我们卧室墙上的那张海报吗？”

“‘狗的智慧’？”

“‘如果你想要的东西被埋起来了……’”

我们齐声念出最后一句：“就不停地挖啊挖，直到把它找到。”

另一个我简单地说：“我过早地停止了挖掘。”

我仔细琢磨着这句话。在铁丝栅栏的另一边，一辆军用卡车缓缓地驶过。

“你今天为什么在这里？”我问，“在医院？”

“我知道我们的计划。我想，如果我半途而废了，也许你会执行这个计划。过去的一年里，我脑子里只想着这件事。我都快把自己逼疯了。说实在的，你觉得这件事奇怪，我也觉得很诡异。一个是我。一个是你。你能明白我的意思吧。”她笑了起来，声音跟我一模一样，我也忍不住笑了。她被我的笑逗得大笑，几秒钟后，我们俩都放声狂笑，然后狂笑变成大哭，我也不知道自己为什么要哭。

“马什先生呢？”我说，另一个我摇了摇头，我猛地吸了一口气。

“但我们拿到了它的血样。”她说，“这是一个明智之举，肯定能帮到我们的。”

“比勒托乌斯博士呢？”

“她在医院里去世了，又一次心脏病发作。她的东西全都报废了。没有人知道那是什么，而且说实话，每个人都有其他要操心的事。乔吉？”另一个我转向我，擦去眼泪，但更多的眼泪又涌了出来，“你必须这么做，必须。不管整个计划有多么奇怪，你都必须阻止这一切的发生。我可以帮你拿到特效药。你可以把它带回……带回……我猜是过去吧？”

“乔吉！原来你在这儿！”

我们俩都转过头，大吃一惊。杰西卡先看了看另一个我，然后看着我。与此同时，我手机里的闹钟开始“乒乓，乒乓”地响，提醒我在圆顶屋的时间即将突然终止。

杰西卡呢？她看看我，又看看另一个我，然后又看着我，眼睛因为好奇而眯成了一条缝。

“哦，我的……”

第六十五章

“天！”杰西卡的喊声还在我耳边回响，眼前就已是漆黑一片，我扑通跪倒在地，脑袋像以前一样剧烈疼痛。我用手指抓挠着头盔，想解开搭扣。

在我的脑袋里，在我的眼睛后面，似乎正在进行一场烟花秀，每一次刺痛都伴随着强光和迸发的色彩，我拼命地大口喘气。在很远很远的什么地方，我听到一个声音。

我抬头一看，我回到了圆顶屋，回到了我自己的时间里。

“乔吉？乔吉？”是拉姆齐，但是圆顶屋演播室一片漆黑，我看不见他。我头脑清醒一点后，才知道他离我并不远，就在几米开外。

“你在哪儿，拉姆齐？你还好吗？”

“还好。头痛得要死，不过还好。我被卡住了。地板是活动的，我走不过去。我迈步的时候，我的脚总是停留在原地。”

“我知道，确实是这样。但我想它现在已经不动了吧。”

拉姆齐手机的手电光突然穿透了黑暗。光柱在我们头顶上绕了一大圈，最后停在了我脸上。我眯起眼睛，感觉自己像在接受审问，特别是拉姆齐说“你拿到了吗？”的时候。

于是，所有的一切都排山倒海地向我扑来，像一阵耻辱的阵雨。我摇摇头，但说不出“没有”这个词。手电光照着我的眼睛，我看不见拉姆齐的反应，但是他很体贴，没有追问“为什么没有？”，换了我就会这么问了。

我们穿过地板，来到圆圈的边缘，用手电光找到了控制室的入口。我们一起把门推开，眼前的景象让我们都倒吸了一口气。

在房间的尽头，比勒托乌斯博士靠着墙根躺着。她旁边是马什先生，正用鼻子轻轻推她的手。一开始我以为她死了，但她的眼睛扑闪着睁开了。她用干燥的舌头舔了舔嘴唇，嘶哑着说：“嗨，孩子们。”费力地说完这句话后，她的眼睛又闭上了。

“比勒托乌斯博士！”我边说边向她奔去，“你没事吧？”

“没事，好得很。”她说，眼睛没有睁开，“只是你知道，我有一种反复发作的轻微的心肌梗死，也就是心脏病。”她说话太费劲了，呼吸变得急促起来，“事实上……就是……又发病了。”

“我们得送你去医院。”拉姆齐说着，拿出手机要打电话。

但我们都被博士强硬的命令惊呆了。

“不！不，不，不。给我一片阿司匹林，在那儿……在抽屉里。”

她嚼着白色的药片，然后从桌上的瓶子里喝了一些水。她使劲眨了眨眼睛，最后目光落在了我身上。

“对不起，你在那儿的时候我跟你失去了联系。我昏过去了。多亏你那只该死的狗舔我的脸，我才醒了过来。天哪，它可真臭啊。”她又费力地吸了口气，“我不知道我还能活多久，但我们必须留在这儿，把这件事做完。如果我去了医院，恐怕就要住好几天，好几个星期。也许，你们知道……永远也回不来了。”

我说：“但如果你不去医院，你会死的！”

突然一阵剧痛使比勒托乌斯博士的脸变得扭曲，她从牙缝里深深吸了口气，然后上气不接下气地说：“我们都会死的，孩子。而如果我们不这么做，许多人就会提前早早地丢了性命。再过九十分钟，卫星会再次经过。我们必须在这里等着，因为外面有一大堆愤怒而焦虑的人。你愿意回去完成任务吗？”

我还有选择吗？我没有选择。我已经看到了如果我不回去会发生什么。很多人会丧命。

拉姆齐也会死去。

这是“狗的智慧”。我必须继续挖。

好像是为了回答我的提问，我的手机响了起来，是爸爸打来的。我让它响了一会儿，心里琢磨着该怎么办。几秒钟后，我点了拒绝接听。我真不知道此时此刻能说什么。我把脸埋在马什先生的毛里，深深地闻了闻它身上的狗味儿，我不得不拼命忍住不哭。现在不是哭的时候。

控制室的门被重重地敲响，我们都抬起头来。

“让我进来！让我进来！”

第六十六章

是一个大块头的金发女孩，穿着鲜绿色的莱卡连体服。我想不起她的名字了，是拉姆齐把它说了出来。

“萨思！”

于是，记忆像潮水一般涌来。我完全忘记了萨思还在楼下。我忘记了她是谁。又是大脑出故障了，但我什么也没说。萨思冲了进来，惊慌地挥舞着双手。

“他们在敲楼下的大门！”她说，“声音大得吓人。”

“是啊，是那个狼头敲门器。”拉姆齐说。

“嗯，我现在得回家了。”她说，“我出门没带手机，我妈妈要急疯了！”

此时此刻，萨思的霸道和威风全消失了。她的体形似乎突然之间缩小了一半，她眨巴着忍住泪水，眼睛里满是惊恐。

“我什么都不明白。”她说，“我很害怕，只想回家。”

比勒托乌斯博士连看也不看她一眼，咆哮道：“对不起，亲爱的，你哪儿也去不了。”

第六十七章

仔细想想，我们不可能逃脱警方很久。

1. 外面——在我认为是“正常”的世界里——是十点钟。
2. 海滨大道上有一辆损坏严重的大众露营车在冒烟。
3. 克莱姆已经被捕，可能被带到了惠特利湾警察局，爸爸会在那里得知消息，各种麻烦将会接踵而至。
4. 至于拉姆齐，他已经离家好几个小时了。他关掉了手机。天知道他的纳什姑妈会怎么想。她会告诉他爸爸，然后——据拉姆齐说——他爸爸很快就会赶回家。

“我们必须做点什么。”拉姆齐说，“我的意思是，纳什姑妈虽然难对付，但她肯定会担心得要命，我也觉得不好受。”

“她会报警吗？”我说。我的头开始疼了，我知道还会越来越疼。

“不会。因为，第一，她害怕警察。她还记得我们老家的警察是什么样子。第二，她不会说英语，所以她能说些什么呢？第三……”他侧过头听了听，“我想，他们已经知道我们在这里了。”他话音未落，外面就传来了“呜呜”的警笛声。

我已经在给爸爸发短信了。

嗨，爸爸，你大概不放心了，对不起。我很安全，拉姆齐也很安全。M 先生和我们在一起。我希望明天早上能证明这一切都是值得的。请相信我。我爱你，乔吉。

我按下发送键，关掉了手机。

“比勒托乌斯博士，圆顶屋有几个入口？”

比勒托乌斯博士使劲咽了口唾沫，又喝了一口水。“有个后门通向西班牙城的内部，就是我们刚才进来的那扇门。你们把它锁上了吗？”

“当然锁上了。但不可能永远顶得住，是吧？”

“面对一个手艺平平的锁匠，它也撑不过五分钟。后面的大门要牢固得多。它们上了锁，还有钢筋别着。你别上钢筋了吗？”她对萨思说。

萨思点点头。她吓坏了，我对她产生了一丝同情。“会有人进来吗？”她小声问。

比勒托乌斯博士咳嗽着，痛苦得脸缩成一团。“肯定会有。如果他们认为你们有危险，如果他们认为我在伤害你们，如果他们认为你们有伤害自己的危险。很遗憾地告诉你们，他们有充分的理由强行闯进来。天哪，你们还是孩子啊。”

当然，她是对的。不知怎的，在过去几个小时里我好像忘记了这一点。

“嘘！”拉姆齐举起一只手说。

楼下传来“砰砰砰”的声音。有人想从西班牙城的后门硬闯进来。

第六十八章

我和拉姆齐从金属楼梯上溜下来，这道楼梯连接着仓库和圆顶屋控制室。通往西班牙城的那道门还在被砰砰地敲着，并伴随着喊叫声。是一个泰恩赛德女人的声音，既严厉又友好。

“拉姆齐！乔吉！我们是警察。快把门打开！你们不会有任何麻烦的。如果必要的话，我们自己也能打开这把锁，所以请把门打开吧。”

我完全吓傻了。拉姆齐倒是很喜欢这一幕。他把手指放在嘴唇上，蹑手蹑脚地走到一堆旧建筑垃圾前，这堆垃圾是圆顶屋改造时留下的。他开始寻找什么东西。我不知道具体是什么，但我不禁回想起很久以前，我们路过这里时跟那个建筑工人的交谈。

然后，没来由地，一切都变成了空白，就像这样：

接着一切又都恢复了。我拼命眨巴眼睛。在空白的那段时间里，所有的东西都成了白色，我听不见任何声音，现在又一切都正常了。我不知道那段时间持续了多久。没有人移动，至少移动得不多。

“拉姆齐？”我说。但我不知道该问他什么。我远远地看着他，他仍然把手指压在嘴唇上，说“嘘”。

“你好，乔吉。”女警察说，“我能听见你说话。快把门打开，宝贝。”

拉姆齐拿着一个灭火器大小的钢瓶，费力地走回来，钢瓶上连着一个喷嘴。是液体焊剂。他走近我，对着我的耳朵说话。

“你知道这东西吗？跟空气接触后会变硬。应该能搞定那扇门。”他仔细地看着我，“你没事吧？”

我有事，但我点点头。现在最不需要处理的就是我的大脑故障了。

我们跟那个女警察一门之隔，我听见她说：“没有用。他们要么听不见，要么就是故意不理我们。我们可以把门撞开。”

另一个声音说：“这是一扇铁门，长官。我们得去找执法人员，或者找一个锁匠。”

“离我们最近的锁匠在北希尔兹，去把执法人员找来。”

我不知道执法人员是什么，但他显然能够打开一扇门。

与此同时，拉姆齐在读钢瓶上的说明，在我看来，那是一长串用红色字体写的“警告”和“危险”之类的话。

“你有护目镜吗？”他小声说，但没有等我回答。“往后站站。”他说，我不需要他再说第二次。几秒钟后，一股白色液体从喷嘴中涌出来。它落到地上后，就硬化成了一个灰色的金属块。

拉姆齐把液体对准了门。沿着门与墙的接缝往上走，用液体盖住合页，从顶上绕一圈，再从侧面下来，经过几遍锁和门把手，并把液体喷进了钥匙孔。

“你听见了吗，长官？有人……你听。”

为了保险起见，拉姆齐在地板和门之间喷了厚厚的一层，把钢瓶里的液体都用完了，然后退后一步，检查自己的手工作品。整个门都被封死在墙上，另一边的声音听起来有点发闷。

“不知道是怎么回事，但里面肯定有人。拉姆齐！乔吉！萨思佳！”

我们没有等待。几秒钟后，我们就回到了楼上的控制室，砰的一声关上了身后的门。

在我们离开的几分钟里，萨思已经扶着比勒托乌斯博士坐进了她的大转椅，博士正在摆弄拉姆齐的自行车头盔。似乎她手指的每一个动作都使出了浑身的力气。

“我们现在怎么办？”拉姆齐说。

比勒托乌斯博士清清嗓子，声音很大。“等我们完事后，你们可以帮我逃离这一切。就在仓库里防水布下面，但愿它还能用。”

“无人直升机吗？”拉姆齐敬畏地小声说。

“我就猜到你非常想知道。你认为你们能把我抬下去吗？”

萨思点点头。

“没问题……”拉姆齐说，“但是在那之前呢？我们……还要再试一次吗？”

“我们没有别的选择。”我说，“我要回去。”

他们都看着我。

我蹲下来，抚摸着马什先生的耳朵，那两只耳朵警觉地竖着。马什知道有大事要发生了，但它非常聪明，没有妨碍我们。我抬起头，挪了挪身子，让自己坐得舒服一点，准备把我穿越到未来遇到自己的事情告诉他们。

“你们现在必须听我说，”我说，“因为我自己还不能确定是不是相信这件事。”

我开始告诉他们一切，关于那些士兵和空荡荡的停车场，但我总是忘记一些细节。另外，我不想提到拉姆齐在未来已经死了，因为他正用一双大眼睛看着我呢，这一幕太诡异了。所有的事情都有点混乱不清。

可怜的萨思看看我，又看看比勒托乌斯博士，然后又看着拉姆齐，脸上带着一种十分困惑的表情。她一句话也没说，似乎被自己的遭遇吓坏了。

“明白吗，”我最后说，“很简单。如果我不回去，就会有数百万人死去。”

一阵沉默。突然，比勒托乌斯博士转过身来。她盯着一个播放电视频道的屏幕，一位记者正拿着麦克风站在西班牙城外。

第六十九章

谢谢你，詹姆斯。我们从惠特利湾发回现场报道，警方已经包围了这座叫作西班牙城的娱乐中心，此前有报道称一名身份不明的成年女性绑架了三名儿童。

这几个孩子目前还没有透露姓名，他们曾乘着我身后这辆燃烧的汽车在海滨大道上高速追逐。

“高速追逐？没有那么快。”拉姆齐说。他找到一些不新鲜的面包和奶酪，一边大口嚼着，一边咕咚咕咚地喝着水。

“嘘！”

几分钟前，警方试图闯进娱乐中心孩子们被关押的地方，但没有成功，警方试图联系那位绑匪，到目前为止也没有成功。现在和我在一起的是其中一个孩子的父亲。

“哦，我的天！”拉姆齐说，“爸爸！”

莱曼先生没有刮胡子，一脸的疲惫，秃脑袋上满是汗珠。在他旁边，纳什姑妈正用手指拧着她的头巾。

记者还没来得及提问，拉姆齐的爸爸就靠向麦克风喊道：“拉姆齐！我们来救你了！”

拉姆齐站了起来，冲着电视大嚷：“不，爸爸！”然后他又用他们的家乡话说了些别的。屏幕上，记者把麦克风对准了纳什姑妈，她说的那句话几乎是我听她说过的唯一一句话。

“拉姆齐好孩子！他是好孩子。”然后她开始擦眼泪。

拉姆齐冲着电视喊道：“我真的是个好孩子，姑妈！真的！你会看到的！”可怜的拉姆齐，他看起来快哭了。

记者把注意力转回到莱曼先生身上。“警方说你们可能需要耐心。你对此有什么话要说？”

他无法回答，因为纳什姑妈用家乡话滔滔不绝地打断了他。莱曼先生也同样大声地回答，他的话我只能听懂“呐，纳什，呐，纳什，呐，呐”。他们在电视上争吵起来。

“他们在说什么？”我问拉姆齐，他似乎很害怕。

“呐，纳什，意思是‘不，纳什’。我姑妈说……她说……”拉姆齐难以置信地摇着头。

“她说什么？”我焦躁得几乎喊了起来。

“嗯，她骂我爸爸是个没用的，嗯……废物，还没有羊身上的臭汗有用。然后她说要开着我爸爸的卡车冲进来，如果他想阻止她，她就徒手杀了他。”拉姆齐轻声地说着，眼睛盯着电视，语气里几乎透着赞赏。他低声感叹道：“哇，纳什姑妈！”

电视新闻播报员正在评论他所看到的：“惠特利湾发生了非同寻常的一幕，一个据称被关押在西班牙城娱乐中心的孩子的父亲正在现场……”

在这期间，比勒托乌斯博士一直疯狂地敲击键盘。她的精力又回来了，还伴随着一种具有感染力的使命感。

"你现在得进去了，孩子。'霍金二世'刚刚就位。我修理不好通信频道，拉姆齐的头盔也完全报废了，所以，你只能靠你自己了。"

拉姆齐看着我。"你能做到吗？"他问。

沉默。我害怕得说不出话来。

"说实在的，"他说，"如果有人能做到，也就只有你了。"他笑了笑，然后给了我一个尴尬的拥抱，这是我和拉姆齐第一次拥抱。"这是一场冒险。"他说。

我用鼻子深深吸了口气，抬起头来。我似乎又能说话了。"在你姑妈回来之前，我们还有多长时间？"我问拉姆齐。他咬着嘴唇沉思。

"九到十分钟？我爸爸如果刚跑完一单长途，会把车子停在街上。所以姑妈会回家拿上我爸爸的钥匙，然后开车回来……"

"你姑妈会开车吗？"

拉姆齐用令人胆寒的目光看了我一下。"她在战争中是开装甲运兵车的，所以她能开大卡车。"

我相信他的话。拉姆齐的纳什姑妈果然不只是我以为的那个凶女人。

比勒托乌斯博士哑着嗓子说："你，绿衣服，快把门锁上。"她指指萨思，又指指控制室的门。"这能多抵挡几分钟。乔吉，戴上那个头盔，开始行动！"她气喘吁吁地发出指令时，甚至都没有看我们一眼，而是使劲地敲打键盘，看着那些屏幕上的数字和亮光滚动、闪烁。

“快，快，快！我把你送回到你刚才离开的地方，好吗？”

在那一刻，我惊讶地感觉到我其实没有选择。这是我必须要做的事情，不管是喜欢还是不喜欢。我发现自己戴上了头盔，推开了演播室沉重的门。令我惊恐的是，马什先生从我身边挤过，直接走到圆顶屋下奇怪的滚珠地板上。它勉强走了几步，然后停下来，对爪子下不同寻常的感觉有些纳闷。

“不！”我叫道，“回来！马什！回来！”可是它不肯动。它一屁股坐在地上，竖起耳朵，歪着脑袋，好像在说：我要跟你一起去，不管你是喜欢还是不喜欢。

“马什，马什。”我一边拖着脚走过滚珠地面，一边恳求道，“过来！”

我最后听到的是比勒托乌斯博士说：“没时间了，随它去吧。拉姆齐家的那个老娘们儿很快就会破门而入了。”

演播室的门在我身后砰的一声关上了，四周一片漆黑。我感觉到地面开始颤动，马什先生惊讶得又低叫起来。我不知道它在哪里。现在它还能在滚珠上走吗？

“马什？”我轻轻地叫。

接着，我眼睛上方的光带发出了蓝光，随着周围的形状逐渐变得清晰，蓝光变浅了一点，我又回到了九十分钟前的位置。

杰西卡仍然惊愕得大张着嘴巴。

另一个我跟我一模一样。

我只剩下不到十分钟的时间来拯救世界了。

第七十章

站在詹纳大楼的入口处，杰西卡先看看我，又看看另一个我。她使劲眨了眨眼睛，说："你……你刚才消失了一秒钟。你是……你是鬼魂还是什么？我不明白。这是怎么回事？"

只有一秒钟。

穿越未来这件事太奇怪了。

她的目光在我和另一个我之间切换。虽然我心里的紧迫感都快要爆炸了，但我觉得自己的大脑正在变得清醒，思维也恢复正常了。

"不，我不是鬼魂。但是……我知道这很诡异。我们都觉得很诡异。听我说，杰西卡，这个乔吉会解释的。现在，我需要到你的实验室去，拿一份 CBE 病毒特效药的样本。"

杰西卡茫然地看着我。

"特效药。"我又说了一遍，"它是存在的，对吗？"

请不要否认。

"是的，当然存在。"杰西卡厉声说，"只是……这……这是高度机密。配方受到保护——"

"我不需要配方。"我说，想起了我吞下那块桃子的情景，"我只需要……一个小瓶，或者别的什么。最好体积很小。"

"嗯，我们实验室里就有。"杰西卡说，"但我还是不明白——”

“这你就不用操心了。”我说，我的语气非常自信，其实心里有些忐忑。

她摇了摇头。“没关系。但你不能就这么大摇大摆地走进去，随便拿实验室里的药。那样会……”

该死，我应该事先排练一下的。杰西卡整个表情都惊呆了，这也不能怪她。

“特效药！我需要特效药。CBE 病毒。狗瘟疫！”我不顾一切了。她们俩都盯着我看，谁也没有动弹。“现在就要！”

“听着，姑娘。”杰西卡说，“我完全不知道这究竟是怎么回事。但如果你冷静一分钟——”

“妈妈！”另一个我终于开口了，“妈妈！就这一次，你一定要相信我。你知道比勒托乌斯博士，还有圆顶屋，还有所有的事，对吗？就在去年！”

杰西卡听了，眯起了眼睛。“我怎么能忘记呢？”她干巴巴地说。

“那都是真的。你必须相信我，相信我们！”

就在那一刻，我感觉到一个冷冰冰、湿漉漉的鼻子贴在我手上，我低下头去看马什先生。在这里。在未来。天知道它到底能看到什么，可能什么也看不见，因为对它来说，圆顶屋里一片漆黑，我能看到的一切都是我的自行车头盔所产生的，而它却没有戴头盔。但它能闻到我，它在舔我的手。

另一个我跪了下来，眼泪顺着她的脸颊流淌。“哦，马什！”马什先生走到她身边，让她挠它的耳朵时，她哭着说。杰西卡只是摇头，一副完全难以置信的样子。

“这……这是马什先生？”她哑着嗓子说，“但是它……它……”

“现在你相信我了吗？”另一个我呜咽着说，“我以后再详细解释。现在，我们时间不多了——我说得对吗，呃……乔吉？”

“什么？嗯？”一切都太奇怪了，所有的事情同时向我袭来，我的大脑似乎正在缓冲超负荷的信息，比如，另一个我与杰西卡的关系似乎跟我与杰西卡的关系不一样了。而此刻另一个我正在问我一个问题。

我看着我的手机。“还有九分钟。”我朝另一个我的身后看去，心一下子就凝固了。穿过草坪走来的是四只……不，五只，六只……一大堆……巨大的蝎子，它们直冲我们而来，其中最大的那只——巴斯特——走在最前面。

“哦，不。”我喃喃地说，“它们回来了。”

另一个我转过身，顿时大惊失色，整个脸都僵硬了。

“哦，不，哦，不，哦，不！几个月来，我一直做噩梦梦到它们。”

“它们到底是什么东西？”杰西卡喘着气问。

“巨大的多感官 VR 蝎子。”我说，我还预见到了她的下一个问题，“是的，它们会攻击人。它们能看见你，而且超级聪明。你能把它们引开吗？”

"它们会伤害我们吗？"另一个我说。

"我不知道，但肯定能伤害我。还记得那次巴斯特在商店外面蜇了我一下吗？现在它们更聪明了，已经自我克隆了。"

蝎子越来越近了。另一个我转向杰西卡。"妈妈，如果你什么时候需要相信我，那就是现在了。照乔吉说的做吧。我应该像她一样勇敢。"她转身面对那些蝎子，"嘿，你们这些黑不溜秋的大恶霸！快来抓我！"

她说着就开始向它们走去。我想阻止她，我想说："乔吉，停下！"但是我的话在嘴里凝固了。因为她这一招很管用。那些蝎子停住脚，微微地转身，它们的注意力被另一个我吸引了过去。

"她在做什么？"杰西卡尖叫道。

"我们还有八分钟。现在跟我来！"我一把抓住杰西卡的手腕，把她从大楼的墙角往大门口拖，嘴里低声说："我们一定要拿到它！"

我们拐过墙角时，那个一脸无聊的士兵现在是一个人站着，他抬头看着杰西卡，点头表示认可。杰西卡从他身边经过，在大理石地面上匆匆往实验室走去。然后士兵对我说："身份证件。喂！你不能把你的狗带进来，这里是医疗机构！"

但我不能等了。"对不起，不是我的狗。"我说。马什先生小跑着经过士兵，进了大楼，停下来闻了闻爱德华·詹纳的雕像，然后沿着长长的走廊朝实验室跑去。

士兵挡住了我。"我需要看你的身份证件。"他说。他的态度变得更强硬了，但他只比克莱姆大两三岁。认识到这一点之后，我胆子大了起来。

“对不起，我忘在实验室了。”我说。

“我不管。没有官方证件，谁也不能进。”

我看到在他身后有一个人朝我们走来，他走路时罗圈腿比以前更明显了。“杰克逊！”我喊道。他笑着举起手来打招呼，没有意识到情况已经十万火急。

“你得帮帮我。”我对他说，“我……我的身份证件丢了。”

他现在的身高跟我差不多了，他抱歉地朝我笑了笑。“唉，桑托斯小姐，如果这事儿我说了算，肯定不成问题。但你知道现在的情况。”他用大拇指朝那个年轻士兵指了指。接着，他疑惑地看着我。

“出什么事了吗，乔吉？”

“是啊，杰克逊！”我几乎是在尖叫了，“所有的一切都错了，我要把它们纠正过来，但我只有几分钟时间了。”我想起了刚才另一个我对杰西卡说的话。妈妈。“如果你曾经、曾经相信过我，那么现在也相信我吧，我以我妈妈的生命发誓，杰克逊，你必须……”

我想，是因为提到我妈妈起了作用。杰克逊举起一只手，似乎在发誓。

“我可以替她担保，士兵。她是乔治娜·桑托斯。”

士兵噘起嘴冷笑道：“听着，老头儿。哪怕她是女王我也不在乎……哦，天哪，那是什么？”

我们循着他的目光望去。另一个我拐过墙角向我们跑来，她后面追着无数大大小小的蝎子，领头的仍然是巴斯特。

“让开！”另一个我尖叫道，“让我进去！”

什么也挡不住她。她只比蝎子领先大约十米，而且现在蝎子的数量更多了，多得数不清。

士兵什么也没说，赶紧从门口闪开，并一边扣上扳机准备射击，一边对着挂在衣领上的对讲机大喊。

“二百一十八号警卫站！二百一十八！请求立即增援。重复一遍：立即增援。情况危急！”

随着一阵震耳欲聋的枪声，他朝那些蝎子开了火，另一个我的脸上写满了恐惧，她跑到我们旁边，喘着气说：“把门关上！快！”

士兵转身冲我们喊道：“照她说的做！我来对付这帮家伙！”他又突突地开起火来。几只蝎子摔在地上，流出黑色的东西。剩下来的乌黑发亮的大部队仍在前进，他再次朝着对讲机大喊：“巨大的蝎子，长官！有成千上万只！”

蝎子已经离我很近，我都能闻到它们的气味：一种难闻的酸味。它们挤得那么紧，坚硬的壳互相摩擦着。在门砰的一声关上之前，我对士兵喊了一句：“快进来——它们会咬死你的！”但他还在开火：砰，砰，砰，砰——砰——砰。

被击中的蝎子在垂死前发出刺耳的、怪异的尖叫，但其他蝎子还在逼近。大门砰地关上时，我最后看到的是年轻士兵抬脚踢向巴斯特，然后他咒骂着、呻吟着，消失在了黑压压的蝎子大军中。

杰西卡听到枪声，从走廊那头跑过来，喊道："发生了什么事？"

马什先生站在大理石地面中间，双脚微微叉开，背上的毛愤怒地竖了起来。另一个我背靠着双扇门，喘着粗气。蝎子在外面挠门。

"乔吉！"杰西卡尖叫道，"离那儿远点！"

"它们……它们会进来的。肯定会进来的。它们又聪明又凶悍。"另一个我喘着气说。我记得比勒托乌斯博士说过蝎子学习的速度有多快。

"我的时间不多了。"我说，"我得去一趟实验室！"

"杰克逊，你能帮忙吗？"另一个我说。杰克逊轮番看着我们两个人，想弄明白他为什么看东西重影。

"别费心琢磨了。"我说，"我们事后会解释的。"然后我尖叫起来，只见一条黑乎乎的蝎子腿打碎了门上的玻璃。"它们要进来了！快走！"我抓住另一个我的手，朝杰西卡和实验室的走廊跑去。

我一转头，看见杰克逊正往詹纳雕像上爬，身后拖着一个巨大的灭火器。随着更多士兵的到来，外面响起了密集的枪声。又一块玻璃哗啦一声被打碎了，几秒钟后，一只有猫那么大的蝎子落在大理石地面上，迅速地朝雕像爬去。

"祝你好运！"我喊道。

我们的鞋子踩在大理石上吱吱响，马什先生跑在我们前面，爪子在地上发出咔嗒咔嗒的声音。它虽然看不见我，却紧挨在我身边。我们左边是那道熟悉的长窗，透过它能看到实验室的机器人、传送带和数不清的电脑屏幕。

现在蝎子大批地从窗户涌进来了，几十只，上百只。它们的脚在石头地面上急速奔跑，咔嚓咔嚓、嘎嗒嘎嗒响成一片，声音刺耳。它们的尾巴颤抖着，咄咄逼人，它们刺鼻的气味刺痛了我的喉咙。

“跑向实验室的门！”另一个我喊道。

杰西卡在实验室的门禁上刷她的安全通行卡，但她刷得太快了，同时还在用力推门。与此同时，大批的蝎子聚集在爱德华·詹纳雕像的底座周围，杰克逊站在詹纳的膝盖上，将灭火器的泡沫喷射到那些想要爬上雕像底座的蝎子身上。

“滚！滚开，你们这些小坏蛋！看招儿！”

然后我看见了它：巴斯特。它在走廊里，离我二十米，但它转过上半身，歪着脑袋。它开始向我逼来，一股恐惧的寒意顺着我的脖子往下蔓延。

它认出了我。

“快点呀，妈妈！”另一个我喊道。

“我在努力！”杰西卡尖叫着，疯狂地用卡刷着面板。

巴斯特越来越快，越来越近，乌黑的钳子咄咄逼人地咔咔响着，尾巴在颤抖。

它把它的刺缩回去，准备出击，就在这时锁弹开了，我们都跌进了门里。马什先生大声吠叫着冲向前去，用牙齿咬住了巴斯特的前腿。蝎子发出一声尖叫，那根大刺在背上拱起，扎进了马什先生的腿。

不！

马什先生痛苦地嚎叫着，松开了嘴。巴斯特后退几步，准备再次发起进攻。说时迟那时快，我伸手抓住马什先生的项圈，把它拖进了实验室。巴斯特正在发起又一次攻击，我重重地关上门，它的尾巴被门夹住了。我把身子靠在门上，尾巴凶狠地剧烈摆动。一秒钟后，门的重量把尾巴挤断了，当门砰的一声关紧时，那截尾巴在地板上恐怖地抽搐着。

可怜的马什痛得浑身扭动，低声哀叫，扭头寻找被蜇伤的地方，想用舌头去舔，但它够不到。我多么渴望安慰它啊，然而却不得不离开它。

“在哪儿，在哪儿？”我大喊着问，杰西卡打开一台大冰箱的门，一团冷汽在地面上蔓延。几秒钟后，她把一个盒子递给了另一个我，另一个我把盒子打开，递给我一个小玻璃瓶。

“为了这个，你经历了千辛万苦。”她说。

实验室的其他工作人员听到噪声和骚乱，纷纷过来聚在我们周围。一位头发花白的老人说：“杰西卡，外面到底发生了什么事？看在上帝的分儿上，你这是在做什么？”

“以后再说，亚瑟。”杰西卡的语气那么强硬，亚瑟只好不再说话，只在一旁看着。

瓶子。虽然很小，但我要把它整个吞下去。不是吞下里面的东西，而是整个瓶子。

我试了试。

我把瓶子放进嘴里，想往下咽。

咽不下去。

它是一个大约两厘米长的圆柱体，我每次往下咽的时候都会干呕。我沮丧地哭泣着，因为时间已经不多了。

我听到外面的走廊里传来喊叫声，接着是一阵震耳欲聋的警铃声。透过窗户，我看见走廊里到处都是巨大的蝎子。突然，轰的一声巨响，一枚烟雾弹爆炸了，紧接着是士兵们的枪声，他们想抵挡那些蝎子的入侵。

在实验室里，人们听见枪声吓得尖叫，纷纷卧倒在地。我拼命地想吞下那个小瓶子。我使劲把它往喉咙后面塞，但我一直在干呕，它磨疼了我嘴里的肉，我沮丧地抽泣着。

一切都完了。

我失败了。

那么多人都要死了。

第七十一章

“怎么回事？”另一个我问道，她被我们周围的混乱吓坏了，不由得提高了音量。

“没有用。”我绝望地说，“我上次被蝎子蜇了一下，消除了现实与虚拟现实之间的鸿沟。也就是说，我体内的任何东西都能穿过那道墙。”我气喘吁吁，解释得不太清楚。

“哪道墙？”另一个我大叫着，环顾四周，好像真有一道墙似的。

“你不记得了吗？你和我之间的虚拟墙！现在和一年前之间的那道墙！”我嚷道，“但它必须进入我的体内。可是我，你知道，我吞不进去。”

“那么……用力把它吞下去呀！再试一次！”

“我做不到，它太大了。”

我的手机在我口袋里“乒乓”作响。

没有时间了。

我瘫倒在地上，等待着圆顶屋里的黑暗。

马什先生一瘸一拐地走向我和另一个我，它长长的舌头伸在外面。

我等待着。

突然，另一个我一把抓住马什先生的项圈，跳了起来。“它刚才被蜇了一下！”她喊道，“维多利亚海绵蛋糕！杰克逊的海绵蛋糕！”她把手伸进她的肩包，拿出了一个被压扁的纸袋。

“马什！马什先生！看看我给你带来了什么！”她说，接着问也没问，就从我手里把玻璃瓶抢了过去，塞到一块黏糊糊的海绵蛋糕中间。她把蛋糕推到马什先生的嘴边。

马什先生闻了闻，然后嚼也不嚼，把蛋糕整个儿吞了下去。

我听到一声：“祝你好运！”我抬起头，看见另一个我和杰西卡紧紧拥抱在一起，等待着我离开。

“乔吉！乔吉！快！”

我抱住马什先生，随即一切都变黑了，然后，在大脑的一片迷雾和剧烈的头痛中，我听到有人在喊叫。我干呕着、抽搐着，用手指使劲抓我的头盔。

我听出了那个声音。“乔吉！乔吉！你还好吗？”

是拉姆齐。

在我的头顶上方，圆顶屋的点状灯亮了。

第七十二章

他站在圆形地板的边缘，我向他爬去，汗水顺着我的脖子淌下来，嗓子里有一股热烘烘的呕吐的味道。不知从什么地方传来有节奏的重击声，我听到有人通过扩音器喊道：“开门，快开门！”

“警察在下面拿着攻城槌进来了。”拉姆齐说，“东西拿到了吗？”

我说不出话来，只是指着马什先生，它也在干呕。他被蝎子蜇的地方正在大量出血，我半推半拽地把它拖到了控制室，然后我们双双瘫倒在那里。虽然才过了十分钟，但感觉像是很久很久。萨思缩在控制室的墙角，仍然披着沙滩袍，仍然惊奇地盯着我们。

“你没事吧？”她问，但我太累了，没有力气回答。

比勒托乌斯博士坐在她的办公椅里，呼吸急促。她黝黑的皮肤变成了灰褐色，厚厚的眼镜后面的一双眼睛眯成了两道缝。

“告诉我……告诉我，你拿到了，孩子。告诉我这一切都是值得的，求你了！”

我们听到楼下的门被撞击着。

我看着马什先生，它脖子往前一伸，吐出了那个小玻璃瓶。我把它挑出来，似乎用尽了我全部的力气把它高高举起，老太太憔悴的脸上绽开了笑容。

笑得真灿烂啊，这是我第一次看到她这么笑，浅色的眼睛周围泛起了皱纹。她点了点头。

“干得漂亮，孩子。”她闭上眼睛，垂下了脑袋。

“不！”我叫道，“不要死！”

她把眼睛又睁开了。“别搞笑了，我才不会死在你面前。这事儿还没完呢，孩子。”

电脑显示器上还在播放新闻节目：

外面的街道一片混乱，响着警笛，闪烁着蓝色的警灯。屏幕上，纳什姑妈坐在一辆卡车的驾驶室里，面对着仓库的金属大门，一位记者说：“……在惠特利湾发生了戏剧性的一幕，一个孩子的姑妈正要破门闯入西班牙城……”

“不，纳什姑妈！”拉姆齐对着屏幕喊道，但是已经晚了。他的姑妈启动了发动机。

“你们几个孩子还能抬得动我吗？”比勒托乌斯博士说，“因为我们的时间不多了。快给我穿上那件沙滩袍！”

萨思赶紧脱下袍子，帮着比勒托乌斯博士把它穿上。

“好，现在穿袜子。快！哦，算了吧，穿不穿袜子还有什么要紧呢？我们得走了。”

我自己站都站不起来，更别说去抬另一个人了，好在拉姆齐和萨思总算把比勒托乌斯博士从金属楼梯弄到了下面的仓库里，就在这时，响起了第一声震耳欲聋的撞击。

纳什姑妈开车撞上了大门。

巨大的金属门向内弯曲，但还没有倒下。很快就会倒的。萨思惊恐地尖叫起来。

“就在那儿。扶我进去。它已经充满了电，但谁知道太阳能电池在夜里能跑多远呢？”

无人直升机停在水泥地面的中央，我们一边一个扶着比勒托乌斯博士，把她放到座椅上，金属门又一次受到卡车头从外面的猛烈撞击。如果再来一次，门就要倒了。

“退后！”比勒托乌斯博士喊道。无人直升机的叶片开始呼呼旋转，仓库里的噪声震耳欲聋。“给，拿着这个！”

她扔给拉姆齐一盒长方形的磁盘，有一本书那么大，是我们离开控制室前她从“小姑娘”里取出来的。

“这是什么？”无人直升机开始悬空，比勒托乌斯博士从地面升起了一米，拉姆齐在一片嘈杂声中喊道。

“孩子们，它是我毕生的心血。多亏了你们，我知道它是有用的。这对我来说已经足够了。你们就拿它去做你们认为正确的事情吧。”

喧嚣中出现了短暂的停顿，就是那种异样的时刻：混乱中突然一切都变得安静。外面，人群屏住呼吸，等待着卡车再一次撞门，卡车在再次加速前，发动机的噪声暂时有所减弱。

就在这一两秒钟的平静中，比勒托乌斯博士直瞪瞪地看着我，她的目光那么饱含激情，是我这辈子从未见过的。她的嘴唇在动，但我听不见声音，于是我凑近她，这样她就能在我耳边嘶哑着说话了。

“你做得很好，孩子。你们都很棒，还有那只臭烘烘的狗。如果有人问起，请告诉他们我不是坏人。”然后她牵起一边嘴角笑了笑，“哈！”

又是惊天动地的一声巨响，仓库的大门终于在卡车的冲击下倒了。外面传来一阵欢呼，卡车往后倒车，留出一大片空地。我看到了电视摄像机，大批的人群，还有警察。照相机闪个不停，我几乎什么也看不见了。

比勒托乌斯博士调整着控制装置，无人直升机又升起了一点，在仓库的中央盘旋。人群惊得倒吸了一口气，有人喊道：“是她！”

这时卡车的门打开了，出现了纳什姑妈肥硕的大屁股，她从驾驶座上爬了下来。我看了看拉姆齐，他大张着嘴巴。

纳什姑妈的脸上燃烧着怒火，眉毛皱得像一道凶狠的树篱，她跺着脚走向拉姆齐，拳头捏得紧紧的。我吓得往后缩了一下，用双手捂住了眼睛，我不想看到拉姆齐当着众人挨揍。拉姆齐也战战兢兢。

然而她从拉姆齐身边经过，大步走向无人直升机，她的长斗篷在无人直升机叶片的气流中扑扑飘动。只见她突然身子一挺，抓住了无人直升机的一根辐条，无人直升机猛地向一侧倾斜。她朝比勒托乌斯博士尖声叫嚷了几句，并伸出另一只手去打她。比勒托乌斯博士吓得睁圆了眼睛，她加大了无人直升机叶片的动力，使它们发出抗议般的呜呜声，想要飞起来，摆脱纳什姑妈。

“不，姑妈！不要！”拉姆齐喊道，冲过去抓住了她的胳膊，但这只是把无人直升机进一步往下拉，最后它吓人地歪向了一边。“让她走吧！”然后他用他们的家乡话喊了几句，两人之间高门大嗓地说着。

纳什姑妈脸上的表情突然缓和了，她说了一句话，大概的意思是：“真的吗？”

拉姆齐点点头。他的话听起来像是：“假的！假的！”但意思显然是：“真的！真的！”

纳什姑妈抬头看着比勒托乌斯博士，当两人目光相遇时，她慢慢地松开了辐条。无人直升机摇摇晃晃地冲向屋顶，然后逐渐平稳。比勒托乌斯博士开着它往前飞，穿过被撞开的门洞，飞到了惊愕的人群的头顶上空。

地面上，拉姆齐和他的纳什姑妈拥抱在一起。她抚摸和亲吻着拉姆齐的头顶，泪水顺着她胖胖的脸颊淌下来。他们转身看着无人直升机。

比勒托乌斯博士低下头，小幅度地敬了个礼，我想象着她在说：“再见啦，伙计们！”但是周围太吵了，我听不见。只见她越飞越高，越飞越高，然后无人直升机向右倾斜，越过道路，越过海滩，越过大海，成了暮色中的一个小点。

她消失了。

我搂住了马什先生，我身上沾着它被蝎子蜇伤流出的血，人们在我周围大喊大叫。

“退后！”他们说，“这只狗被感染了！”没有人敢往前凑，他们围成一圈站着，我看见爸爸的脸挤到了前面。

“没关系了！”我听见自己这样说，“一切都会好起来的。”

接着杰西卡也来了。我想举起玻璃瓶，大声地喊我有特效药了。但如果那样，站在周围的这些人都会看到，然后这件事就会上电视，我一想到我要做那么多解释，就把玻璃瓶攥在了手心里。

站在周围的所有人都不敢碰我，生怕我被感染了，但杰西卡却走上前来。她蹲下身，用双臂抱住我，小声说：“你拿到了吗？”

我们拥抱时，我把小瓶子塞进她手里，说：“拿到了。”

然后爸爸也来了，也拥抱着我，还有克莱姆。拉姆齐现在拥抱着他的爸爸，萨思和她的妈妈也在拥抱。马什先生在我身边一动不动。

我昏过去之前说的最后一句话是：“我们能带它去看兽医吗？它被一只蝎子蜇了……”

第七十三章

我苏醒过来的时候又在医院里了。爸爸坐在我的床边。

“嗨。”他说。

我眨了几下眼睛，然后说：“马什先生？”

爸爸慢慢地点点头。“情况很糟糕。但是……它会好起来的。你当时是说……蝎子？”

我都不知道自己还记得什么。我咕咚咕咚喝下爸爸递给我的一杯水，说道：“这真的发生了吗？”

“真的发生了。”爸爸温和地说，“至少……有一件事真的发生了。等你准备好了，可以把细节告诉我们。现在，你只需要休息。”

“特效药呢？杰西卡拿到瓶子了吗？”

“哦，拿到了。两天前进行了分析，昨天做了测试，昨晚开始全面生产，所以——”

“两天？我……我睡了多久？”

“药物诱发昏迷，乔吉。你睡了三天。我们还以为失去你了呢。”他的下巴有点颤抖，我看见他咬紧了牙关。他咧嘴一笑想掩饰，但一滴眼泪还是流了出来，顺着脸颊滚落，砸在他圆滚滚的肚子上。

“那其他的狗呢？每个人的狗？”

“不再扑杀了，乔吉。昨天特效药公布后，扑杀工作就暂停了。你做到了。我不知道你是用的什么办法，但是你做到了。他们说这是百万分之一的机会。”

我再次闭上眼睛，爸爸的话在我的脑海里回荡。百万分之一的机会。百万分之一，的机会。百万……

然后我又睡着了。

第七十四章

西班牙城绑架案的逃犯仍然被警方通缉

与那位隐居亿万富豪的联系仍然“未经证实”

狗瘟疫研究专家是受害者的继母

惠特利湾：戏剧性的西班牙城绑架事件发生一周后，那名乘着无人直升机逃跑的老年妇女目前仍然在逃，并被警方通缉。

被她绑架的孩子们称她“比勒托乌斯博士”。警方正在调查她有无可能是十年前失踪的挪威科技亿万富豪埃丽卡·佩塔森博士。

佩塔森慈善基金会的一位发言人表示，他们与她没有任何联系。该基金会为贫穷国家的技术开发提供资金。

困在城中的几个当地孩子被“比勒托乌斯博士”引诱到一个高科技游戏实验室，在那里，他们用一种嵌入自行车头盔的先进的经颅直流电刺激装置，测试一些虚拟现实游戏。其中一个孩子——乔治娜·桑托斯——因头痛和呕吐被送往医院。她有望完全康复。

实验室位于1910年建成的西班牙城娱乐中心的标志性圆顶屋内。警方的电脑专家说，在他们到达时，所有可能包含正在开发的游戏线索的磁盘都已被删除。

令人吃惊的是，乔治娜的继母——她被拍到在现场抱着浑身是血的继女——是杰西卡·斯通。她是一名生物技术研究员，被认为研发了纳米生物分子解毒剂，即所谓的狗瘟疫“特效药”。

据信这两件事没有联系。

第七十五章

我还在医院，我的记忆还是模模糊糊的。我想不停地问人们，“那些蝎子怎么样了？”有一次我醒来，说道：“那些士兵还在医院外面吗？”然后我的大脑就长时间一片空白。

医生咪咪人很好，但她认为我又在“胡言乱语”，很难判断我的记忆哪些是对的，哪些是错的。

然后克莱姆一个人来了。他刮掉了傻乎乎的胡子，这让我忍不住发笑，因为他看起来更像我记忆中的那个克莱姆了。当他坐下来的时候，我才知道为什么“一百万”和“机会”这两个词一直萦绕在我的脑海。

我向他打听基尼大奖彩票的事，他露出了一个遗憾的微笑。

“露营车。”他说。当时他把口袋掏空找钥匙，结果那个装着中奖彩票的钱包就跟露营车一起被烧掉了。值得表扬的是，他似乎实际上并没有那么沮丧。他说：“从来没拥有过，也就谈不上失去。”我不知道他是不是一直在练习这句话。

克莱姆很幸运。由于狗瘟疫造成的恐慌，他只在事发当晚受到了警方的警告。他估计自己的实习驾照会被没收，但本来以为会更糟糕呢。

“为什么把胡子刮了？”我问他。

“我不是谈恋爱了吗？”他说，微微有点脸红，真可爱！我哥哥不那么油腻和胡子拉碴的时候，其实还是蛮好看的。

“谁？”但我已经知道答案了。

“安娜·汉尼西。她好像是在电视上看到我了。萨思失魂落魄地回到家，把露营车追逐的事告诉了所有人，然后，嗯………我想她认为我是个小混混吧。”

“你？”我嘲笑道，“那她会失望的。”

他咧嘴一笑。“是啊，没错。也许我能说服她去找个好男人！”他顿了顿，然后说：“谢啦，大饼脸！”

第七十六章

我现在回家了。

据拉姆齐的爸爸说，为了逃避“媒体的关注”，拉姆齐一直和他爸爸以及纳什姑妈一起躲在家里。似乎从早到晚都有人敲门，记者、写博客的人、各种人，想要采访纳什姑妈破门而入的事，但她根本没兴趣跟任何人说话。

现在事情已经平静下来，大多数记者都离开了，爸爸说，所以两天之后，拉姆齐来看我了。当然还来看马什先生，马什头上戴着一个锥形套，防止它去舔被蝎子蜇伤的地方。

拉姆齐一看到那玩意儿就乐疯了。“嘿！真像神探五人组里的小狗蒂米！”他说，“他在《秘密小径》里就一直戴着一个，因为它在追兔子时弄破了耳朵！”

我笑了。再次见到拉姆齐真高兴啊，我们带马什先生一起去了海滩，现在达力的项圈圆牌挂在了马什先生的项圈圆牌旁边，碰起来叮叮响。这是拉姆齐的主意。

路上，他耸了耸肩，拿出了一本书。“说到神探五人组，”他说，“还记得这个吗？”我仔细一看，那根本不是一本书，而是一个沉甸甸的白色长方形，用《疯狂侦探团》的封面做了伪装。我摇摇头。

“我以前见过吗？”我问。

“这可是她一辈子的心血，她把它交给我们保管。”拉姆齐说，“我认为你应该留着它。谁也说不准她会不会回来。”

海滩上又挤满了狗，马什先生跑到海边去咬白色的浪花儿。天气转凉了，我们坐在石头台阶上，看着深蓝色的大海，带着咸味儿的海风吹起了一阵阵细沙。

“很难相信这一切是真的，是不是？”他说，我不知道该说什么。也许是因为我发现自己遗忘了太多细节，就好像我的大脑里有个洞，那些记忆正在掉进去。我把这个告诉了拉姆齐，他说：“幸亏我还能记得。”

他真的似乎一点也没受影响，我很高兴，同时也有一丝丝嫉妒。

“我跟你说过我见到了另一个自己，是吗？”

“是的。那个你是什么样子的？”

“还不错。”我说，“但穿着很贵的运动鞋，还有一块炫酷的手表。”

“那是中了基尼大奖。如果你没有做出拯救世界的艰难决定，事情的结果就会是那样。那张彩票不会在一场疯狂的露营车爆炸中被烧掉。”

我们遥望着地平线，在那里待了一会儿。“你认为她去了哪儿，拉姆齐？”他没有回答。他站起来，朝西班牙城走去。

“我有个主意。”

五分钟后，我们在“诺曼·俩孩子”的商店里东张西望，诺曼气呼呼地瞪着我们，马什先生则乖乖地等在外面。

“你们到底买不买东西？”诺曼说。

“只是随便看看！”拉姆齐欢快地说。然后他轻轻地对我说：“看看那些摄像头：那儿，那儿，那儿，还有那儿。”

到处都有监控摄像头，朝着各个方向，其中一个正对着基尼大奖的彩票站。

“打扰一下，先生。”拉姆齐对诺曼说，“如果我要买一张基尼彩票……”

“嘿，我记得你，是你吧？滚……哪儿凉快哪儿待着去。”

“我只问一句：彩票上写着购买时间吗？”

“当然。但你还是不能买。走吧，快滚！”

第七十七章

至于杰西卡……

话说，现在我们家有两个人见过国王了。国王来了一次“私人拜访”——没有媒体，没有摄影师，也没有事先通知。他还带来了他的杰克罗素犬，名叫跳跳虎。跳跳虎已经很老了，但是超级可爱。杰西卡也邀请了我和马什先生。国王想要感谢詹纳实验室的工作人员，他花了很长时间跟杰西卡交谈。

然后他和我握了握手。他弯下腰去拍马什先生时，特意往前凑近了一些，小声地说着什么，不让别人听见。

他说：“我刚才听说了那个特别不同寻常的故事，关于一只非常勇敢的狗，还有一个叫‘未来圆顶屋’的东西。是真的吗？”

我点点头，脱口说道：“是真的，先生。”我已经厌倦了撒谎。

“好吧，我会替你保守秘密的。”他说，然后眨眨眼睛，“干得好，你们两个！”

*

说实在的，我和杰西卡相处得很好。我想是因为我在未来看到了她和另一个我，另一个我叫她妈妈。我想了很久，想出了一个答案。

危险、恐怖和困难常常能拉近人与人之间的距离。杰西卡和另一个我肯定也是这样。她们经历了导致世界变成我看到的那样的种种艰辛，这一定使她们变得互相信任、互相喜欢。

因此，当我最后一次取下马什先生的锥形套时，就想到了一个主意。为什么不让这种事发生呢?

我想到了我那张“狗的智慧”的海报。其中有一条是：喜欢人类，尽管他们有缺点。

爸爸爱杰西卡。我也会的。至少我会努力尝试。

杰西卡一直都很好。圣沃夫依然关闭着，马什先生就一直住在谷仓里，但现在学校放假，我有足够的时间陪它一起玩儿，所以它并不孤单。杰西卡对狗过敏不是她的错。有一天她甚至建议，只要马什先生不进家门，就可以把它留下来。花园里有个小棚子，我们可以把它改造成一个很棒的狗屋。（拉姆齐似乎已经画好了设计图。）

克莱姆在跟基尼彩票的人联系。他收到了他们回复的邮件。

亲爱的桑托斯先生：

感谢您的电子邮件。我们有一套既定的彩票索赔程序，会对所有此类索赔申请进行彻底调查。

我们会检查您所说的购买彩票的地点——纳拉扬超级商店里的视频录像。如果我们能确定您购买了彩票，就会开始验证您是否真的中了头奖。

你真诚的，

J. 奈特女士

基尼大奖索赔处

克莱姆心情很好，但多少有点紧张。明天他就会知道基尼大奖的调查能否确认他中奖了。他还没有告诉任何人。

这还是一个秘密，只有我和他、拉姆齐三个人知道。可能还有安娜·汉尼西，那就可能还有萨思，也就可能全世界所有的人都知道了。我自己倒无所谓，但我希望拉姆齐能得到他的那一份。我没法忘记当我对这件事不屑一顾时，他有多么生气。一想到他不肯承认家里的钱很少，我就感到十分内疚。

我希望他的生活充满奇遇，这是他应得的，现在看起来很有希望。

事实上，一切看起来都很有希望。

那天晚些时候，我们沿着海滩散步，前面就是西班牙城。有我、克莱姆、爸爸、杰西卡，还有马什先生（这是不用说的）。我们要去波利·唐金茶室喝下午茶，庆祝爸爸和杰西卡订婚（婚礼将在明年由莫里斯·克莱霍恩牧师主持）。

我正在暗自微笑，杰西卡慢下脚步，与我并排。

“笑什么？”她笑着问。

“这是个秘密。”我说。

然后我第一次加了句：“妈妈。”

尾声

这一切都发生在去年夏天。

从冬天一直到春天，我都会看着妈妈的树在天空的衬托下微微弯着腰，但总觉得哪儿有点不对。

有件事还没有完成。今天我要完成它。

比勒托乌斯博士的那盒磁盘仍然伪装成一本《疯狂侦探团》。我把它用塑料纸包起来，用胶带封住，放进一个旧饼干盒里，并在盒盖的连接处涂了一圈融化的蜡烛油。

这是爸爸和杰西卡婚礼日的一大早，只有我一个人起来了。我拿着一把铲子，和马什先生一起走到妈妈的树前。我在树下挖了一个深深的洞，我的狗在一旁看着。

这是五月一日。天空清澈湛蓝，微风吹拂着树枝，枝头开满了珍珠般洁白的樱花。樱花现在随时都会纷纷飘落。

太完美了。

我把装着磁盘的饼干盒放进洞里，用土填埋，然后把土踩实，马什先生好奇地嗅着地面。我回头看了看我们的农舍，目光越过田野眺望那片银白色的狭长海面，然后我环顾四周，确保没有人在听。我以前没有这样做过，但曾听到爸爸对着树说话，就好像它真的是妈妈。

“妈妈？”我大声说，“我不知道还有没有人能再创造出圆顶屋，但我把它留在这里，由你看管。以防万一嘛，你懂的。”

大声说话的感觉很奇怪，但马什先生正歪着脑袋听呢，所以我继续说下去。

“我真希望我也能救你，可惜我做不到。但我们救了其他人，所以，你知道……”

我停了一会儿。

然后我说：“是你在帮我吗？我想也许是的。妈妈们都会这样做的，不是吗？”我回忆起，在决定要把比勒托乌斯博士抢出医院之前，我是怎样想到了妈妈的歌，而另一个我却没有，这似乎就是我们两个时间线之间的差异。

我顿了顿，透过树枝向上看。最后我说：“说到妈妈……你永远是我真正的妈妈，但是……我现在好像有了个新的妈妈。我希望这没问题。我们可以称之为‘大实验’吗？”

该说的话都说了，我心满意足地深深地叹了口气，把铲子扛在肩上。“走吧，马什。”我说，然后开始顺着小路往回走。妈妈的歌——《飞天万能车》里的插曲——在我的脑海里响起，那一刻，微风徐徐，一片花瓣从我身边飘过。接着又是一片，又是一片，后来我和马什先生都被包裹在一团白色的花瓣云中，因为一阵大风吹来，把妈妈树上的花瓣都吹落在了我面前的小路上。

马什跳起来，想去吃花瓣，于是我知道，一切都会好的。